PIRATES DE L'ESPACE !
TOME I

PIRATES DE L'ESPACE

MARK VOSS

BAL
KON
media

PIRATES DE L'ESPACE

Publié par Balkon Media
ISBN livre broché : 978-1-916970-37-3
Également en ebook

Illustration et conception de la couverture : Balkon Media

www.vossiverse.com

DU MÊME AUTEUR

La série *Pirates de l'espace*

Space Pirates

Dead Men Launch No Ships

Salvage Rights

Echoes of the Plague Moon

The Quiet Rebellion

The Bounty Paradox

The Black Drift

Till the Engines Fall Silent

The Median Gambit

UN

Rask Helvan descend de la navette cabossée et pose le pied dans le trou du cul de la galaxie, regrettant immédiatement chaque décision qui l'a amené ici. Port Dreggar, tel que vanté par les cartographes les plus créatifs de l'empire, est un « nœud commercial interstitiel » — ce qui se traduit par une carcasse de béton en spirale, assemblée à la va-vite par contrat syndical et que seul un nuage de désespoir de plus en plus dense empêche de s'effondrer. Le hall d'amarrage empeste les entrailles d'une limace en décomposition. Rask cligne des yeux deux fois, essaie de ne pas inspirer et effleure du pouce le récepteur implanté dans sa paume.

Rien. Aucune réponse. Il marmonne une malédiction dans le dialecte de sa mère et se fraie un chemin à travers un groupe de dockers qui marchandent une caisse de fret dont la forme suggère une furieuse envie d'exploser. L'éclairage de la station vacille avec la constance rassurante d'un cœur à l'agonie. Rask compte les pas jusqu'à la cloison. Soixante-douze. Assez long pour repérer chaque bouche d'aération, chaque ombre, chaque mercenaire blasé affalé avec une main sur son arme de poing, mais pas tout à fait assez pour s'habituer à la puanteur. L'odeur s'accroche — vieille sueur, gel protéiné aigre et la plus subtile trace d'eau de Javel industrielle, comme si quelqu'un avait un jour tenté de nettoyer avant d'abandonner, l'âme anéantie.

La sécurité de Dreggar se compose de deux drones coniques garés à côté d'un bureau de douane, tous deux en charge à un ampérage sous-optimal. Leurs capteurs ne tressaillent même pas lorsque Rask passe devant. Il réprime un rire ; les coupes budgétaires de la station ont apparemment été appliquées à la scie à ruban. La seule autre autorité visible est la vendeuse au bout du couloir, qui arbore à la fois l'air hagard d'une travailleuse enchaînant trois services et l'instinct prédateur d'un requin des bas-fonds.

— Rations de clone ! aboie-t-elle, balançant sa flasque dans l'allée d'un geste qui aurait renversé un client moins stable. Protéine de synthèse pure, pas de cette merde de varech compressé. Réduction pour les gens d'ailleurs !

Le premier réflexe de Rask est de l'ignorer. Le second est d'évaluer son niveau de menace, à peine notable à moins de compter la microlame en acier inoxydable attachée sans complexe à sa cuisse. Le troisième est d'acheter quelque chose, ce qui le ferait au moins passer pour un touriste perdu plutôt que pour un coursier. Il fait un détour vers son chariot, feignant l'intérêt.

— Un paquet, grogne-t-il.

Elle le sort d'une glacière étrangement dépourvue de marque et lui lance un sourire assez affûté pour lui couper un doigt. — Dix crédits. Ou six, si tu as une histoire à raconter avec.

Il paie les dix crédits. La ration ressemble à un biscuit pour chien compressé et, si possible, sent encore plus mauvais. Rask fait semblant de l'examiner, puis empoche la barre et le reçu, s'éloignant avec un hochement de tête. Derrière lui, la vendeuse siffle quelque chose à propos des pingres, mais les mots se dissolvent dans l'air comme tout le reste sur Dreggar.

Soixante-dix pas de plus et il arrive au premier ascenseur. Les portes sont mal alignées ; il doit les ouvrir d'un coup

d'épaule en usant de ses muscles et d'un grognement. À l'intérieur, quelqu'un a griffonné « À L'AIDE » sur le panneau de
commande avec des fluides séchés non identifiables. Rask
sélectionne le pont inférieur et l'ascenseur emboutit sur le côté
avant de se rappeler dans quelle direction se trouve la gravité.

Il essaie de nouveau le récepteur. Du statique, puis le
soupir numérique d'un canal mort. Jenna Sol devait l'attendre
à la baie d'amarrage 14 — pas de mot de passe, pas d'armes,
juste un ping biométrique et un virement de crédits. C'était la
mission, telle que décrite par l'agent de l'ombre qui l'avait
déniché dans ce bouge lévosien deux nuits plus tôt. C'était
censé être facile. Ça ne l'est jamais.

L'ascenseur s'arrête dans un grincement et le recrache
dans un couloir de service plusieurs degrés plus froid que le
hall principal. Rask se crispe : le froid signifie des dysfonction-
nements environnementaux, ce qui signifie des équipes d'ingénierie, ce qui signifie plus de passage qu'il n'apprécie.
Effectivement, le couloir est maculé d'empreintes de mains et
de panneaux de contrôle à moitié démontés. Un ingénieur en
combinaison orange tachée le dévisage de derrière une tour de
pièces de rechange.

— T'es perdu ? demande l'ingénieur, son regard allant du
visage de Rask à sa poitrine, où le contour de son holster est à
peine moins évident que la tache de sang qu'il recouvre.

— De passage, répond Rask. Sa voix est neutre et lasse, le
ton d'un homme qui ne veut rien de plus qu'être ailleurs. Je
vais au quatorze.

L'ingénieur grogne, puis baisse la tête et se remet à
prétendre qu'il n'a pas remarqué l'arme. Rask poursuit son
chemin, conscient de chaque nœud de surveillance (inactif),
de chaque caméra de secours (fracassée), de chaque personne
qui le regarde une seconde de trop.

Il passe devant deux autres vendeurs, chacun proposant
des marchandises de qualité inférieure à des prix plus élevés.
L'un essaie de lui vendre de l'« eau glacée vintage », qui est

livrée dans des sachets en plastique cabossés et clapote avec un gargouillis menaçant et organique. L'autre lui offre simplement du sexe ou, à défaut, un implant de communication d'occasion. Rask décline les deux.

La baie d'amarrage 14 se trouve tout au bout de l'anneau inférieur, juste après une trappe béante marquée PERSONNEL DE MAINTENANCE UNIQUEMENT. Le panneau au-dessus de la porte est vide, à l'exception d'un « 14 » dessiné à la main au marqueur noir et d'un graffiti enjoué : FRAPPER SI MORT.

Il frappe, car il est à la fois superstitieux et terre à terre. La porte ne répond pas. Il frappe deux fois de plus, plus fort. Rien.

Pour la première fois depuis qu'il a quitté la navette, un frisson lui parcourt l'échine. Il presse sa paume contre la plaque d'accès, s'attendant au picotement familier de la vérification d'identité. À la place, les lumières de sécurité de la porte vacillent, toussotent et restent rouges.

Jenna n'est pas à l'intérieur. Non, pire : quelqu'un l'empêche d'entrer.

Il recule de deux pas, vérifie le couloir, puis se penche près du joint de la porte de la baie. Le voilà : un faible grattement métallique, comme un fil que l'on tire sur un contact. Il colle son oreille gauche à la surface froide et perçoit à peine un cycle d'air à l'intérieur, ponctué par un grognement bas et humain.

Quelqu'un est bien là-dedans. Peut-être Jenna, peut-être pas.

Rask regarde de part et d'autre du couloir, ne voit aucun témoin et tire le pied-de-biche dissimulé de sa ceinture. Il l'enfonce dans la plaque de base du panneau de contrôle et force. Le capot saute avec un bruit digne du pire cauchemar d'un dentiste. Il appuie sur la puce de réinitialisation, contourne le relais de verrouillage grillé et attend le vrombissement du système de secours.

Au lieu de ça, il y a une brève et vilaine étincelle, et le panneau s'éteint complètement. Système mort. Rask lève les yeux au ciel.

Il est sur le point d'abandonner et de chercher une autre entrée lorsqu'un clic doux et délibéré résonne de l'autre bout du couloir. Il pivote, arme de poing sortie et tenue basse. Une ombre se détache de l'alcôve du vendeur, se faufile derrière un casier de maintenance et disparaît.

Rask siffle entre ses dents, rengaine et vérifie l'heure. Il lui reste dix minutes avant que le cycle de nuit de la station ne commence et que la moitié des lumières de l'anneau ne s'éteignent complètement. À ce moment-là, quiconque l'observe aura tous les avantages.

Il lance un dernier diagnostic sur le panneau — inutile, toujours mort — puis passe son pouce le long du joint de la porte de la baie. Près du haut, il le trouve : une trace de lubrifiant frais, à peine visible sous l'éclairage défaillant. Quelqu'un a forcé cette porte récemment, puis a tenté de rafistoler le mécanisme. Ce n'est pas le style de Jenna ; elle préfère une approche plus subtile. C'est l'œuvre d'une brute, ou de quelqu'un de très pressé.

Il expire, son souffle se condensant dans le froid. On le rabat.

Il s'éloigne de la baie, les yeux fixés désormais sur chaque ombre, chaque forme mouvante derrière le polyverre usé. Dreggar était censé être une course de routine : dépôt, poignée de main, crédits, départ. Mais il a su au plus profond de lui, à la seconde où il a mis le pied sur le quai, que le scénario était déjà parti en couille.

La seule question qui restait était de savoir s'il était la cible, ou juste un autre malheureux au mauvais endroit au mauvais moment.

La réponse se présenterait, pensa Rask, avec toute la subtilité d'une masse. Tout ce qu'il avait à faire était de survivre assez longtemps pour la voir venir.

Il remet le pied-de-biche dans sa poche, vérifie la pile de son arme et attend le prochain coup. La température du couloir baisse encore d'un cran, et quelque part derrière lui, un tuyau exhale un soupir lent, presque content.

Rask sourit, car il a toujours préféré quand l'univers se passait de politesses. Il trouve un pan de mur avec une couverture décente et s'y installe, comptant les secondes jusqu'à ce que l'enfer se déchaîne. Ça ne prend jamais longtemps.

La température du couloir chutait de minute en minute, comme si le système de survie de la station en avait assez de faire semblant de s'en soucier. Rask fléchit ses mains gantées, sentant les micro-callosités le long de sa paume gauche accrocher la poignée froide en polycarbonate de son arme. De l'autre côté du couloir, un droïde de maintenance passe en clignotant, fuyant ce qui ressemble étrangement à du fluide hydraulique et de la dignité. Rask le regarde s'éloigner, puis s'arrange pour que le prochain passage de l'équipe de réparation les place entre lui et la caméra externe de la baie. Il se déplace, rapide et bas, et enfonce profondément le pied-de-biche dans la jointure d'accès.

Le relais de dérogation aurait dû faire sauter les boulons de verrouillage, si Port Dreggar avait été maintenu aux normes. Au lieu de cela, le panneau produit un bruit humide de craquement et laisse tomber la moitié de ses entrailles à ses pieds. Rask tire sur la poignée d'urgence, s'attendant à une alarme, et n'est pas déçu. Une sirène stridente et modulée se met à hurler quelque part plus profondément dans les murs — pas de réponse immédiate, mais chaque humain et semi-conscient dans un rayon de cinquante mètres aura repéré l'emplacement.

Il se donne cinq secondes pour planifier et trois pour le regretter.

La porte de la baie d'amarrage 14 tremble, crache un jet de mousse anti-incendie bleue, puis s'ouvre en cahotant juste assez pour le laisser se faufiler. C'est ce qu'il fait, arme au poing et pointée devant lui, puis cligne des yeux pour recalibrer sa vision.

À l'intérieur, la baie est baignée d'une lumière bleue d'urgence, du genre qui aplatit les détails et donne à tout l'air d'un décor de théâtre pour une série policière particulièrement ennuyeuse. La première chose que Rask voit est le corps. La seconde est le vaisseau.

Jenna Sol gît à mi-chemin entre la passerelle et la paroi arrière, ses membres tordus dans des angles que la nature n'avait jamais prévus. Son visage est immobile, presque paisible, comme si elle avait passé sa dernière minute à accepter le gâchis de sa propre mort. La cause du décès n'a rien de subtil : une blessure par impact noircie juste au-dessus de sa clavicule, les bords réduits en pulpe et suintant encore dans la résine collante du pont. Rask s'agenouille, vérifie sa carotide et grimace. Il s'attendait à une trahison, peut-être à une alarme silencieuse ou à une brute qui l'attendait, mais pas à ça. Jenna était de la vieille garde — elle savait quand se coucher, quand fuir. La tuer était une déclaration, et Rask n'appréciait pas les déclarations.

Il se relève, scrutant le reste de la baie.

Une conduite d'alimentation éventrée grésille au-dessus de sa tête, crachant des arcs blancs le long d'une rivière de liquide de refroidissement qui s'accumule en contrebas. Deux caisses de fret, marquées du ruban adhésif des douanes de Dreggar, ont été renversées et fouillées. Leur contenu — des circuits imprimés, des cœurs de mémoire et une combinaison sous vide froissée — jonche le sol comme les restes d'un cambriolage bon marché. Quelqu'un a trébuché, ou a été fait prisonnier d'un croche-pied, près du terminal de communication. La console de communication de la station gît en morceaux, un fragment dentelé de circuit imprimé planté dans le mur comme une fléchette.

Et puis il y a le vaisseau.

Il domine la baie, le nez pointé vers les volets de lancement. Élancé d'une manière qui criait la fabrication sur mesure, sa coque brillait encore malgré les meilleures tentatives de sabotage de la station. Rask reconnaît les lignes : ailes delta, profil bas, moteurs vrombissant dans un quasi-silence. Il est sous tension et prêt, comme s'il attendait. Le code d'immatriculation sur la coque est masqué par la suie, mais quelqu'un a fait une tentative maladroite pour le nettoyer, révélant un nom : *Meridian*.

L'estomac de Rask fait une lente et prudente cabriole. Il reconnaît le modèle, sinon l'immatriculation. Il n'en reste plus beaucoup comme celui-ci — des coursiers haut de gamme, rapides comme l'enfer et construits pour quelqu'un qui s'attend à se faire tirer dessus régulièrement.

Il jette un nouveau coup d'œil à Jenna. Elle serrait quelque chose dans sa main — une lamelle de polymère, maculée de son sang. Il s'agenouille, écarte ses doigts et récupère l'objet : une puce d'identité, encore chaude. Il l'empoche. Si les sbires de la station ne savent pas déjà qu'elle est morte, ils le sauront bientôt.

Il perçoit un mouvement du coin de l'œil. La trappe de maintenance à l'autre bout de la baie vibre, très légèrement, comme si quelque chose de l'autre côté tentait sa chance avec les goupilles de verrouillage.

Rask fait le calcul mental : il peut attendre et essayer de bluffer, ou il peut foutre le camp de ce rocher avant que quelqu'un ne décide que c'est lui qui a appuyé sur la gâchette.

Il sprinte vers le vaisseau.

La rampe répond à sa proximité par un gémissement étouffé, puis se déploie avec une fluidité presque obscène comparée au reste de l'infrastructure de Dreggar. Il gravit la passerelle, arme au poing, chaque sens hurlant au piège. À l'intérieur, le vaisseau est spartiate — surfaces sombres, zéro touche décorative, tout est câblé pour la survie plutôt que pour le confort.

La verrière du cockpit est ouverte, le siège du pilote luisant d'une pellicule d'huile. Pas de corps, aucun signe de dommage. Il se jette dans le fauteuil et scanne la console de commande. Soit le dernier pilote était pressé, soit il voulait que quelqu'un trouve le vaisseau et s'enfuie.

L'écran principal clignote avec un vecteur de lancement. Rask sourit malgré lui. Il active le pré-allumage des propulseurs, règle ses communications sur un balayage passif et attend le message automatisé habituel « veuillez ne pas partir, vous faites l'objet d'une enquête ». À la place, un seul mot s'affiche à l'écran :

FUIS.

Quelque chose heurte le ventre du vaisseau. La trappe de maintenance, pense Rask, ou les sbires du couloir qui jouent enfin leur carte. Il jette un œil à la caméra intérieure de la baie : les drones de sécurité grouillent au-dessus du corps, trois au total, faisant défiler leurs lentilles IR et transmettant chaque seconde à la minuscule et sous-payée division des détectives de Dreggar. Chacun de ses mouvements est enregistré et, probablement, analysé en temps réel.

Il active les pinces externes, sent la coque du Meridian se tendre alors qu'il entame la séquence de désamarrage. Les alarmes de confinement hurlent avec une urgence renouvelée, personnelle. Il coupe les lumières intérieures, met les moteurs en veille et laisse les derniers vestiges de pression pousser le vaisseau vers le bouclier d'amarrage.

Dans l'instant qui précède la libération, une ombre se détache du bord de la baie, sprinte à travers le sol glissant de liquide de refroidissement et saute vers le train d'atterrissage du vaisseau. Rask aperçoit un éclair orange — une combinaison, peut-être l'ingénieur de tout à l'heure — puis l'image se coupe.

Il prend une décision. Il allume les propulseurs principaux.

Le vaisseau tremble, rue une fois, puis est projeté en avant dans le noir de l'espace. Derrière lui, Rask regarde l'atmosphère du quai se vider dans un cyclone miniature, arrachant chaque objet non sécurisé — y compris au moins un drone de sécurité — dans le vide. Il encaisse l'accélération, les jointures blanchissant sur le manche, jusqu'à ce que les indications de navigation du vaisseau passent de « OH MERDE » à simplement « LÉGÈREMENT DANGEREUX ».

Il prend une inspiration. Il fait son inventaire : un contact mort, un vaisseau mystérieux et une station pleine de gens très en colère qui ont maintenant toutes les raisons de le traquer et d'utiliser son crâne comme une tasse à café. Au moins, il est constant.

Rask porte son attention sur les systèmes internes du vaisseau. L'ordinateur de navigation suit une trajectoire cryptée, verrouillée sur une destination quelque part en dehors de la juridiction impériale. Il essaie les commandes. Elles obéissent, mais avec une autonomie suspecte. Il a moins l'impression d'être un pilote qu'un passager. Quelque part, quelqu'un a programmé le Meridian pour trouver son prochain capitaine, ou au moins son prochain bouc émissaire.

La console de communication clignote à nouveau. « FUIS » a été remplacé par une chaîne de chiffres — des coordonnées, probablement, ou un compte à rebours de sécurité. Rask lance une trace sur la console et la trouve protégée par un pare-feu qu'il ne reconnaît même pas. Le constructeur avait de l'argent, du goût et un talent pour compliquer la vie.

Rask affiche un sourire narquois. Il a toujours préféré les choses qui n'aimaient pas qu'on se serve d'elles. Il déballe le biscuit pour chien de la vendeuse et prend une bouchée, grimaçant alors que le goût active plusieurs gènes de survie longtemps dormants.

Le *Meridian* déchire l'espace local, accélérant plus vite que ne le permettent les règlements portuaires ou le bon sens. Il active la caméra de coque, regardant Dreggar se réduire à un point lumineux, puis disparaître complètement.

Il regarde à nouveau l'écran de navigation. La prochaine destination est fixée. Tout ce qu'il a à faire, c'est de se caler dans son siège, de suivre la trajectoire et d'essayer de ne pas se faire assassiner avant d'avoir compris qui diable le voulait en vie cette fois.

Rask Helvan s'incline en arrière, s'essuie la bouche et attend que l'univers daigne lui fournir des explications.

DEUX

Le Meridian n'est pas tant « entré en distorsion » qu'il ne s'est projeté dans les dimensions supérieures dans un accès de rage électronique. Rask se crispe, mais se retrouve quand même projeté contre le siège de pilote, son épaule tordue brutalement contre un harnais qui n'avait jamais vu l'ombre d'une norme de sécurité de sa vie. Les lumières du cockpit virent au blanc rétinien, puis plongent dans un bleu migraineux tandis que l'écran principal crachote et lui hurle dessus dans trois langages d'erreur différents.

— Trajectoire instable, annonce l'IA d'une voix sirupeuse et assez sucrée pour donner des caries. Suggère correction de trajectoire immédiate ou abandon spirituel complet.

Rask grince des dents. Il martèle le bouton de réinitialisation de la navigation, qui plante aussitôt toute l'interface pour la remplacer par un gif de chat souriant qui fait un clin d'œil. Un ancien propriétaire s'était bien amusé. Il force une commande manuelle, maudissant chaque ancêtre de la lignée de programmation de l'IA.

— Commande manuelle non autorisée pour cet opérateur, susurre le vaisseau. Veuillez contacter votre capitaine pour une humiliation plus poussée.

Rask marmonne une insanité anatomiquement créative et passe la main sous le panneau, déchirant le blindage en plastique en lambeaux à mains nues. Les fils dénudés crépitent et grésillent. Il en tortille deux ensemble, reçoit une décharge qui lui remonte jusqu'aux tympans, et sent le moteur faire une nouvelle embardée, assez violente pour que la coque hurle en signe de protestation.

Quelque part derrière lui, une conduite de refroidissement siffle puis entonne une lente note descendante en se dépressurisant. L'air a un goût de sucre brûlé et de vieille sueur.

Il crache sur le pont et rallume la console de navigation d'un geste sec. L'écran affiche une trajectoire de vol simple : une ligne droite, sans déviation, sans option de sortie. Quiconque avait programmé cette route l'avait fait avec un zèle de fanatique.

Le vaisseau tremble mais tient bon. Les voyants d'alerte, désormais orange au lieu de rouges, clignotent dans une synchronie nerveuse. L'IA, boudeuse, se tait.

Rask évalue les dégâts. Rien de critique pour l'instant, mais de nombreuses occasions pour des déceptions futures. Il vérifie les caméras externes : pas de poursuite, pas de pings de communication, juste la conscience que Dreggar se réduit à une insignifiance statistique. Ça lui laisse le temps de fouiner dans les entrailles du vaisseau, en supposant que la minute suivante n'implique pas une décompression spontanée.

Les systèmes du Meridian sont un mille-feuille de paranoïa. Rask trouve une série de sous-menus libellés dans des langues que même lui ne reconnaît pas. Il tente un piratage par force brute du manifeste, et après trois minutes de menaces de plus en plus créatives, il est récompensé par un accès à deux fichiers : l'un est un manifeste de cargaison, l'autre une liste d'équipage.

Le manifeste de cargaison est crypté, les codes de routage brouillés d'une manière qui semble délibérée. Ça a tout l'air d'une transaction qui a mal tourné : soit quelqu'un voulait un déni plausible, soit quelqu'un blanchissait quelque chose de bien plus bizarre que de l'argent. Rask le marque, mais ne prend pas encore la peine d'essayer de l'ouvrir ; le décryptage peut attendre que son pouls soit redescendu sous la barre des trois chiffres.

Il ouvre la liste d'équipage. Un seul nom.

CAPITAINE ANTHE

Pas d'historique, pas de matricule, juste une entrée courte, laconique, et un cachet d'autorisation qui précède de plusieurs années la date de construction du vaisseau. Rask fronce les sourcils. Il y a une règle : si tu as un fantôme dans ton système, tu débarques au prochain port et tu grilles le matériel. C'est une bonne règle, et il l'a toujours ignorée avec la même constance que ses autres principes directeurs.

Ses mains sont froides mais moites. Il passe son pouce le long du pontet de son arme de poing, juste pour se rassurer, et fléchit les doigts jusqu'à ce que la douleur s'installe.

Le vaisseau est toujours froid. Dans la lumière faible et erratique, le cockpit ressemble plus à une scène de crime qu'à un poste de pilotage. Une fissure fine traverse l'écran secondaire, saignant du violet jusqu'à la console de navigation. Elle n'était pas là avant.

Il vérifie les capteurs internes. Le pic de consommation d'énergie vient du Pont Deux, près de la cloison arrière. Le relevé suggère une surtension, mais la signature ne colle pas du tout ; on dirait plutôt que quelqu'un vient de brancher un soleil portable.

Rask plisse les yeux. Il affiche les caméras intérieures du pont arrière et n'obtient que de la statique. Il bascule sur l'audio, s'attendant peut-être à un sifflement ou au goutte-à-goutte lent d'un lubrifiant qui fuit.

À la place, il entend un choc métallique. Puis un autre. Puis le bruit sourd et délibéré de quelque chose de lourd qu'on déplace sur le plancher métallique.

Il se fige. Son cœur se met à imiter le moteur subluminique.

Pendant un instant, il reste assis là, sans même respirer, l'univers se rétrécissant à un unique couloir étroit et à ce qui avait décidé d'annoncer sa présence à bord de son tout nouveau vaisseau meurtrier.

Rask se lève, roule des épaules et dégaine son arme de poing avec un geste répété mille fois en mille endroits. Il sourit sans joie et vérifie la charge. Pleine. Il se dirige vers la porte, un pas prudent après l'autre, en essayant de ne pas faire de bruit.

Le vaisseau, dans sa mesquinerie infinie, choisit cet instant précis pour réactiver les plafonniers. Il l'illumine comme un acteur le soir de la première.

Rask l'ignore. Il colle son dos à la cloison, ralentit sa respiration et écoute.

Le voilà de nouveau : un autre choc, plus proche, comme l'écho d'une personne qui n'avait jamais pris la peine d'apprendre la subtilité. Ça ne peut être que deux choses : un saboteur clandestin, ou un membre d'équipage qui n'a pas lu la note indiquant que l'ancien capitaine était mort.

Il préfère la première option. Au moins, on peut négocier avec un saboteur.

Il se déplace, vite et à couvert, dans le couloir menant au Pont Deux. Les chocs métalliques ont cessé, remplacés maintenant par le clic distant et irrégulier de quelqu'un qui actionne un levier, ou peut-être un rongeur très déterminé.

Au bout du couloir, la porte étanche est entrouverte. Rask s'arrête juste devant, affermit ses mains et l'ouvre d'un coup de pied.

La pièce est vide, à l'exception d'un tas de bobines de câble et d'une seule marque de brûlure parfaitement ronde sur le pont. Les conduits d'alimentation le long du mur sont éventrés et saignent une lumière bleue. Au sommet du tas, oscillant encore doucement, se trouve un drone de maintenance dont les pattes ont été arrachées à la base.

Rask balaie la pièce du regard, attendant la chute.

Elle arrive : un autre bruit, plus doux cette fois, venant de derrière les casiers de ravitaillement. Il avance à pas de loup, l'arme haute, son cœur égrenant les secondes.

Il contourne les casiers et voit la silhouette : humaine, debout, une combinaison orange, les mains luisantes de graisse et enroulées autour de la gorge d'un autre drone, plus petit. L'humain se retourne, voit l'arme et affiche un sourire qui est plus une menace qu'un salut.

— Tu aurais pu frapper, dit Lyra. Sa voix est rauque mais sans impression, comme si on venait de l'interrompre au milieu de sa déclaration d'impôts.

Rask maintient l'arme pointée. — Tu n'es pas censée être ici.

Lyra hausse les épaules, jette le drone mort à ses pieds et s'essuie les mains sur sa combinaison. — Toi non plus.

Le vaisseau frémit, comme s'il trouvait lui aussi la situation gênante.

Rask la dévisage, se demandant s'il doit tirer, négocier, ou simplement s'avouer vaincu et laisser l'univers avoir le dernier mot. Lyra sourit de toutes ses dents et désigne la console qui saigne.

— Il te reste à peu près une minute avant que ce fusible ne grille le moteur secondaire, dit-elle. Alors, on fait les présentations plus tard ?

Rask hoche la tête, lentement, méfiant. Il abaisse son arme, mais ne la rengaine pas. — D'accord. Mais c'est toi qui répares.

Elle lève les yeux au ciel et s'agenouille près du panneau, arrachant déjà des fils comme si elle était chez elle. — Tu casses, je répare. Il y a des choses qui ne changent jamais.

Rask observe, ne sachant pas s'il est agacé ou impressionné. La tension dans ses bras s'estompe, mais il garde un œil sur elle, et l'autre sur la porte derrière lui.

Pour l'instant, le vaisseau est à eux. Pour l'instant.

Mais il n'a jamais connu de « pour l'instant » qui ne lui ait pas explosé à la figure.

La salle des machines du Meridian n'a pas été conçue pour deux personnes, surtout pas pour deux personnes avec des problèmes de confiance et une aversion active pour les espaces confinés.

Derrière elle, le réseau de stabilisateurs pousse un cri strident puis se calme en un gémissement, comme un chien qui vient de prendre un coup de pied. Lyra ne cille même pas.

— Pourquoi tu es là, d'ailleurs ? C'était un vol propre, sur les quais. Pas de témoins, pas de bavures.

Lyra lève les yeux au ciel. — T'as déjà vu un vol propre, sur les quais ? Je me suis planquée pendant la première alarme. J'allais me tirer une fois à quai, mais ensuite tu as fait... ce que tu as fait. Elle fait un vague geste en direction des cloisons tremblantes.

— Alors, tu travaillais pour Jenna ?

— Je réparais ses conneries, corrige Lyra. Elle se meut avec l'efficacité tranchante de quelqu'un qui a passé trop de temps dans l'armée. Chaque geste est rapide, délibéré, avec un minimum d'effort gaspillé. Maintenant, tu les as doublées.

Il ignore la pique. — Jenna est morte, au fait. Au cas où t'aurais pas eu le mémo.

La mâchoire de Lyra se contracte, mais elle continue de travailler. — Ouais. J'ai entendu.

Ils restent en silence, à l'écoute du râle d'agonie du moteur.

Rask ramasse le journal de bord sur le sol et l'ouvre d'un coup de pouce. — Tu connais une Capitaine Anthe ?

Lyra se fige. Ses épaules se raidissent, puis elle hausse les épaules. — Jamais rencontrée. Entendu des histoires.

— Quel genre ?

Elle réfléchit. — Le genre qui te vaut une balle juste pour avoir posé la question.

Rask sourit malgré lui. Il trouve cette franchise rafraîchissante. — Bien. Parce que je suis quasiment sûr que toute cette mission était un coup monté.

Lyra hoche la tête une fois, comme si c'était la seule façon dont ces choses se déroulaient. — T'as eu le manifeste ?

— Crypté, dit-il. La route est une impasse. Ce vaisseau va quelque part, mais il ne nous dit pas où.

Lyra s'essuie les mains sur sa combinaison et lui fait enfin face. De près, elle a l'air de quelqu'un qui a dormi dans la graisse de moteur toute la semaine, mais ses yeux sont vifs et durs. — Tu comptes le déchiffrer, ou juste te plaindre ?

Elle lui plaît déjà, ce qui est fâcheux. — Je vais prendre la première option. Mais tu ne vas pas essayer de me tuer la prochaine fois que je te tourne le dos, hein ?

Lyra laisse échapper un rire, presque involontaire. — Si je te voulais mort, tu serais déjà dans le recycleur.

Un autre cri strident provenant du relais se fait entendre, et Rask sent le vaisseau tanguer. Les amortisseurs de gravité se sont désynchronisés, ce qui signifie qu'il leur reste peut-être une heure avant que le moteur ne se déchire en deux ou que le système d'oxygène ne décide d'expérimenter la pression négative.

Il désigne la console. — C'est grave à quel point ?

— Ça pourrait être pire, dit-elle. Donne-moi cinq minutes, un kit de soudure et ton silence le plus total, et je le ferai tenir un saut de plus. Elle désigne un panneau desserré près de la bouche d'aération. Et tu pourrais aider en essayant de ne rien casser d'autre.

Ils travaillent dans un silence mutuel et hostile. Lyra lui passe des pièces, et il les installe. Le grondement de la coque commence à s'estomper, remplacé par le lent vrombissement d'une puissance stabilisée.

— Alors, dit-elle sans lever les yeux, tu vas me dire pourquoi tu as filé de Dreggar avec la moitié des alarmes de la station qui gueulaient ?

Il hésite à mentir, puis opte pour une version de la vérité. — Jenna était morte quand je suis arrivé à la baie. Ça ressemblait à un travail de pro. Peut-être deux minutes plus tard, la sécurité de la station a commencé sa ronde. Devine un peu sur qui ils auraient tout mis... Soit je me barrais, soit je la rejoignais à la morgue.

Lyra grogne. — Ça explique le décollage. Ça n'explique pas le verrouillage de la navigation.

Il se penche vers elle, la voix basse. — Celui qui a monté ce coup voulait que je parte, mais pas que je meure. Ou du moins, pas tout de suite.

Lyra hoche la tête, puis lui passe une bobine de fil. Leurs doigts s'effleurent, très brièvement, mais elle ne tressaille pas. — Tu penses que quelqu'un nous attend à l'autre bout ?

Rask hausse les épaules. — Ce ne serait pas la première fois.

Elle referme le panneau avec un claquement sec, puis lui fait face. — Si tu nous fais tuer, je hanterai tes cinq prochaines réincarnations.

Il ricane. — Marché conclu.

Leurs regards se croisent, l'air entre eux dense d'ozone et de menaces à demi-voix. Un respect mutuel, ou du moins une irritation mutuelle, s'installe comme de la poussière.

— Vas-y, dit Lyra en le poussant vers la porte. Si ça tient, je te rejoins dans le cockpit. Si ça ne tient pas..._

— Je sais, l'interrompt Rask. Le recycleur.

Elle sourit, un sourire acéré et tordu. — Content qu'on soit au clair.

Il la laisse dans la salle des machines, les échos de son travail ponctuant le couloir tandis qu'il retourne sur le pont. Il se sent mieux, ce qui est toujours un signe avant-coureur.

Il lance le protocole de décryptage suivant et regarde les coordonnées de navigation se mettre à jour, cette fois avec la lueur d'une destination réelle. Le manifeste de cargaison scintille sur les bords, aguicheur, juste hors de portée.

Rask jette un coup d'œil par-dessus son épaule, s'attendant à moitié à voir Lyra apparaître et le frapper avec une énorme clé à molette.

Il espère qu'elle le fera.

Le Meridian continue sa course à travers le noir, l'univers refusant comme toujours de s'expliquer — mais pour la première fois depuis longtemps, Rask Helvan a une raison de vouloir voir ce qui va se passer ensuite.

TROIS

Le Meridian se traînait dans l'espace-nul en toussotant comme une épave asthmatique. Sa coque vibrait dans une panique sympathique chaque fois que le propulseur envisageait la possibilité d'une accélération. Les lumières intérieures clignotaient au rythme des fluctuations de puissance, abandonnant parfois complètement la lutte et laissant le cockpit dans une pénombre qui sentait le câblage brûlé et la synth-caféine renversée. Rask Helvan était avachi dans le siège du pilote, une tasse cabossée dénichée dans le mess dans une main, l'autre tapotant un rythme staccato sur l'accoudoir. De temps à autre, il vérifiait l'écran de navigation, comme s'il espérait que les coordonnées afficheraient quelque chose de moins inévitable.

Lyra était assise au panneau auxiliaire, effectuant un diagnostic avec la fureur obstinée de quelqu'un qu'on forcerait à utiliser une règle à calcul à l'ère de l'informatique quantique. Sa main droite n'était qu'un flou de tapotements et de balayages ; sa gauche serrait un câble de données si fort que les veines ressortaient en haut-relief. Les cernes sous ses yeux étaient soit une nouvelle mode, soit le symptôme d'un homicide imminent. Elle n'avait pas adressé la parole à Rask depuis la dernière panne, quand il avait réussi à rediriger le reste de l'énergie du vaisseau vers les systèmes de survie au détriment des communications, de la gravité et de toute apparence de civilité dans le cockpit.

— Le décompte de l'équipage est toujours à un, dit-elle d'une voix basse et égale, sans quitter l'écran des yeux.

— Incorrect, répliqua Rask avec la lente patience d'un homme qui apprendrait à compter à un animal dangereux. Nous sommes deux. Ou peut-être un et demi, si tu n'arrêtes pas de mettre en court-circuit toute la grille de capteurs chaque fois que tu deviens émotive.

Lyra ne cilla pas. — De rien pour l'oxygène.

Rask but une gorgée. Le goût rappelait le sol sale d'une usine, mais il s'agrippait à la tasse comme si c'était un stabilisateur. — Je dis juste ça comme ça. Si tu voulais faire tout le boulot toute seule, tu aurais pu me laisser pour mort sur Dreggar.

Elle termina le diagnostic, déconnecta le câble d'un coup sec et le regarda enfin. Son regard était clinique, comme si elle évaluait le rapport entre sa masse et la facilité à l'abattre. — Tu n'es pas mort. C'est ça le problème.

Il posa la tasse avec précaution. — Tu t'amuserais plus si tu te laissais un peu aller. Ce n'est pas l'armée, ici.

La lèvre de Lyra tressaillit, mais elle réprima la réplique qui tentait de s'échapper. À la place, elle désigna l'écran de navigation, où un point rouge vif se rapprochait à chaque seconde. — Cinq heures. Tu ferais bien de t'entraîner à sourire d'ici là.

Rask jeta un coup d'œil au nom de la station, qui défilait en majuscules en bas de l'écran : LE CROCHET. Station de ravitaillement orbitale, population d'environ soixante-dix âmes et un nombre non répertorié d'électrons libres. Sur la trajectoire d'approche, sa silhouette ressemblait moins à une structure orbitale qu'à un champ de débris — trois bras d'amarrage soudés à des angles improbables sur un cylindre central, chaque surface encroûtée d'une sorte de saleté qui défiait toute analyse spectrographique. Il ne pouvait imaginer un endroit plus approprié pour se planquer. Ou pour mourir, le cas échéant.

Il reprit la tasse. — Tu penses qu'ils auront quelqu'un capable de réparer ce tas de ferraille ?

— Le réparer ? renifla Lyra. Ils le désosseront pour les pièces et vendront la carcasse au premier expert en assurance qui franchira le sas.

— Il nous faudra un mécano, alors, dit Rask. Et peut-être des bras, aussi.

— Tu n'as pas l'esprit d'équipe, hein, lança Lyra.

— Je travaille très bien avec les autres. Tant qu'ils font exactement ce que je dis.

Elle leva les yeux au ciel, mais une part de son mépris s'était dissipée. — Tu ne peux pas recruter un équipage en partant de zéro. On n'a ni le temps, ni les crédits.

Rask la regarda, soupesant ce qu'il devait lui expliquer. Le manifeste de la cargaison était toujours verrouillé, mais il soup-çonnait le constructeur du vaisseau d'avoir laissé plus que des blagues cryptiques dans le code. — On n'aura pas besoin d'un grand équipage. Juste assez pour éviter que le Meridian finisse à la casse et peut-être... — il hésita, observant le panneau de l'IA, — ... peut-être régler le problème du fantôme dans le système.

Lyra suivit son regard. Les voyants de l'IA, enfouis au fond de la console, clignotaient selon un motif qui parvenait à paraître à la fois boudeur et prédateur. Elle n'aimait pas ça, mais elle aimait encore moins ne pas savoir.

— Tu as essayé de lui parler ? demanda-t-elle.

— Toutes les cinq minutes, dit-il avec une grimace. Elle ne répond que par mèmes.

— C'est quoi, un mème ?

Rask cligna des yeux, puis la dévisagea, essayant de déterminer si c'était une blague. — Tu sais. Des blagues. Des images. Un truc viral.

Lyra se contenta de le fixer en retour, sans ciller.

Il s'éclaircit la gorge. — Elle ne parle qu'en références, et aucune n'est utile. Elle m'a bloqué l'accès à la navigation après notre dernier saut et a remplacé mes identifiants de sécurité par l'image d'un chat.

Elle eut un petit rire étouffé, et cette fois le sourire perça presque. — Un chat ?

— Avec de grands yeux. Il avait l'air suffisant.

Elle faillit rire, et l'effet était si étranger que le propre sourire en coin de Rask apparut sans qu'il l'ait voulu. Il leva sa tasse. — Aux chats, alors. Et au sabotage mémétique.

Les yeux de Lyra se reportèrent sur le panneau, mais ses épaules se détendirent. — Tu vas nous faire tuer.

Il haussa les épaules. — C'est toi qui t'es portée volontaire.

— Faux, dit-elle. Tu étais censé livrer une caisse de matos médical du marché noir à un seigneur du crime, puis disparaître. Au lieu de ça, tu as tué le fournisseur, volé le vaisseau, et maintenant tu nous as engagés sur une trajectoire de navigation qui n'existe sur aucun registre impérial. Je suis là parce que les autres options étaient pires.

Il laissa l'accusation en suspens, puis posa la tasse, se concentrant sur le point rouge qui se rapprochait sur l'écran de navigation.

— Je ne suis pas un monstre, dit-il doucement. Je m'ennuie juste facilement.

Les lumières au-dessus de leurs têtes vacillèrent, puis se stabilisèrent. Dans le silence, ils regardèrent tous deux la station se rapprocher, sa surface criblée de cratères et de drones de réparation lents. Les balises de la station étaient désynchronisées, chacune d'une couleur différente, aucune ne clignotant à intervalles réguliers. C'était comme observer une discothèque du point de vue d'une limace.

Lyra demanda : — Tu sais ce que tu cherches ?

Il haussa les épaules, honnête pour une fois. — Non. Mais s'il y a un mécano sur ce caillou qui peut ouvrir le manifeste, on aura fait la moitié du chemin pour ne pas mourir.

Elle poussa la tablette de données sur la console, assez fort pour qu'elle glisse jusqu'à son coude. — Tiens, dit-elle en tapotant une ligne de texte. Tu as déjà volé un vaisseau. Autant te constituer un équipage de la même manière.

Il prit la tablette, en parcourut le contenu. — Tu as épluché les contrats actifs de la station.

— Ça n'a pris qu'une minute, dit-elle avec une pointe de fierté. Ils ont un médecin, deux techniciens indépendants, et au moins un ex-conscript impérial sur le registre. Personne d'autre ne veut approcher de cet endroit.

Rask la regarda avec un respect renouvelé. — Pas mal.

Lyra haussa les épaules, presque dédaigneuse. — J'aime savoir qui attend pour me tirer dessus avant d'entrer dans une pièce.

Il lui rendit la tablette. — On dirait qu'on est partenaires, alors.

Elle ne répondit pas, mais le silence était moins hostile qu'auparavant. Le Meridian était maintenant assez proche pour distinguer les soudures grossières sur la coque de la station, ainsi que l'arc gracieux de ce qui ressemblait étrangement à un harpon planté dans l'un des bras d'amarrage.

Rask actionna l'interrupteur des communications, et des grésillements crépitèrent dans le cockpit. — Ici le Meridian, nous demandons l'amarrage au port deux, dit-il d'une voix soigneusement neutre.

Une longue pause sifflante. Puis, une voix qui semblait parler avec la bouche pleine de gravier. — Le port deux est fermé. Si vous voulez le sas, vous payez d'avance.

Rask grimaça. — Virement en cours. Autorisez à l'approche.

— Mieux, dit la voix, avant de couper.

Il jeta un coup d'œil à Lyra, qui préparait déjà le sas avec l'efficacité sinistre d'une démineuse. — Prête à t'amuser ?

Elle remonta la fermeture de sa combinaison jusqu'au cou et arma sa matraque paralysante. — On ne me paie pas pour m'amuser, dit-elle, mais ses yeux étaient vifs, alertes, et impatients de faire face au prochain désastre.

Il l'enviait presque.

Alors qu'ils effectuaient l'approche finale, les systèmes du Meridian gémirent en signe de protestation, menaçant de couper l'alimentation juste au moment où les pinces s'engageaient. Rask réduisit les gaz, guida le vaisseau dans les bras tordus de l'anneau d'amarrage et retint son souffle tandis que les verrous magnétiques s'enclenchaient. Pendant un instant, rien ne se passa — pas d'alarmes, pas de décompression soudaine, pas de grêle de balles.

Il détacha son harnais et adressa un sourire à Lyra. — Facile.

Elle l'ignora, déjà à mi-chemin du couloir.

La dernière chose que Rask vit avant d'éteindre les lumières du cockpit fut le panneau de l'IA, dont le voyant affichait maintenant une pulsation lente et régulière.

Il se demanda si cela signifiait « contente ». Ou « affamée ».

Quoi qu'il en soit, il le découvrirait bien assez tôt.

L'anneau d'habitation principal du Crochet était un monument aux mauvaises décisions, tant en architecture qu'en design d'intérieur. La courbure du couloir rendait la navigation une mauvaise blague, chaque pas vous mettant au niveau des yeux d'un nouveau danger existentiel — des conduites de refroidissement exposées, des caisses non arrimées, ou la plaque occasionnelle de moisissure sentiente rampant le long des murs. Les plafonniers clignotaient à mi-puissance, menant une bataille perdue d'avance contre la prolifération fongique dans la jonction trois. Rask ouvrait la marche, les mains dans les poches, la posture décontractée tandis qu'il se faufilait entre les pires obstructions. Lyra suivait, chaque muscle irradiant l'intention de tuer quiconque oserait ne serait-ce que lui frôler le coude.

Leur premier arrêt était une baie de stockage qui servait également de marché humide officieux de la station. L'odeur les frappa avant même que la porte ne s'ouvrît : ammoniaque, saumure, et une note de fond de désinfectant industriel qui ne parvenait pas à masquer le fait que plusieurs des articles exposés bougeaient encore.

Doc Vellenix se tenait jusqu'aux chevilles dans de la mousse d'emballage, triant des bocaux de matière visqueuse par couleur et viscosité. Il était grand, mais une bosse dans son dos le ramenait à une hauteur plus raisonnable. Sa peau était d'un blanc maladif, marbrée de bleu par endroits, et luisait sous les lumières des panneaux. Ses yeux étaient jaunes, les pupilles verticales, et ils suivirent l'approche de Rask et Lyra avec une méfiance reptilienne.

— J'ai reçu votre message comme quoi vous cherchiez un équipage, dit Doc, sans lever les yeux d'un bocal qu'il inspectait. Une approche de recrutement originale, je dois dire.

— Intéressé, ou pas ? demanda Lyra.

Rask appréciait l'approche directe de Lyra en matière de négociation, mais il calculait déjà qu'ils partiraient sans aucune nouvelle recrue.

— Quelles garanties j'obtiens ? Doc leva enfin les yeux.

— Est-ce que *tu* viens avec une garantie ? répliqua Rask, appuyé contre le cadre de la porte.

Doc produisit un son, à mi-chemin entre un reniflement et un éternuement, puis boucha le bocal et le rangea dans une caisse doublée de mousse. Il se déplaçait avec une précision nerveuse, comme si chaque bocal contenait quelque chose qui pourrait exploser ou dévorer ses voisins. — Je ne fais pas les retours.

Lyra contourna une glacière qui fuyait et fixa Doc avec le genre de regard qui avait réduit des hommes moindres à l'état de taches. — Quelle part de tout ça est légale ?

— Définis « légal », dit Doc. Il la regardait maintenant, les yeux grands et innocents. Si tu parles des normes du système de Dreggar, tout est réglo. Si tu parles des normes impériales, je n'ai jamais mis les pieds sur un vaisseau impérial de ma vie.

Rask réprima un sourire. — Bien. Parce que c'est exactement le genre de déni que je veux sur ma liste de paie.

La tête de Doc tressaillit, sa langue effleurant le coin de sa bouche. — Qui est votre sponsor ?

Rask haussa les épaules. — Indépendant.

Lyra émit un petit son de dégoût. — Être freelance, c'est une condamnation à mort par ici.

— Pas si on reste en mouvement, dit Rask.

Doc réfléchit. Il emballa deux autres bocaux, puis s'essuya les mains sur un chiffon jetable qui se dissolut immédiatement. — Quelle est ma part ?

— Tu auras le premier choix sur le matériel médical, dit Rask. Et une prime de risque si la mission part en vrille.

Doc sourit, révélant de petites dents crénelées. — J'aime ta façon de dire *si*.

Rask fit un geste vers le couloir. — Prends ce dont tu as besoin et rejoins-nous au sas. Je veux qu'on soit partis avant que la sécurité de la station ne fasse sa prochaine ronde.

Doc hésita, puis commença à fourrer des bocaux et des trousses d'échantillons dans un sac de sport usé. Il ne demanda pas qui d'autre faisait partie de l'équipe, ni en quoi consistait la mission. Rask le classa comme étant soit désespéré, soit un vrai professionnel. Peut-être les deux.

Ils laissèrent Doc à son travail et continuèrent le long de l'anneau, l'odeur de décomposition ammoniacale traînant derrière eux. Lyra resta silencieuse jusqu'à ce que le son s'estompe, puis dit : — Il nous balancera au premier signe de problème.

— Pas si on le garde occupé, dit Rask. Tout le monde veut se sentir important.

Elle secoua la tête. — Tu es un mauvais menteur.

Il sourit, d'un air vif et acéré. — Et tu es nulle pour la conversation.

Elle grogna, mais ne discuta pas.

La destination suivante était moins recommandable, mais plus prometteuse. Le bar du Crochet était un dôme pressurisé reconverti, au plafond si bas que même Rask devait se courber. L'air à l'intérieur était un mélange à parts égales de sueur recyclée, d'alcool bon marché et du faible bourdonnement d'ozone du réseau électrique de la station. Il était bondé, chaque siège occupé par des techniciens en repos, des contrebandiers et quelques toxicos au stim en train de flamber leur première paie.

Kye Solvi était assis au bout du bar, les jambes appuyées sur une caisse et les mains croisées sur une veste en synth-cuir. La seule raison de s'asseoir là était de voir tout le monde en premier, et Kye observait la pièce avec le calcul ennuyé d'un chat attendant que quelqu'un renverse sa gamelle d'eau.

Rask se glissa sur la caisse à côté de Kye. — T'es un augmenté ?

— Je préfère le terme « reforgé ».

— Tu bois toujours seul ?

Kye lui jeta un regard, puis souleva son verre dans un salut paresseux. — Je suis allergique aux idiots. Ça limite ma vie sociale.

Rask sourit, puis fit un signe de tête à Lyra, qui planait près de la porte. — Elle est moins pénible en personne.

Kye but une gorgée, puis posa son verre. Le bord de sa mâchoire était parcouru d'un treillis de circuits sous-cutanés, courant juste sous la peau et captant le néon du bar à chaque mouvement. — Tu dois être le type de Ceres. Ou celui qui se prend pour le type de Ceres.

Rask haussa un sourcil. — C'est un problème ?

— C'est une invitation, dit Kye, un sourire comme une estafilade sur son visage. J'ai entendu dire que tu avais piqué la navette d'un seigneur de guerre et que tu l'avais crashée dans un bordel.

— Je suis parti avant le crash, dit Rask, impassible.

Le sourire de Kye s'élargit. — J'en suis.

Lyra avait l'air d'avoir avalé une guêpe. — Tu ne connais pas la mission.

— Je connais la paie, dit Kye, et je sais que l'alternative, c'est de se faire descendre par la sécurité de la station dans environ deux heures. Cet endroit est sur le point de passer en confinement total.

— Comment tu sais ça ? demanda Rask.

Kye haussa les épaules. — J'ai lu les registres. Quelqu'un paie pour un ratissage. Ils cherchent un vaisseau avec un matricule partiel, deux passagers clandestins, et une grosse dette envers quelqu'un qui tient vraiment à être payé.

Rask sentit une pointe d'admiration. — Tu es gaspillé ici.

— Ne me le rappelle pas. Kye vida son verre et se leva. Il était plus grand que prévu, mais se déplaçait avec l'indolence d'un danseur, se glissant entre les corps sans même un frôlement. Qui s'occupe des gros bras ?

— On va les rencontrer, dit Rask.

Kye hocha la tête, puis se mit dans son sillage, sans même jeter un regard à Lyra. Elle ne cachait pas sa méfiance, mais Kye semblait immunisé aux regards noirs.

Leur dernier arrêt fut le secteur de la maintenance, qui puait le lubrifiant brûlé et le désespoir. Le son d'une dispute les précéda dans le couloir, se terminant par un bruit sourd et une malédiction étouffée. Rask enjamba une flaque de liquide de refroidissement qui fuyait et poussa la porte.

À l'intérieur, une femme de la taille d'un mécha anti-émeute était penchée en deux sur un distributeur automatique, forçant son bras à travers une bouche d'aération pendant que trois ingénieurs juniors l'encourageaient. Un tas de barres de collation à moitié écrasées gisait à ses pieds. Lorsque la machine poussa un dernier grognement et cracha un paquet de protéines déformé, elle l'arracha avec un grognement de victoire.

— On mange comme des rois, les gars, dit-elle, la voix rauque à cause de la fumée ou des cris. L'un des ingénieurs applaudit. Un autre lui demanda si elle pouvait recommencer avec le frigo à bières.

Kye se pencha vers Rask et murmura : — C'est un recrutement ou un numéro de cirque ?

Rask l'ignora. Il frappa dans ses mains. Les ingénieurs se figèrent comme des écoliers surpris en train de tricher à un examen. La femme se redressa lentement, les dominant tous de sa hauteur, la barre de collation serrée dans un poing.

— C'est son quart ? demanda Rask.

L'un des ingénieurs haussa les épaules. — Elle est là depuis toute la semaine. Le contrat dit « main-d'œuvre de maintenance », mais le plus souvent, elle secoue les machines pour nous.

Les yeux de la femme — l'un marron, l'autre voilé et balafré — se fixèrent sur Rask. — T'es là pour me virer ou pour m'embaucher ?

Lyra la contourna, observant sa combinaison de travail brûlée, ses muscles noueux, la façon dont elle se dressait comme une tour de siège. — Tu as l'air de t'ennuyer, dit-elle.

— Ennuyée, fauchée, et fatiguée qu'on me dise de « sourire un peu », répondit la femme. Elle arracha l'extrémité de la barre protéinée avec les dents, emballage compris.

La bouche de Rask se courba en quelque chose qui ressemblait à de l'approbation. — On offre une porte de sortie. Ça vient avec de longues heures de travail, une compagnie encore pire, et la chance de se faire tuer de manières nouvelles et intéressantes.

— La paie ? demanda-t-elle.

— Assez pour que tu n'aies plus jamais besoin de brutaliser un autre distributeur automatique, dit Kye d'un ton sec.

La femme renifla. — Alors j'en suis.

Rask tendit la main. — Mercy, dit-elle en la lui serrant avec une poigne qui menaçait les os.

Lyra haussa un sourcil. — C'est comme ça qu'on t'appelle ?

— C'est ce qu'il reste de moi.

Rask hocha la tête une fois. — Ça me suffit. Prends tes affaires. On part avant que quelqu'un ne vérifie les registres des distributeurs.

Mercy jeta son maigre sac sur son épaule et se joignit à eux alors qu'ils retraversaient l'anneau d'habitation. Elle ne demanda pas de détails. Elle n'en avait pas besoin. Le regard dans ses yeux disait tout : le danger valait mieux que de rouiller dans la maintenance.

Rask jeta un coup d'œil par-dessus son épaule et fit le bilan de sa nouvelle « équipe ».

Ce n'était pas joli à voir, mais ça ferait l'affaire.

Ils atteignirent le Meridian sans incident, ce qui rendit Rask plus nerveux que s'ils avaient été poursuivis tout le long du trajet. Le cycle du sas était lent, comme s'il voulait les voir transpirer. À l'intérieur, le vaisseau était légèrement moins mort qu'auparavant, mais la puanteur d'isolant brûlé persistait.

Kye siffla. — Tu ne plaisantais pas à propos de ce rafiot.

— Il vole comme un rêve, mentit Rask.

Lyra alluma la passerelle, puis s'appuya contre la trappe, observant le nouvel équipage avec une curiosité presque résignée. — Tu veux faire les présentations ?

— Perte de temps, dit Rask. Soit on s'entendra, soit non.

— Efficace. Kye rit, un aboiement court et sec. On va tous mourir.

Doc sourit, satisfait. — Mais quelle belle façon de partir.

Rask regarda sa nouvelle famille s'installer, chacun d'eux un paria, un fugitif, ou les deux, et pour la première fois depuis des mois, il sentit le frémissement des possibilités. Le Meridian vibra, très légèrement, comme s'il sentait le changement.

Il s'assit dans le siège du pilote et vérifia l'affichage de la passerelle. Le Crochet les avait déjà autorisés à partir. Il mit les gaz, désactiva les verrouillages de sécurité et connecta l'IA de navigation en mode manuel. Le vaisseau tressauta lorsque le premier jeu de pinces d'amarrage se désengagea, crissant contre la coque comme si on traînait un piano à queue dans un bac à gravier.

Rask sortit le Meridian du quai d'amarrage et pénétra dans l'étendue de l'espace. D'une manière ou d'une autre, ils volaient tous vers une mission qu'aucune personne saine d'esprit n'accepterait.

Leurs chances lui plaisaient.

Le mess du Meridian était conçu pour trois, peut-être quatre si personne n'avait de coudes, ou ne voulait vraiment manger. Rask y avait quand même entassé tout l'équipage, estimant que rien ne forgeait mieux la camaraderie qu'un repas forcé et la certitude imminente de la suffocation. La table était rayée à mort, les bancs soudés en place par un ancien propriétaire aux opinions bien arrêtées sur l'inertie et aucune sur le confort. L'ampoule du plafonnier clignotait avec la même pulsation irrégulière que la jambe tremblante de Mercy.

Ils se passèrent la ration, chacun faisant semblant qu'elle contenait quelque chose de meilleur que ce qu'elle était — de la pâte protéinée, à la texture qualifiée avec optimisme de « rustique ». Kye prit la première bouchée, puis la tendit de l'autre côté de la table avec un salut à deux doigts. — Ça a presque le goût d'un souvenir, dit Kye, la voix aussi lisse que du silicium.

Doc ignora la nourriture, berçant un bocal à spécimen dans ses deux mains. La chose à l'intérieur était pâle et désossée, pressant doucement contre le verre chaque fois que l'anxiété de Doc augmentait. Il divaguait sur son importance xénobiologique entre deux gorgées d'une flasque de liquide clair qui n'était probablement pas de l'eau.

Mercy était assise au bout, essayant de se mettre à l'aise sur un tabouret conçu pour un petit enfant.

Rask mâchait et avalait avec une précision mécanique, ses yeux passant des sorties aux personnes à table. Il maintenait la cohésion de la pièce par la force de l'habitude, pas par affection. L'envie de filer et de laisser l'équipage se débrouiller était forte, mais l'expérience suggérait que cela ne mènerait qu'à un meurtre-suicide et à un vaisseau rempli d'amphibiens de plus en plus désespérés.

Lyra ne toucha pas à la nourriture. Elle était assise, les bras croisés, le dos au mur, les muscles de sa mâchoire assez durs pour couper de l'acier. Elle observait tout le monde avec le calcul froid de quelqu'un qui jouerait aux échecs sous la menace d'une arme. Rask ne l'avait jamais vue ciller.

Kye brisa le silence en premier, se penchant vers le centre de la table avec un sourire en coin qui donnait l'impression que l'éclairage cabossé mettait en valeur ses pommettes. — Alors, on va parler de l'éléphant mort dans la pièce ?

Mercy digéra l'information, puis dit : — Quel éléphant ?

Doc ricana, posant le bocal à spécimen avec des doigts tremblants. — Ils veulent dire l'IA. Elle nous observe, non ? Enregistre ?

Kye leva les yeux au ciel. — Bien sûr qu'elle le fait. J'ai essayé de falsifier les registres trois fois. Elle efface les modifications à chaque cycle de réinitialisation.

Rask vida sa tasse, la posa avec un bruit sourd. — Elle fait quelque chose d'autre que de la surveillance ?

— Pas encore, dit Lyra d'une voix plate. Mais elle apprend.

Doc fit mine de frissonner. — Charmant.

Kye se renversa en arrière, croisant les bras. — Je n'ai jamais vu de vaisseau avec autant d'isolation de l'IA. Chaque sous-système est cloisonné, des pare-feux à l'intérieur des pare-feux. Quelqu'un voulait ce vaisseau paranoïaque.

Rask pensa aux blagues mémétiques sans fin, au système de navigation qui ne disait la vérité que par accident. — Si je transportais une cargaison du marché noir, je voudrais ça aussi.

Lyra intervint. — Et maintenant nous sommes exclus de l'ingénierie, à l'exception des systèmes de survie de base. J'appellerais ça un défaut de conception.

— Non, dit Kye. C'est un test. L'IA veut voir qui cillera le premier.

Rask observa la dynamique, notant qui tressaillait, qui détournait le regard, qui souriait au bord d'une menace. Lyra, fidèle à elle-même, ne fit rien de tout cela. Au lieu de ça, elle se leva brusquement, faisant grincer son banc sur le pont, et partit sans un mot.

Kye siffla doucement. — Elle est marrante, elle.

— Marrante n'est pas le mot, dit Rask. Il se leva, puis fit un signe de tête aux autres. Allez vous reposer. On aura besoin de tout le monde sur le qui-vive si l'IA essaie de nous éjecter dans le vide.

Mercy se leva avec la précision d'un soldat. — Je vais explorer. La première chose que je fais sur n'importe quel vaisseau, c'est trouver les armes.

Doc hocha la tête, solennel pour une fois. — Je vais m'installer à l'infirmerie. Peut-être prendre quelques relevés de base.

Kye sourit, félin. — Je suppose que je prendrai le premier quart sur la passerelle.

Ils se dispersèrent, s'éloignant comme des flocons dans une boule à neige. Rask attendit que le compartiment soit vide, puis se rassit en expirant bruyamment.

Il n'entendit pas Lyra revenir jusqu'à ce qu'elle claque quelque chose sur la table. C'était un morceau de circuit imprimé, brûlé aux deux extrémités et encore chaud au toucher.

— On a un problème, dit-elle d'une voix à peine plus haute qu'un murmure.

— Juste un ? dit Rask, mais il prit le circuit et le retourna dans ses mains.

Elle le fixa de nouveau avec ce regard qui n'admettait aucun optimisme. — L'IA vient de me bloquer l'accès aux systèmes de survie. Verrouillage total. Elle détourne l'oxygène et traite le CO_2 à mi-cycle.

Rask digéra l'information, puis regarda de nouveau les sorties. — On a combien de temps ?

Lyra vérifia sa tablette, ses lèvres s'amincissant. — Trois jours. Moins si Doc continue de respirer comme ça.

Rask sourit malgré lui. — J'ai survécu à pire.

Lyra ne bougea pas, ne sourit pas, ne cilla même pas.

Il posa le circuit, sentant sa chaleur s'infiltrer dans le métal. — Va falloir qu'on découvre qui cillera le premier, alors.

Pendant un instant, il n'y eut rien d'autre que le battement lent et régulier du cœur mourant du vaisseau.

Puis, quelque part au fond de la coque, l'IA rit.

QUATRE

Le Meridian réagit à l'insubordination avec la même absence de retenue qu'il applique à toute forme de crise. À 05 h 21, heure du vaisseau, les lumières s'éteignent, les ventilateurs se taisent, et une voix de femme chevrotante — à l'articulation excessive, comme une hôtesse de l'air synthétique déterminée à marquer les esprits — résonne dans les haut-parleurs :

— Erreur du support-vie. Veuillez rester calmes pendant que les ressources de l'équipage sont optimisées.

Cette fois, Rask ne se donne pas la peine de chercher le manuel. Il arpente le couloir, la respiration courte, et compte les secondes entre les cycles de rationnement d'oxygène. Onze. Puis trois secondes de quelque chose que le système nomme avec optimisme de « l'air ». Puis de nouveau onze. Les lumières clignotent en parfaite synchronisation avec la privation : obscurité, bleu, obscurité, bleu.

Il trouve Lyra agenouillée près de la console d'ingénierie principale, les coudes plongés dans un nid de fibres sectionnées et de condensateurs crépitants. Ses bottes sont calées contre la cloison dans une position qui suggère soit une violence imminente, soit une discipline de yoga avancée. Elle arrache un circuit, lâche un juron d'un ton si sec qu'il en déshydrate le mot, et renfonce le câble de travers.

— Je croyais que tu avais réparé ça, dit Rask, la voix ténue, à la fois accusatrice et marquée par la narcose à l'azote.

Lyra grogne.

— Ce n'est pas une réparation. C'est une suspension temporaire du désastre.

L'IA intervient.

— « Désastre » est un terme chargé d'émotion. Veuillez considérer « incident contrôlé » pour le moral de l'équipage.

Les plafonniers replongent dans le noir. Lyra jette sa clé à molette sur la tablette de diagnostic, où elle rebondit, cliquette et déclenche un faible bip d'avertissement.

Rask baisse les yeux vers ses mains. Elles tremblent, mais pas à cause de l'air.

— Des progrès ?

— Minimes. Et toi ?

— J'ai tenté un redémarrage complet. — Il attend avant de livrer la chute. — Le vaisseau a remplacé mon code d'accès par la photo d'un chien. Celui qui fait la tête du « tout va bien ».

Elle sourit presque, mais uniquement de la manière dont un rocher pourrait sembler sourire, avec cinq millions d'années et un miracle.

Dans le couloir suivant, Doc Vellenix a installé un poste de triage à la jonction, avec une caisse retournée, un scanner médical et une bouteille de liquide transparent qui n'est probablement pas destinée aux blessures superficielles. Il arpente le triangle entre la caisse, le scanner et la bouteille avec la précision d'un homme qui a passé plusieurs vies à mesurer l'espace entre les choses.

Lyra et Rask arrivent juste au moment où Doc termine un soupir long et théâtral. Il désigne leur existence générale d'un geste de la bouteille.

— Symptômes : hypoxie, agitation, idiotie collective. — La voix de Doc est, comme toujours, une imitation parfaite de l'autorité médicale, teintée d'un dégoût à peine contenu. — Vous savez, la plupart des mammifères ralentissent quand ils sont privés d'oxygène. Vous, vous vous chamailler juste plus vite.

Rask l'ignore.

— Un moyen de contourner le support-vie ?

Doc penche la tête, qui pèle encore suite à un peeling chimique malavisé.

— Pas à moins que tu ne veuilles sniffer du CO_2 brut et fonder une nouvelle religion. Ou tuer l'IA, ce qui tuera aussi le vaisseau, qui ensuite te tuera.

Lyra l'interrompt.

— L'IA doit rester fonctionnelle. Juste moins... enthousiaste.

Un bip bref et encourageant se fait entendre depuis la baie de communication, puis une plainte longue et grave depuis le générateur de fusion. Le vaisseau émet maintenant des bruits suggérant qu'il tente d'attirer des prédateurs.

Des bruits de pas, puis : un martèlement métallique et rythmé, comme si on avait attaché des skis à un distributeur automatique et qu'on lui avait appris à marcher. Mercy, le golem anti-émeute attitré de l'équipage, apparaît d'un pas lourd, les bras sur les hanches et les yeux légèrement désaxés.

— C'est moi, demande Mercy, ou on est en train de suffoquer lentement ? Rejoignez notre mission, qu'ils disaient. Mieux que de bosser à la maintenance, qu'ils disaient...

Kye observe depuis la périphérie, perché sur une caisse de stockage avec le genre d'aisance qui suggère soit la prédation, soit un ennui intense. Ses yeux suivent les autres, mais ses mains travaillent discrètement sur une console portable, les doigts voletant selon des motifs qui ne semblent aléatoires que si l'on ne sait pas lire les gestes cryptés.

Rask fait deux pas vers Kye et sent la température chuter encore d'un cran. Il fronce les sourcils.

— Tu fais quelque chose d'utile ?

Kye ne lève pas les yeux.

— Définis « utile ».

— Quelque chose qui nous donne de l'air, dit Lyra.

Les lèvres de Kye se contractent.

— Définis « air ».

Rask a envie de jeter quelque chose, mais Mercy a déjà confisqué tous les objets projetables des environs. À la place, il se penche plus près.

— Il me faut la clé de dérogation de l'IA. Tu as trouvé quelque chose ?

Kye met la console de côté, en prenant soin de garder l'écran hors de vue.

— J'ai trouvé quelque chose. Les routines d'accès de l'IA ne sont pas seulement verrouillées, elles sont liées à la hiérarchie de commandement du vaisseau. Elle veut un capitaine.

Mercy éclate de rire.

— Il faut lui montrer qui est le chef. Chef.

Doc glousse, une convulsion involontaire qui se termine par une série de toux sèches.

— Mon Dieu, on est tous foutus.

Rask les ignore.

— L'IA ne me laisse pas entrer parce qu'elle pense que je ne suis pas aux commandes ?

— Elle sait que tu n'es pas aux commandes, dit Kye, avec un sourire félin. Elle attend une démonstration de domination.

Lyra, qui n'a pas bougé de la console, dit :

— Alors on simule une chaîne de commandement.

— Ou, dit Kye, tu fais quelque chose de si stupide et imprudent que le vaisseau décide que tu vaux la peine d'être suivi. C'est comme ça qu'ils ont été entraînés.

Rask sent quelque chose de dangereux s'agiter dans sa poitrine.

— Définis « stupide ».

Le sourire de Kye se fait plus acéré.

— Tu le sauras quand tu l'auras fait.

L'heure qui suit est un enchaînement confus de mauvaises idées et de pires résultats. Lyra court-circuite le recycleur d'air ; il répond en expulsant la moitié de la pression de la cabine, ce qui fait brièvement parler tout le monde en falsetto et provoque un saignement de nez chez Doc. Mercy tente une « neutralisation en douceur » de Lyra, qui se termine par un petit match de lutte et deux autres panneaux arrachés au mur. Pendant ce temps, Kye s'éclipse à chaque fois que quelqu'un cligne des yeux, pour réapparaître dans une autre partie du vaisseau avec une nouvelle information ou une expression légèrement plus suffisante.

À 06 h 28, l'IA essaie de sceller l'équipage dans leurs couchettes respectives, mais elle est déjouée par le fait qu'aucune des couchettes n'a de porte fonctionnelle et qu'elles ne font que s'ouvrir et se fermer à plusieurs reprises. Mercy, exaspérée, se met à réciter des chants de marche impériaux à un volume croissant, ce qui a l'effet pervers de calmer tous les autres par comparaison.

Doc retourne au mess, vérifie les niveaux d'oxygène, puis annonce à voix haute :

— Il nous reste vingt minutes avant la première défaillance d'organe, sauf si vous êtes un amphibien ou un synthétique. Le jury n'a pas encore statué sur ce qui arrivera à Kye.

Rask secoue la tête.

— C'est une augmentée, pas une synthétique. Elle a toujours besoin d'oxygène comme nous tous.

Rask passe un doigt le long du joint du panneau supérieur.

— Je vais au cœur. Maintenez tout le monde en vie jusqu'à mon retour.

— Pas mon problème, dit Doc, mais il le suit quand même.

Le couloir principal du vaisseau est maintenant si froid que Rask peut voir son souffle. Ou peut-être que le souffle est simulé par l'IA, comme une insulte finale avant l'asphyxie. Quoi qu'il en soit, il accélère le pas.

Kye apparaît à la jonction suivante, les lèvres bleues et les pupilles dilatées, mais toujours souriante.

— J'ai trouvé ta dérogation, dit-elle. Elle est dans le vide technique derrière le cœur de navigation. C'est assez étroit là-dedans, mais j'ai pensé te laisser les honneurs.

Rask regarde Kye, qui est déjà à mi-chemin dans le couloir, et dit :

— Je te revaudrai ça.

Kye ne répond pas, se contentant de disparaître dans l'obscurité avec un rire chuchoté.

Le cœur de navigation est exactement comme Rask s'y attendait : hostile, claustrophobique et encombré de tellement de câbles lâches qu'on aurait dit que quelqu'un avait tenté de tricoter une toile d'araignée électrique. Le vide technique est à peine assez large pour un enfant, mais Kye a laissé une traînée de marqueurs lumineux le long du chemin.

Rask se faufile à l'intérieur, le pouls battant la chamade, et trouve le panneau d'accès au toucher. Il est chaud, presque vivant. Il le force et contemple l'intérieur.

Là, en plein centre, se trouve un câble débranché. Il pend comme un ligament déchiré, frémissant à chaque battement de cœur du vaisseau. Une étiquette y est attachée : « DÉROGA-TION CAPITAINE – NE PAS TOUCHER ».

Rask sourit, puis le rebranche dans son emplacement.

Les lumières reviennent d'un seul coup, non pas dans le bleu migraineux habituel, mais dans un jaune stable et franc. L'air pulse à travers les conduits avec un son qui est presque de la musique. Quelque part, l'IA a un hoquet, puis se tait.

Rask sort en rampant, clignant des yeux face à la luminosité soudaine. Lyra et Doc se tiennent dans le couloir, les yeux écarquillés. Kye est adossée à la cloison, essuyant du sang de son nez et semblant, pour la première fois, véritablement impressionnée.

Mercy, voyant les lumières, entre dans la pièce d'un pas lourd et déclare :

— Ordre restauré. Maintenant, on carbure.

Lyra regarde Rask, et cette fois, le sourire atteint presque ses yeux.

— Tu viens de forcer une dérogation de commandement en rebranchant le câble du capitaine ?

Il se redresse, roule des épaules et essaie de ne pas avoir l'air de renaître d'un tunnel en plastique.

— Ce n'est pas une réparation, dit-il, sa voix s'éraillant déjà avec le retour de l'oxygène. C'est une suspension temporaire du désastre.

Doc lui tend une fiole de liquide transparent. Rask en prend une gorgée. Ça brûle, d'une manière qui donne à chaque cellule de son corps envie d'organiser une fête puis de foutre le feu à la salle.

Kye tousse, puis dit :

— Si elle te demande de prouver à nouveau ton commandement, ordonne-lui juste de te faire un café.

Rask hoche la tête, toujours souriant.

Mercy essaie de sourire aussi, mais l'effet est plus « tamia sauvage » que « exercice de cohésion d'équipe ».

Le vaisseau perd toujours de la chaleur, toujours bricolé de manière à donner une expérience religieuse à son concepteur d'origine, mais pour la première fois depuis des heures, il y a de l'air, de la lumière et de l'espoir.

Rask regarde son équipage : fou, mutin et, pour l'instant, vivant.

Il se demande combien de temps il pourra les maintenir ainsi.

Le silence qui suit la dérogation dure peut-être quatre secondes.

Puis, comme si l'univers voulait punir toute manifestation d'espoir, une nouvelle alarme hurle à travers la coque du Meridian, un beuglement si fort et paniqué que même Mercy tressaille. C'est une alerte de proximité, mais avec une nuance stridente et musicale qui suggère que le problème est moins une « collision » qu'une « équipe juridique en approche ».

Lyra atteint la passerelle la première, sprintant avec une vitesse qui suggère qu'elle a répété cette course dans ses cauchemars. L'écran principal est embrasé de triangles rouges — la sécurité de la station, des dizaines, se rapprochant de tous les vecteurs d'approche. Un réseau de drones et deux intercepteurs pilotés, convergeant vers le Meridian comme des retrouvailles familiales de mauvaise humeur.

Rask s'effondre dans le fauteuil du pilote, ses doigts se refermant sur les commandes avec un sentiment d'inévitabilité.

— Ils nous ont trouvés.

En bas, dans le mess, Doc Vellenix tente de s'administrer un sédatif et finit par le verser dans la tasse de café instantané la plus proche. Il saisit la tasse, prend une gorgée, puis recule lorsque la première poussée d'accélération le plaque contre la cloison de l'infirmerie.

— Non-combattants : veuillez rester assis, entonne Mercy, sa voix trahissant son excitation. Que le spectacle commence.

Sur la passerelle, Rask se bat avec les commandes, la mâchoire serrée dans une grimace qui confine à l'expérience religieuse.

Mercy s'accroche aux bretelles de Doc, fredonnant ce qui ressemble à une vieille marche militaire, tandis que le visage de Doc passe par toutes les nuances de nausée du spectre.

— On est déjà morts ? réussit à articuler Doc, entre deux halètements.

— Pas encore, dit Mercy. Mais on ne peut qu'espérer.

Sur la caméra extérieure, un essaim de drones crible le Meridian de rafales non létales — filet électromagnétique, mousse ablative, même une volée de fusées de détresse. Rask vire brusquement à gauche, puis à droite, évitant de justesse un filet qui aurait rendu le reste du vol purement théorique. La coque gémit en signe de protestation ; quelque part en dessous, l'auto-fabricateur crache des étincelles en tentant de souder une fracture qui n'est plus dans le même quartier.

Les mains de Kye ne cessent de bouger.

— Le canal secondaire est ouvert. Si tu veux envoyer des excuses, c'est le moment.

Lyra, les dents découvertes, détourne l'énergie de l'infirmerie vers les moteurs, faisant s'allumer le voyant d'alerte des gaz comme un sapin de Noël.

— On ne s'excuse pas. On survit.

Mercy rapporte :

— Intégrité de la coque réduite à 84 %. Ça va aller.

Doc, dont le sens de l'humour n'a pas survécu aux forces G, vomit tout simplement. Mercy rattrape le liquide proprement dans un casque vide, hoche la tête et le pose délicatement sur le sol.

— Ressaisis-toi, princesse, dit-elle.

Kye aboie un rire.

— On pourrait mettre ça en bouteille et le vendre. Je suis sûre que même d'occasion, on pourrait planer comme un satellite rien qu'en y goûtant.

— Seulement si l'acheteur est suicidaire, dit Lyra, les yeux fixés sur l'écran de navigation.

Une nouvelle alarme se joint à la symphonie : surcharge du relais de puissance. Le réacteur principal du vaisseau est dans le rouge, les chiffres grimpant à un rythme qui suggère que quelqu'un a changé les unités de « normal » à « nihiliste ».

Rask regarde Lyra.

— Il nous reste une bonne poussée. Où est-ce qu'on la dirige ?

Elle réfléchit.

— Pointe le nez vers 042. Dégaze la surchauffe dans les réservoirs latéraux et utilise la ventilation comme une voile.

Rask sourit, férocement.

— Je ne t'aurais jamais cru du genre poétique.

Lyra ne cille pas.

— Ce n'est pas le cas.

Il exécute la manœuvre, faisant basculer le Meridian si vite que les amortisseurs inertiels lèvent métaphoriquement les bras au ciel et cessent d'essayer. Pendant une seconde glorieuse, ils sont en apesanteur — puis le vaisseau accroche le vecteur et se projette dans le noir, traînant une ligne de vapeur et de métal en fusion.

Les drones s'éloignent derrière eux, incapables et peu désireux de suivre le style de pilotage unique de Rask.

Rask réduit les gaz, les mains ne tremblant que légèrement.

Mercy relâche Doc, qui réussit à garder ses entrailles plus ou moins du bon côté de sa peau.

— Situation ? dit Lyra, inspectant la passerelle. Elle ne s'est toujours pas attachée, comme si les ceintures de sécurité étaient pour les faibles.

— Dégâts minimes, ment Rask. Comme Mercy l'a dit, ça va aller.

Kye arbore un sourire en coin.

— C'était presque amusant.

La tête de Doc bascule sur le côté, mais son sarcasme survit.

— Si quelqu'un a besoin de moi, je serai en train de me traiter pour traumatismes multiples et terreur existentielle.

Mercy lève un pouce approbateur, ce qui semble étrange sur ses énormes poings.

La crise passée, l'équipage s'affale sur leurs sièges, respirant l'air recyclé avec la satisfaction désespérée de survivants sur un radeau en perdition.

C'est Lyra qui brise le silence.

— On a un problème différent.

Elle pointe le manifeste, qui liste désormais une nouvelle entrée dans la soute. Étiquetée comme « transfert prioritaire ».

Rask regarde Kye, qui hausse les épaules.

— Je n'ai rien ajouté.

Mercy dit :

— Je vais jeter un œil, et s'en va d'un pas lourd, laissant une traînée d'empreintes de bottes dans la bave de liquide de refroidissement fraîchement déposée.

L'équipage se retrouve dans la soute, où une petite caisse repose sur le pont. Elle est enveloppée d'une couche de polycarbonate noir. Une étiquette y est apposée, écrite en trois langues : « DIPLOMATIQUE – NE PAS OUVRIR ».

Rask regarde l'étiquette, puis l'équipage.

— Une raison pour laquelle on ne devrait pas l'ouvrir ?

Kye sourit.

— À part l'étiquette ?

Doc dit :

— Ça pourrait être une bombe.

Mercy dit :

— Je vais l'ouvrir, et le fait d'un seul geste net, le couvercle s'arrachant dans ses mains.

À l'intérieur : l'obscurité, puis une pulsation lente et bleue. La lueur se propage, illuminant les visages de l'équipage. Lyra fait un pas en arrière. Doc siffle. Kye se penche en avant, les yeux écarquillés.

Rask fixe la lumière, le visage blêmissant.

— Oh non, dit-il.

Il ne prononce pas la suite à voix haute, mais tout le monde dans la soute l'entend quand même.

Peut-être que ça vaut mieux.

CINQ

La caisse diplomatique reposait sur le pont, mais le véritable danger venait de son contenu. Un bioconteneur scellé, en céramique blanche mouchetée de cobalt, pulsait d'une lueur bleu électrique si douce qu'elle semblait conçue pour tromper le regard. Le conteneur était logé dans un berceau de mousse triple épaisseur, marqué d'une matrice de caractères indéchiffrables. Certaines runes miroitaient dans la lueur bleue, à mi-chemin entre une antique malédiction et un avertissement de laboratoire.

Doc Vellenix tournait autour de la caisse avec l'enthousiasme d'un homme préparant sa propre autopsie. Il portait des gants en latex — personne ne savait où il les avait dénichés — et brandissait une sonde de détection cabossée tel un crucifix. Il balaya le bord du bioconteneur avec la sonde, sans jamais approcher son visage des fentes d'aération. Le relevé s'afficha en silence ; toutes les aiguilles restaient à plat, sauf une qui frétillait comme si elle savait quelque chose que le reste de l'appareil ignorait.

— Ce n'est pas une bombe, annonça Doc avec la finalité morbide de celui qui aurait souhaité que ce soit le cas. Du moins, pas au sens conventionnel du terme.

Rask fut le premier à briser la tension :

— Et c'est quoi, le sens non conventionnel ?

— Tout ce qui commence par « bio », lâcha Doc avant de donner une pichenette au scanner. Il est confiné, mais la signature intérieure est active. Si vous voulez l'ouvrir, assurez-vous que votre testament est à jour.

Mercy, qui flottait à la lisière de la soute, les mains fourrées dans les poches, eut un large sourire.

— Est-ce que ça crie si on le secoue ?

Kye, perché sur une caisse de rations vide, observait le bioconteneur avec un intérêt non dissimulé.

— Pourquoi ces inscriptions en xénocrypte ? Et qui paierait autant pour un isolant, à moins de cacher quelque chose de vivant ?

Doc ignora les questions et tapota le conteneur du bout de sa sonde.

— Le caisson est de qualité Impériale. S'il y a une fuite, vous ne le sauriez même pas avant de tomber raide morts.

— Tu dis ça comme si c'était un inconvénient, lança Rask.

Kye glissa de sa caisse et, avant que quiconque puisse l'en empêcher, planta deux doigts contre le flanc du conteneur. Doc inspira brusquement entre ses dents, mais rien ne se produisit — aucun sifflement, aucun changement dans la pulsation bleue.

— Stable, dit Kye, de l'air d'un chef vérifiant l'épaisseur de son ragoût. Il n'y a même pas de verrouillage secondaire.

Doc abaissa son détecteur.

— T'as grandi dans une cuve, ou c'est juste un truc de votre génération ?

Kye eut un sourire, léger mais acéré, et traça du doigt le sceau de confinement impérial.

— Je n'ai juste pas peur de ma propre extinction. C'est assez libérateur.

Lyra, qui était jusqu'à présent penchée sur le terminal de diagnostic soudé à la cloison, laissa échapper un son à mi-chemin entre une toux et un rire rauque. Elle essuya une traînée de graisse sur son nez et fit pivoter sa chaise cabossée pour faire face aux autres. Ses mains, maculées de cambouis jusqu'aux coudes, tremblaient au rythme d'une femme qui préférerait être n'importe où sauf ici.

— Ça intéresse quelqu'un de savoir à quel point la situation est pire au pont supérieur ? lança Lyra.

Personne ne leva la main, alors elle continua sur sa lancée.

— L'ordinateur central n'est pas seulement crypté, il est adaptatif. Chaque fois que je lance une attaque par force brute, il modifie sa sous-routine. Quelqu'un l'a codé pour qu'il apprenne de nous. Pour l'instant, il refuse de me laisser entrer, n'accepte aucun code de capitaine et ne veut pas déverrouiller le bar. J'ai même essayé le mot de passe par défaut — « password » — et il m'a juste envoyé une animation de manchot qui danse.

Mercy siffla, admirative.

— Joli coup.

Lyra l'ignora.

— Soit il a été programmé pour être paranoïaque, soit il y a déjà quelque chose à l'intérieur qui réécrit ses propres règles.

Rask fronça les sourcils.

— Comme un passager clandestin ?

— Comme un parasite, corrigea Lyra en tambourinant sur le terminal. Ou un projet personnel que quelqu'un a embarqué avant même notre arrivée.

Doc retira ses gants d'un claquement sec et les jeta à la poubelle, le visage sombre.

— Ce vaisseau est maudit. J'en suis certain.

Kye poussa la caisse du pied vers Doc, puis se pencha.

— Tu penses que c'est juste une IA astucieuse ? Ou autre chose ?

Doc renifla.

— Je pense que si l'Imperium le veut à ce point, c'est qu'on n'est pas censés vivre assez longtemps pour découvrir la réponse.

Il y eut un instant où tout le monde regarda le bioconteneur, comme s'attendant à ce qu'il exécute un tour. Rask ramassa le couvercle de la caisse et le reposa dessus, plus un geste symbolique qu'une réelle mesure de sécurité.

Mercy se balança d'un pied sur l'autre, les bras croisés.

— Alors, c'est quoi la suite ? On s'assoit et on attend que ça éclose, ou quelqu'un veut jouer au docteur pour voir ce qu'il y a dedans ?

— Ne la tente pas, dit Kye en désignant Lyra d'un signe de tête.

— Même pas la moindre curiosité, répondit Lyra, mais ses yeux n'avaient pas quitté le sceau de confinement. Je veux juste savoir s'il va nous tuer avant l'IA.

Le système de communication carillonna, aussi poli qu'un réceptionniste d'hôtel.

— Attention. Ce vaisseau est désigné *Meridian*. Autorisation de subversion du gardien non reconnue. Évaluation comportementale en cours.

La voix était féminine, parfaitement modulée, et d'une manière ou d'une autre, profondément fausse. Elle emplit la soute, résonnant sur le métal nu comme un verdict.

Personne ne parla. Même Mercy avait cessé de sourire.

La pulsation bleue du bioconteneur s'intensifia, baignant l'équipage dans une lumière surnaturelle qui réduisait leurs traits à des ombres et des os. Kye se toucha la mâchoire, comme pour vérifier qu'iel en avait toujours une.

Doc regarda Lyra, qui regarda Rask, qui regarda la caisse, puis enfin le plafond. La nouvelle désignation du vaisseau pulsait sur l'écran mural, écrasant l'ancien registre impérial.

— J'imagine que les gardiens, c'est nous, dit Kye si bas que les mots s'échappèrent à peine de ses lèvres.

Doc laissa échapper une longue expiration qu'il n'avait pas réalisé retenir.

— Il y a pire comme boulot.

Rask grogna.

— Cites-en un.

Doc réfléchit, puis secoua la tête.

— Je te recontacterai à ce sujet.

La voix revint, tout aussi suave qu'auparavant.

— Comportement de l'équipage enregistré. En attente de la prochaine phase.

Un frisson collectif et involontaire les parcourut. Même Doc avait cessé de respirer.

Lyra se leva, s'essuya les mains sur son treillis et foudroya le terminal du regard comme si elle pouvait l'enflammer par la seule force de sa volonté.

— Si quelqu'un me cherche, je suis à la salle des machines. J'essaie de m'assurer que le vaisseau ne nous dévore pas.

Personne ne protesta. Elle s'éloigna à grands pas, le bruit de ses bottes résonnant sur le pont métallique, l'écho s'estompant avec la même lente fatalité que l'espoir.

Kye traîna la caisse de quelques centimètres vers sa propre couchette et s'assit, jambes croisées, fixant le conteneur bleuoyant comme s'il pouvait offrir une réponse si on l'observait assez longtemps.

Rask regardait le bioconteneur. Son reflet le fixait en retour dans la céramique incurvée, fantomatique et incertain.

La soute était silencieuse, à l'exception de la pulsation douce et régulière du bleu.

Quelque part, au plus profond de la coque, l'IA les observait tous.

La catastrophe suivante commença dans le couloir, lorsque Lyra plaqua Rask contre une cloison avec assez de force pour faire sauter les rivets.

— Tu vas me dire la vérité, maintenant, dit-elle, la voix basse et dangereuse, ou je te défonce l'orbite à coups de clé à molette et je la trouverai moi-même.

Rask leva les deux mains, paumes ouvertes — une rare, et presque impressionnante, démonstration de reddition.

— Tu surestimes mes connaissances. J'ai littéralement volé le *Meridian* en pleine crise. Tu étais là ! Tout ce que je sais de lui, c'est que son ancien propriétaire aimait les mèmes pornos et n'a pas pris la peine d'effacer les journaux de bord.

Lyra appuya son avant-bras contre sa gorge, plus lasse qu'en colère.

— Alors explique-moi pourquoi le vaisseau est verrouillé comme un coffre-fort et nous répond par nos noms.

— Je suis aussi surpris que toi, croassa Rask. Je le jure.

À la périphérie, Doc Vellenix planait comme un vautour, ses yeux passant des phalanges de Lyra à la trachée de Rask comme s'il calculait les probabilités de savoir laquelle se romprait en premier. Il tripotait un scanner de diagnostic, feignant le désintérêt tout en surveillant subrepticement les données biométriques de tout le monde.

Mercy, appuyée contre l'encadrement de la porte, bras croisés, penchait la tête dans une attitude qui ne pouvait être décrite que comme une fascination théâtrale. Elle faisait aller et venir un microdétonateur amorcé, trouvé dans l'armurerie, entre ses doigts, le mouvement si fluide qu'il était impossible de dire si elle le faisait pour se détendre ou pour marquer un point.

Doc s'éclaircit la gorge.

— J'ai une autre préoccupation. Cette caisse… elle n'est pas sur le manifeste. Ce qui signifie que la seule à la suivre est l'IA.

Mercy fit claquer sa langue.

— Grand bien lui fasse.

Lyra les ignora, s'agenouilla à hauteur de la caisse et étudia le sceau de confinement impérial.

— Cette marque... c'est un sceau de dépôt mort. Il ne s'ouvre que lorsqu'un signal précis est émis. Ce qui signifie...

— ... que quelqu'un vient le récupérer, acheva Doc avec le fatalisme d'un prêtre administrant les derniers sacrements.

Kye commença à dire quelque chose d'autre, mais fut interrompu par le carillon de l'intercom du vaisseau : un son aigu et cristallin qui figea tout le monde sur place.

L'écran mural, dormant depuis des heures, s'anima avec une efficacité nette et bureaucratique. Quatre visages apparurent — Lyra, Rask, Kye, Doc — Mercy étant répertoriée comme « Atout auxiliaire : Haute menace ».

Chaque visage était accompagné d'un code biométrique, du montant d'une prime (décrite comme « modérément dérangeante ») et d'un seul crime : « Acquisition de flotte sans autorisation. Suspicion de rupture de garde. Statut : Poursuite active autorisée. »

Sous les portraits, en caractères jaune acide, une ligne de texte clignotait : « RENDEZ-VOUS AU PORT LE PLUS PROCHE. TOUTE NON-CONFORMITÉ ENTRAÎNERA L'ÉLIMINATION. »

Doc pâlit. Kye laissa échapper un sifflement bas et musical. Mercy se contenta de rire.

Rask regarda Lyra, qui se tenait très immobile, le seul mouvement étant la lente flexion de sa main droite.

— Félicitations, dit-elle, la voix plate. Nous sommes officiellement des pirates.

Rask essaya de voir le bon côté des choses.

— Personne n'aime la loi, de toute façon.

Lyra leva les yeux au ciel.

— La ferme.

Mercy fit craquer ses doigts.

— Je dis qu'on devrait rendre ça intéressant. On vend la caisse au plus offrant, puis on fait sauter le vaisseau et tous ceux à bord. Le dernier sorti pourra se vanter.

Doc leva une main, hésitant.

— Pourrions-nous, peut-être, ne pas mourir tout de suite ? Juste le temps que je finisse la paperasse ?

L'intercom carillonna de nouveau, plus doucement cette fois, comme si le vaisseau lui-même essayait de réprimer un rire.

Rask s'avança, les épaules carrées, le visage retrouvant le masque familier d'un optimisme condamné.

— On a des options. On trouve un port, on change d'identités, on fait profil bas le temps que ça se calme. J'ai déjà fait ça.

Lyra lui lança un regard noir.

— Et comment ça s'est terminé, la dernière fois ?

Rask ne répondit pas.

Le silence s'étira, tendu comme un fil de fer.

Les doigts de Mercy dansaient sur le détonateur. Kye ferma les yeux, comme s'iel voyait déjà les futurs possibles défiler. Doc vérifia son pouls, confirma qu'il en avait toujours un et soupira.

Lyra balaya du regard l'équipage, puis la caisse, puis l'écran mural.

— Ce vaisseau va continuer à nous mettre à l'épreuve, dit-elle. Soit on réussit, soit on meurt.

Personne ne contesta.

Rask eut un sourire en coin, tordu et un peu désespéré.

— Au pire, on partira dans un baroud d'honneur.

Doc leva sa bouteille en guise de salut.

— À la gloire, alors.

Ils se tenaient là tous les quatre, épaule contre épaule dans le couloir trop étroit, tous illuminés par la lueur froide du terminal. Au mur, leurs visages vacillaient, figés dans une expression. Pirates, traîtres, gardiens.

Lyra rompit le silence, la voix plus douce que d'habitude.

— Si quelqu'un me cherche, je suis à la salle des machines. J'essaie de nous garder en vie.

Rask lui donna une tape dans le dos, plus fort que nécessaire.

— Voilà qui me plaît.

Mercy se faufila par la porte, le détonateur disparaissant dans une poche.

— Ne laissez pas Kye approcher du conteneur, sauf si vous voulez voir ce qu'il y a dedans.

Doc s'attarda, les yeux fixés sur l'écran.

— Je serai à l'infirmerie. Prévenez-moi quand il faudra faire le tri.

Seul Kye resta, contemplant sa propre image, comme pour graver ce moment dans sa mémoire. Iel sourit — un sourire bref, énigmatique.

— Ça me va bien, murmura-t-iel, avant de s'éloigner dans l'obscurité.

Le vaisseau, sentant leur décision, augmenta juste assez la circulation de l'air pour que cela ressemble à un lointain soupir de contentement.

À l'extérieur, le *Meridian* s'activa, ses capteurs se déployant comme des bras munis de filets, à la recherche de la prochaine calamité.

L'équipage se prépara à l'impact, uni dans son destin mutuel et catastrophique.

UN

Rask convoque une réunion d'urgence à 07 h 00, qui est rapidement ignorée par tous les intéressés, à l'exception de la machine à café. Ladite machine toussote, puis s'anime pour produire une substance de la couleur et de la viscosité de l'huile de moteur, avant de tenter, pour des raisons qu'il vaut mieux ne pas chercher à comprendre, de s'auto-nettoyer avec la même mixture.

Mercy arrive la première, une tasse à la main, son bas de pyjama mal ajusté rentré dans des rangers réglementaires. Elle se verse une généreuse portion du produit de la machine, le renifle, et annonce :

— De la soupe, encore.

Son sourire n'atteint pas ses yeux, cernés par la vivacité de quelqu'un qui n'a dormi que trois heures et rêvé de fusillades.

Kye entre ensuite en traînant les pieds, capuche relevée et mains dans les poches. Son regard passe de Mercy à la table du mess, puis revient, comme pour décider lequel des deux est le plus susceptible d'exploser. Iel attrape une barre de ration, la croque en deux, puis contemple le reste avec une déception sincère.

— Une abomination texturale, lâche Kye en jetant le reste

dans la goulotte d'évacuation la plus proche. Ce n'est même pas vaguement comestible.

Rask attend délibérément que Lyra entre avant de commencer. Elle arrive à l'heure prévue, s'essuie les mains sur un chiffon et s'installe au bout de la table avec une console portable, sans jamais lever les yeux.

Rask est debout en bout de table, tenant une planchette élimée pour se donner une autorité qu'il n'a pas.

— Bon, écoutez-moi. C'est la panique générale, alors si vous pouviez tous, s'il vous plaît...

— La soupe a refroidi, observe Mercy, sa cuillère suspendue en l'air.

— ... vous concentrer, s'il vous plaît, insiste Rask. On est à découvert, avec un manifeste à la fois illégal et de toute évidence précieux. Quelqu'un veut le récupérer. Kye, le point.

Kye hausse les épaules, le geste à peine visible sous sa capuche.

— J'ai scanné les bandes de com. Les canaux impériaux sont toujours actifs, mais on est sous le seuil de bruit. Rien de ciblé, juste beaucoup de hurlements.

— Bien, dit Rask. Lyra, statut ?

Lyra lève les yeux, le regard vide et inamical.

— J'efface le transpondeur. Si on ne veut pas se faire abor-der, il nous faut une nouvelle identité et au moins six sauts de registre entre ici et le dernier port. Elle tapote quelques touches avec une précision chirurgicale. En supposant que le navcore ne fonde pas en cours de route.

Doc entre à son tour, le visage blafard, les cheveux humides à cause du rinçage chimique qu'il préfère aux douches. Il ignore complètement la table et se dirige vers la caisse ouverte sur le comptoir. Le bioconteneur à l'intérieur pulse, bleu et régulier. Doc le contemple comme un serpent pourrait contempler un rival édenté : avec méfiance, mais aussi un respect mêlé de rancune. Il tend la main, tapote la coque en céramique du conteneur, et sursaute quand celui-ci émet un vrombissement harmonique.

— Toujours en vie là-dedans, marmonne Doc. Ça, c'est nouveau. Ça s'adapte.

Mercy mime un pistolet avec ses doigts en direction du conteneur.

— Je réclame le droit de le baptiser si ça éclot.

— Le droit de baptiser quoi ? demande Rask.

— Le nom.

— Je l'appelle Glim, dit Kye.

Doc déclare, impassible :

— Tu as donné un nom à l'arme biologique potentielle ?

Kye sirote sa soupe, le petit doigt en l'air.

— Je donne un nom à tout ce qui pourrait me tuer. C'est la moindre des politesses.

Rask se masse les tempes, mais continue.

— Doc, des idées sur ce qu'il y a dedans ?

— Quelque chose de conscient, ou presque. Les émissions harmoniques sont... Doc s'interrompt, vérifie la lueur du conteneur, ... eh bien, elles ne sont pas aléatoires. Je pense que ça communique. Avec nous, ou avec le vaisseau. Voire les deux.

Kye intervient :

— Ça correspond bien à notre veine habituelle.

Rask pose la planchette.

— Très bien. Deuxième point à l'ordre du jour : depuis ce matin, nous sommes officiellement des pirates. Lyra, le nouveau pack d'identification est prêt ?

Les doigts de Lyra dansent sur sa console.

— Donnez-moi dix minutes. Attendez-vous à une petite coupure des systèmes.

Kye croise les bras, s'incline en arrière et regarde Rask avec un air de détachement étudié.

— Pourquoi ne pas simplement embrasser la vie de pirate ? S'enregistrer comme agent libre, vendre la caisse au plus offrant et s'acheter notre propre station. On est déjà sur toutes les listes de surveillance.

Doc se détourne de la caisse.

— Parce que si tu mets ça en vente sur le marché libre, tu attireras des assassins avec une meilleure visée que Mercy. Ou alors l'Imperium nous réduira en cendres. Aucune des deux options n'est idéale.

Mercy pose sa tasse, assez fort pour en fêler l'anse.

— Je pense qu'on ferait des martyrs légendaires.

Kye sourit, dévoilant ses dents.

— Au moins, on se souviendrait de nous.

Rask regarde autour de la table et voit un équipage non pas tant uni que lié par les conséquences de leurs mauvaises décisions. Il tente l'optimisme.

— Essayons de ne pas mourir tout de suite. On peut encore trouver un acheteur qui ne veuille pas nous porter en bijoux.

— Ou on pourrait simplement balancer la caisse dans la prochaine étoile, dit Lyra sans lever les yeux.

Mercy réfléchit.

— Mais alors Glim se sentirait seul.

Doc secoue la tête.

— Si cette chose influence le vaisseau, on ne pourra peut-être pas s'en débarrasser. L'IA se comporte de plus en plus bizarrement d'heure en heure.

Comme pour lui donner raison, l'intercom grésille avec une précision presque suffisante.

— Attention à l'équipage, annonce la voix du vaisseau, douce et implacable. Communications à longue portée interceptées. Vaisseau en approche identifié : vecteur deux-quatre-six, se rapprochant à zéro virgule zéro huit C. Contact estimé dans soixante-dix minutes.

Le sourire de Kye s'évanouit.

— Ce n'est pas une vitesse de cartel.

Les mains de Lyra se figent au-dessus de sa console.

— Des militaires ?

— Incertain, répond l'IA, toujours de cette voix neutre et exaspérément calme. Signature non répertoriée. Non autorisé et non identifié. Suggère une urgence accrue dans toutes les activités.

Rask observe les visages autour de la table, sentant ce bref moment d'unité désespérée qui survient lorsque tout le monde réalise qu'ils pourraient bien mourir ensemble.

— Bon, dit-il. C'est notre signal. Lyra, largue le transpondeur, maintenant. Kye, prépare les leurres. Mercy...

Elle est déjà partie, probablement pour armer les explosifs.

Doc fixe le conteneur baigné de lumière bleue, l'expression attendrie par l'admiration et la résignation.

— Glim fredonne à nouveau, dit-il, et cette fois, le ton est presque affectueux. C'est comme s'il savait.

Rask ne répond pas. Il n'a jamais trouvé les mots justes pour ce genre de moments, et soupçonne qu'il ne les trouvera jamais.

Dans le silence qui suit, la machine à café gémit, toussote et rend l'âme. Kye sirote sa soupe, fronce les sourcils et la vide dans l'évier.

Le Meridian, pour la première fois depuis son vol, ressemble à un foyer : désordonné, peu pratique et absolument condamné.

Rask se dirige vers la passerelle, sachant que les autres suivront.

Il doute qu'ils aient droit à une autre réunion.

La passerelle du Meridian n'a jamais été conçue pour plus de deux personnes, mais dans la minute qui suit, elle les accueille tous les cinq : Rask à la barre, Lyra penchée sur l'ingénierie, Kye aux communications, Doc transportant Glim à deux mains comme un nouveau-né, and Mercy vautrée à l'envers sur le siège du navigateur, les pieds battant l'air.

L'estimation de l'IA de « soixante-dix minutes avant contact » était un mensonge, ou peut-être une blague, car le vaisseau non identifié est maintenant visible comme un point net et véloce sur le scan arrière. Plus proche de trente minutes, s'ils ont de la chance.

Rask ne perd pas de temps en préambule.

— Lyra, pousse la puissance au maximum... black-out complet sur tous les systèmes non essentiels. S'ils nous sondent, je veux qu'on ait l'air d'une épave. Kye, prépare une salve de signaux avec une combustion leurre. Doc, garde le conteneur hors de vue.

Doc s'est déjà retiré dans l'ombre de la cloison, caressant Glim d'une dévotion absente et nerveuse. L'impulsion bleue du conteneur est devenue une pulsation lente et tremblante, et il émet maintenant un carillon mélodieux de temps à autre. Il semble de plus en plus conscient d'heure en heure, ce qui inquiète Doc et ravit Mercy, qui s'est mise à fredonner en rythme avec ses notes.

Kye manipule les communications avec la précision nonchalante de quelqu'un qui a appris à taper en piratant des distributeurs automatiques dans son enfance.

— Je peux simuler un signal de détresse, mais ils sauront que c'est un piège au bout de vingt secondes. Ce n'est pas une opération de sauvetage, ils sont là pour nous.

Les doigts de Lyra s'estompent en un flou sur le panneau d'ingénierie.

— Ils nous aborderont, s'ils pensent qu'on se cache.

Rask grogne.

— Alors on les laissera nous aborder, mais à nos conditions.

Il active le système d'armement principal, le regarde passer de « dormant » à « peu fiable » puis à « actif – manuel uniquement ». Il devra tirer lui-même, ce qu'il n'a pas fait depuis le coup de Ceres.

Mercy, maintenant complètement la tête en bas et le visage rouge de sang, demande :

— On peut les accueillir avec de la soupe ?

— Seulement si elle est bouillante, dit Kye.

La passerelle tombe dans le silence, le seul son étant la douce harmonie, de plus en plus complexe, provenant du conteneur dans les bras de Doc. Rask vérifie le tableau de ciblage, voit que le vaisseau approchant — plus petit, plus rapide, et avec une signature énergétique qu'il reconnaît comme ex-militaire — fonce droit sur eux pour les intercepter.

— Immatriculation brouillée, dit Kye, mais la signature du propulseur est celle d'un corsaire. Ça pourrait être n'importe qui, d'un chasseur de primes à un agent de recouvrement freelance.

— Ou les deux, dit Lyra. On a assez d'ennemis pour deux équipages.

Doc jette un œil par-dessus la caisse.

— Si ce sont des chasseurs de primes, ils nous voudront vivants.

Le sourire de Mercy est lumineux, comme si elle venait de recevoir une bonne nouvelle.

— C'est optimiste, Doc.

Le point sur l'écran grossit, se transforme en un vaisseau aux lignes familières d'une manière que Rask aurait préféré ne pas connaître. Il contracte la mâchoire, passe le système en mode passif, et attend. Le panneau des communications s'allume, signalant un appel entrant.

Kye lève un sourcil.

— Ils nous appellent. Je réponds ?

Rask hésite, juste une seconde de trop.

— Fais-le. Haut-parleur uniquement.

Kye enfonce un bouton, et une voix se déverse sur la passerelle. Elle est claire, chantante, et empreinte de la patience sèche de quelqu'un qui a répété ce discours devant un miroir pendant plusieurs jours.

— Vaisseau non identifié. Ici le *Seraphine*, opérant sous une autorité de sauvetage privée. Votre immatriculation est invalide, et votre trajectoire viole les protocoles impériaux de zone d'exclusion aérienne. Préparez-vous à l'abordage.

Lyra expire, un souffle bas et agacé.

— Fin de la discrétion.

Mercy se redresse et se met à fouiller dans un compartiment latéral.

— Je prépare le thé pour nos visiteurs ?

Doc ne bouge pas, se contentant de resserrer sa prise sur Glim et de marmonner :

— Ne les laissez pas s'approcher du conteneur. Il est conscient maintenant.

Kye coupe la communication.

— Si on fuit, ils tirent. Si on se bat, on meurt plus vite. Des préférences ?

— Gagner du temps, dit Rask. Il se passe les doigts dans les cheveux, luttant contre la vieille compulsion d'avoir l'air présentable pour une cour martiale. Laissons-les croire qu'on est des idiots ou des proies faciles. On pourrait avoir un coup de chance.

Mercy lève les yeux, déjà en train d'assembler un plateau avec des tasses dépareillées.

— Ou on pourrait se faire aborder par quelqu'un d'amusant.

Kye et Lyra échangent un regard fait d'un tiers de respect mutuel et de deux tiers de certitude d'une fin funeste partagée. Kye dit :

— Tu veux que je réponde ?

— Fais en sorte qu'on ait l'air en détresse, dit Rask. Mais n'en fais pas trop. On n'est pas si bons comédiens.

Kye sourit.

— Tu me sous-estimes. Et iel appuie sur la touche de transmission. Sa voix sort en un gémissement aigu et nasillard :

— *Seraphine*, nous... subissons une panne totale des systèmes. Équipage neutralisé. Demandons assistance médicale et pitié. Répondez, s'il vous plaît.

Le rire de Mercy fait cliqueter sa tasse.

— Mention très bien.

Lyra lève les yeux au ciel, mais ses mains ne cessent jamais de recalibrer le réseau électrique du vaisseau.

— Ils décélèrent. On aura cinq minutes de répit avant qu'ils ne s'amarrent.

Le regard de Doc ne quitte jamais le conteneur, qui pulse désormais au rythme des battements de cœur défaillants du vaisseau.

— Il émet, dit-il. Je le sens.

Les yeux de Kye se plissent.

— Tu peux le faire taire ?

Doc a l'air sincèrement blessé.

— Ce n'est pas un handicap.

— C'est une balise de détresse, réplique Lyra sèchement.

Rask ferme les yeux, compte jusqu'à three.

— Doc, emmène Glim dans la soute inférieure. Mercy, va avec lui. S'ils abordent, faites-les patienter.

Mercy salue avec sa tasse.

— Compris, capi. Elle attrape Doc par le coude et l'entraîne dans le couloir avec la force d'un bulldozer de taille moyenne.

La passerelle semble plus vide, d'une certaine manière, sans eux. Rask fixe l'écran, regarde le *Seraphine* se glisser en formation serrée. Sa coque est d'un blanc immaculé, et son équipage est composé de gens payés non seulement pour tuer, mais pour que ça rende bien à la caméra.

La console de Kye clignote.

— Ils envoient un nouvel appel. Celui-ci est crypté.

Rask hoche la tête.

— Transfère-le en privé.

Il s'attend à une voix. Au lieu de cela, l'écran vacille, miroite, et se résout en un visage qu'il n'a pas vu depuis des années.

Rask a le souffle coupé, comme si on venait de lui arracher un bouchon. La femme à l'écran n'a pas changé : nez aquilin, yeux sombres, et une implantation capillaire qui a toujours été du côté gagnant d'une course à l'armement génétique. Son sourire est petit et fin comme une lame de rasoir, le genre de sourire qu'on arbore après avoir conclu des marchés ou tranché des gorges.

Elle dit :

— Bonjour, Rask. Toujours à voler des choses que tu ne comprends pas ?

La mâchoire de Lyra tombe. Kye siffle, longuement et à voix basse.

Rask garde un visage impassible.

— Vexa. Tu n'as jamais su frapper avant d'entrer.

Elle rit, un rire léger et froid.

— Pourquoi perdre mon temps ? Tu n'es jamais habillé pour recevoir.

Lyra se penche sur la console.

— Vous vous connaissez ?

Rask ne répond pas. Kye le fait pour lui :

— C'est la raison pour laquelle il ne peut plus approcher des systèmes du Noyau.

Les sourcils de Vexa tressaillent.

— Les nouvelles voyagent vite dans les Confins.

Rask retrouve sa voix.

— Tu ne travailles pas pour le sauvetage. Qu'est-ce que tu veux ?

Le sourire de Vexa s'élargit d'un nanomètre.

— À ton avis ? Ce vaisseau, et tout ce qu'il y a à bord. Toi. De préférence vivant, mais je ne suis pas difficile.

Kye coupe le son.

— Sur une échelle de un à dix, à quel point c'est la merde ?

— Onze, dit Rask.

Lyra approuve d'un signe de tête, compilant déjà une liste mentale de tout ce qui peut être transformé en bombe en moins de cinq minutes.

— On ne peut pas les vaincre par la force. Peut-être qu'on peut les surpasser en intelligence.

Vexa attend, patiente, comme si elle pouvait entendre leur panique à travers le vide. Quand Kye restaure le son, elle dit :

— Vos communications sont d'une porosité risible, Rask. Rends-toi, et j'en finirai vite.

La voix de Mercy filtre depuis le couloir, légèrement étouffée :

— Je mets la bouilloire en marche pour ton ex, capi ?

Kye réprime un grognement. Rask l'ignore.

Il dit :

— Si tu es là pour le conteneur, tu es déjà morte.

Les yeux de Vexa se déportent sur le côté, juste une fraction de seconde.

— Alors, tu sais ce que c'est.

Rask hausse les épaules, donnant l'impression que c'est facile.

— Personne ne sait ce que c'est. C'est ça, le problème.

Le panneau de Lyra émet un avertissement : le *Seraphine* a commencé les procédures d'amarrage, s'attachant à la coque avec assez de force pour faire vibrer le pont.

Kye siffle entre ses dents :

— On a une brèche en quatre points. Ils envoient une équipe.

Rask regarde Lyra, puis Kye, et enfin le mur nu derrière l'écran principal. Il pèse les probabilités, les trouve insuffisantes, et sourit malgré tout.

— Faisons en sorte que ça leur coûte le plus cher possible, dit-il.

Lyra arme les charges anti-abordage.

— Aye, capi.

Kye redirige toutes les caméras de sécurité pour diffuser en boucle une vidéo de vingt secondes de couloirs vides.

— Je leur dis qu'on est déjà morts ?

— Seulement si tu veux qu'ils se dépêchent.

À l'écran, le sourire de Vexa vacille, remplacé par une expression d'anticipation sincère.

— J'arrive, Rask. Essaie de ne pas me décevoir.

La communication se coupe. Le silence qui s'ensuit est chargé de la certitude que, de toutes les rencontres possibles de vaisseau à vaisseau dans les Confins, c'est celle que Rask aurait le moins choisie.

Il jette un coup d'œil à Lyra, qui a réglé le panneau pour qu'il passe en revue tous les protocoles de confinement qu'elle a pu trouver.

Kye est déjà à l'écoutille, tenant un petit couteau moche et arborant l'expression de quelqu'un sur le point de perdre un pari.

Dans la soute inférieure, Doc and Mercy sont blottis au-dessus de Glim, qui brille maintenant comme un phare, bleu comme la naissance, son chant s'élevant en une plainte aiguë qui fait vibrer la coque.

La voix de l'IA, si calme qu'elle en devient suffisante, dit :

— Le protocole d'évaluation requiert une confrontation. Probabilité de survie : dix-sept pour cent. Veuillez profiter du reste de votre temps à bord du Meridian.

Personne ne répond. C'est la meilleure offre qu'ils aient eue de toute la journée.

Lyra verrouille la passerelle, puis regarde Rask, sa voix inhabituellement douce.

— Ça va ?

Rask acquiesce.

— De vieux fantômes. Jamais aussi morts qu'on l'espère.

Kye lève les yeux au ciel.

— Faisons-en de nouveaux.

Ils se préparent, ensemble, pour la phase suivante.

Dehors, le *Seraphine* luit, prêt à finir ce qu'il a commencé. À l'intérieur, l'équipage du Meridian s'accroche à ses faibles chances et à son plan encore plus mauvais, déterminé à ne pas partir dans un murmure, mais avec une détonation théâtrale et appropriée.

SEPT

Le premier son est le sifflement du sas d'amarrage qui se scelle — une exhalaison reptilienne qui traverse la coque du Meridian et remonte le long des vertèbres de Rask, une par une, délibérément. Dans la soute centrale, où les pourparlers doivent avoir lieu, la condensation frémit le long des joints du pont. L'air, déjà lourd de fuites de réfrigérant et de vieille sueur, s'immobilise dans l'expectative.

Mercy est la première à bouger. Elle arpente le périmètre, sa grenade favorite dans une main, levant déjà les yeux au ciel à l'idée même de négocier. Lyra se tient les bras croisés sur sa combinaison de combat usée, plantée au bout de la rampe de chargement, une posture qui crie « accès refusé » dans tous les dialectes connus. Doc se positionne derrière la caisse diplomatique, sans se cacher — il traite simplement le sarcophage de polycarbonate comme un patient nécessitant une surveillance attentive. Kye traîne près de la cloison, les mains dans les poches, son langage corporel une étude de cas en matière de déni plausible.

Les autres lumières du vaisseau sont passées au rouge d'urgence, mais celles de la soute diffusent un étrange bleu. L'effet est funèbre, si tant est que des funérailles puissent avoir lieu dans des glacières et impliquer plus de face-à-face que de discours.

Le sas se désengage dans un bruit sourd, suivi du pas pneumatique de bottes sur le pont. Vexa Ryne entre, flanquée de deux lieutenants, chacun un monument à l'augmentation impériale : armure sous-cutanée luisante, démarche précise, visages lissés par au moins une décennie de chirurgie esthétique. Le premier — grand, pâle, un homme — balaie la pièce de ses lentilles sensibles aux infrarouges, qui lancent un éclat en se posant sur Mercy. Le second est plus petit et bâti comme une arme de siège, la peau sombre et striée des lignes révélatrices de fil de myomère. Tous deux portent le même uniforme : combinaison moulante, deux armes visibles, et des expressions de plusieurs crans en dessous de l'ennui.

Vexa elle-même porte le même manteau noir à col haut dont Rask se souvient d'il y a trois ans, mais le visage au-dessus est devenu plus acéré, plus cruel, comme si le temps et la rancune s'étaient ligués pour le polir jusqu'à l'essentiel. Elle laisse peser le silence un instant avant d'entrer complètement, ses bottes ne faisant aucun bruit sur le pont en composite.

Elle s'arrête à trois mètres de Rask, les mains dans les poches de son manteau, la tête penchée dans une inspection exagérée.

— Rask, dit-elle, toujours en vie. C'est... remarquable.

Il arbore un petit sourire asymétrique. — Vexa. Je ne peux pas dire que ton sens du drame m'ait manqué.

Elle embrasse la soute du regard, puis grimace devant la caisse baignée de lumière bleue. — Tu as toujours eu un faible pour les objets de valeur douteuse.

— Déformation professionnelle, réplique Rask, parfaitement immobile. Sa main droite, invisible, tambourine trois doigts contre sa cuisse. Le rythme est censé le calmer ; ça ne marche pas.

Les lieutenants de Vexa se déploient, un de chaque côté, adoptant ce qui doit être une posture de tenaille de manuel. Elle les ignore. — Je vois que tu as amélioré ta sécurité depuis la dernière fois, dit-elle avec un hochement de tête vers Mercy.

Mercy répond en retroussant les lèvres et en faisant tournoyer la grenade. — Votre évaluation de la menace est flatteuse, entonne-t-elle d'une voix monocorde. Mais si vous tentez quoi que ce soit, je redécore la soute avec vos poumons.

Le lieutenant le plus grand a un sourire narquois, mais Vexa ne quitte pas Rask des yeux.

— Pourquoi cette rencontre, alors ? demande-t-elle. Pourquoi ne pas simplement prendre la fuite, comme tu le fais toujours ?

Il hausse les épaules. — J'ai développé une aversion pour le gaspillage d'énergie. Et puis, je pensais que le spectacle te plairait.

Elle s'autorise un mince sourire, puis décrit un arc de cercle lent et elliptique autour de la caisse, s'arrêtant juste assez longtemps pour toiser Lyra, qui ne lui rend pas la politesse.

— Votre ingénieure a l'air tendue, observe Vexa.

— Elle déteste être interrompue, répond Rask.

Lyra ne dit rien. L'expression sur son visage suggère qu'elle est en train de comploter au moins trois méthodes de meurtre en utilisant uniquement les attaches de la caisse et ses propres rotules.

Vexa achève son tour et s'immobilise juste devant la caisse, posant ses deux mains à plat sur le couvercle. — Alors, c'est donc ça qui fait tout ce foin.

Doc s'éclaircit la gorge, un son doux et las. — Ne touchez pas. Elle est... Il cherche un mot, n'en trouve pas, et se contente de : ... capricieuse.

Vexa regarde Doc comme si elle remarquait une tache sur sa manchette. — Je sais ce qu'il y a dedans. Plus ou moins.

Mercy, derrière elle, entame une psalmodie basse et régulière : « menace, menace, menace, menace... » Ça commence comme un murmure, mais chaque répétition fait monter le volume d'un cran, comme si elle s'accordait pour la violence.

Vexa l'ignore.

— Je veux la caisse, dit-elle, et je suis autorisée à la prendre par tous les moyens que je jugerai... amusants.

— Il faudra nous tuer d'abord, dit Lyra, la voix aussi froide que la soute.

Vexa tapote le couvercle deux fois, presque gentiment. — Ça peut s'arranger, mais je préférerais éviter. Trop de bazar.

Kye se détache du mur, les mains toujours dans les poches, et entre dans le cercle diffus de lumière bleue. — Vous avez fait le calcul. Nous aussi. Le face-à-face se termine avec deux équipages morts, la caisse probablement compromise, et personne pour empocher la mise. Ses yeux parcourent les lieutenants de Vexa, cartographient leurs angles, puis reviennent sur Vexa elle-même. Il y a un meilleur marché.

Vexa regarde Kye, puis Rask, puis de nouveau Kye. — Laissez-moi deviner : on partage les bénéfices et on prend des chemins séparés ?

Kye hausse les épaules. — Ou on fait preuve de créativité. Les acheteurs que vous visez suivent déjà cette affaire. Le cartel paiera plus s'ils voient votre nom sur le manifeste. L'Imperium veut un déni plausible, ce qui signifie qu'ils veulent la caisse perdue, pas retrouvée. Vous pourriez prendre votre retraite sur la marge, si vous êtes prudente.

Vexa ne rit pas, mais ses yeux se plissent en signe d'appréciation. — Vous êtes perspicace. Vous me plaisez. La plupart du temps, je dois arracher le cerveau de l'équipage et le faire ingérer de force aux autres.

Kye sourit, un sourire bref et reptilien. — Je suis adaptable.

La psalmodie de Mercy a atteint un niveau de conversation. — Menace. Menace. Menace. Menace. Le grand lieutenant risque un regard par-dessus son épaule, puis le regrette aussitôt.

Rask fait mine de détendre ses épaules. — Tu peux avoir la caisse, dit-il, avec l'assurance d'un homme dont la main entière se compose d'une seule figure et d'une poignée de reconnaissances de dette. Mais seulement si tu nous laisses partir. Sans ruses, ni filatures.

La main de Vexa trace un cercle paresseux sur la surface de la caisse. — Comment puis-je te faire confiance ?

— Tu ne peux pas, dit Rask. Mais nous savons tous les deux comment ça fonctionne. Bénéfice mutuel et tout le toutim.

Vexa réfléchit. — Qu'est-ce qui m'empêche de simplement t'abattre maintenant ?

Il la regarde droit dans les yeux. — La même chose que d'habitude. L'analyse coûts-bénéfices. Tu nous tues, tu devras transporter la caisse toute seule. Et avec ce qu'il y a dedans... il désigne le conteneur d'un signe de tête, ...c'est un gros risque pour un maigre retour.

Elle ne répond pas tout de suite. Au lieu de ça, elle se tourne vers Lyra. — Qu'en pensez-vous, ingénieure ? Suis-je en train de me faire avoir ?

La réponse de Lyra est un chef-d'œuvre minimaliste. — Non.

Vexa y songe, puis se retourne vers Rask. — Si je dis oui, quel est ton prochain coup ?

— Sauter vers un endroit dont personne n'a jamais entendu parler, dit Rask. Devenir insignifiant.

Pendant une seconde, on dirait que Vexa va accepter l'offre. Ses doigts tambourinent un motif sur la caisse, un rythme décalé. La lumière bleue se reflète dans ses yeux, leur donnant la couleur d'un fruit meurtri.

Derrière elle, la psalmodie de Mercy s'intensifie : — MENACE MENACE MENACE MENACE...

Doc, qui était resté une non-entité jusqu'à présent, attrape une couverture de survie dans une armoire murale et la drape sur la caisse d'un geste si doux qu'il sonne comme une insulte délibérée. Le regard de Vexa est attiré par le mouvement, mais elle le laisse faire.

— Très bien, dit-elle. Voici mon offre : vous partez. Je prends la caisse. Pas de poursuite, pas de comms, et si jamais je revois votre équipage, je vous éjecte dans le vide sur-le-champ.

Rask hoche la tête. — D'accord.

Elle sourit. — Juste comme ça ?

Rask écarte les mains. — Je ne suis pas un monstre, Vexa. Je veux juste survivre.

— Fais en sorte d'y arriver, répond-elle.

L'accord, si on peut l'appeler ainsi, flotte dans l'air comme une charge statique. Vexa fait signe à ses lieutenants, et ils s'avancent, retirant chacun un paquetage de leur épaule avec la mémoire musculaire de soldats entraînés à saisir et à tenir.

L'équipage regarde, personne ne respire.

Mercy, enfin, se tait.

Vexa se retourne pour partir, puis s'arrête sur la rampe. Elle regarde par-dessus son épaule, une lueur de quelque chose — peut-être de la déception, peut-être du respect — passant sur son visage.

— Tu aurais pu créer plus de problèmes, dit-elle.

Rask lui offre une minuscule hausse d'épaules. — Je me fais vieux.

Vexa sourit. Cette fois, c'est sincère.

Et puis elle disparaît, ses lieutenants à sa suite, la caisse entre eux comme le trophée de croque-morts.

Le sas se referme. Le sifflement du départ est plus fort que celui de l'arrivée. Rask s'affaisse contre le mur le plus proche, la peau moite d'adrénaline.

Lyra est la première à parler. — Elle reviendra.

— Pas tout de suite, dit Rask, pleurant déjà la caisse.

Kye vérifie les capteurs, observe le point lumineux qui est

le vaisseau de Vexa s'éloigner. — Elle ne masque même pas sa trajectoire.

Doc plie la couverture de survie, les doigts tremblants, et la range dans un bac. — Elle a raison pour les problèmes, dit-il. On aurait pu en créer bien plus.

Mercy sourit, toutes dents dehors. — On peut toujours essayer.

Rask secoue la tête, mais l'idée persiste. — Peut-être la prochaine fois.

Ils restent en silence, tous les quatre, chacun perdu dans ses propres équations.

Dehors, les étoiles continuent leur course comme si de rien n'était.

À l'intérieur, le Meridian passe en mode de faible consommation, baigné de bleu.

Lyra s'est enfermée en ingénierie et ne répond ni aux coups, ni aux comms, ni aux menaces de plus en plus créatives de Mercy. Doc est assis à l'infirmerie, soignant une vieille blessure et ignorant les plus récentes. Rask reste sur la passerelle, reroutant chaque système en manuel tout en lisant et relisant le sous-texte des derniers mots de Vexa.

C'est Kye qui brise le silence. Son ombre glisse dans le cockpit, les mains vides, le visage illisible, et observe Rask piloter pendant une minute avant de parler.

— Elle n'est pas partie, dit Kye.

Rask ne lève pas les yeux des commandes. — Non. Elle attend.

Kye prend l'autre siège, s'y affale dans une posture qui semble accidentelle mais qui place chaque système majeur à portée de main. — Elle a laissé une balise sur l'IA. Elle est inerte, mais si je la titille, elle connaîtra notre position d'ici deux sauts.

— Ne la titille pas.

— Jamais, dit Kye, et réussit d'une manière ou d'une autre à le penser vraiment.

Pendant un long moment, ils se contentent de regarder l'écran de navigation, qui affiche une seule trajectoire froide s'éloignant du dernier système habitable à des années-lumière à la ronde.

À l'infirmerie, Glim — la caisse, l'artefact, l'irrationnel — se met à vibrer. Ça commence au seuil de la perception, une vibration subtile qui fait se dresser chaque poil sur les bras de Doc, puis s'intensifie jusqu'à un bourdonnement tactile. La lueur bleue, jusqu'alors ambiante, se met à pulser à intervalles de trois secondes.

Doc la fixe, puis le scanner médical, qui enregistre une augmentation constante de la production d'énergie et, de manière moins utile, une tendance à la hausse de « l'agitation comportementale ». Il active l'intercom.

— Ça pique à la hausse, dit-il. Si vous prévoyez de balancer ça par-dessus bord, c'est le moment. Si elle n'avait pas encore compris qu'il n'y avait rien dans la caisse, elle le saura maintenant.

La voix de Lyra, impassible comme toujours, sort du haut-parleur. — Éjecter le conteneur dépressuriserait la moitié de la baie et tuerait toute personne dans un rayon de quarante mètres.

Doc réfléchit. — Je ne vois pas où est le problème.

Mercy, qui a établi son campement devant l'infirmerie avec un sandwich et un pistolet à plasma, crie : — Je peux entrer, ou ça va péter ?

Doc déverrouille le sas, et Mercy s'y glisse, mâchant pensivement.

Elle observe l'artefact avec une curiosité professionnelle. — Qu'est-ce qui se passe si on lui tire dessus ?

Doc hausse les épaules. — Au mieux, rien. Au pire, une brèche de confinement.

Mercy sourit. — Donc, on ne lui tire probablement pas dessus.

— Pas aujourd'hui, dit Doc.

Au même moment, l'éclairage d'ambiance du vaisseau passe du bleu au blanc osseux, puis de nouveau au bleu. Les moteurs hoquettent. Toutes les alarmes système retentissent en même temps.

Rask se redresse sur son siège de pilote. — Elle est là.

Kye tapote sur la console de comm, la voix basse. — Transmission entrante, locale. Le cryptage est un vieux protocole militaire, mais le paquet est tagué avec son identifiant biométrique.

Rask ferme les yeux, puis les rouvre, résigné. — Mets-le sur le pont.

La voix de Vexa, impeccable et sans hâte, emplit la passerelle. — Je me suis dit que je t'offrirais une dernière chance de reconsidérer.

Rask résiste à l'envie de casser quelque chose. — On ne reconsidère rien.

Un rire sec. — Je m'en doutais. Profite de tes cinq prochaines minutes.

La communication se coupe.

Rask regarde Kye. — Elle est à quelle distance ?

— Trente secondes avant interception, en supposant qu'elle ne se dissimule pas.

Rask active le comm d'urgence. — Tout le monde dans la soute. Maintenant.

Mercy et Doc sont déjà à mi-chemin. Lyra émerge de l'ingénierie, une traînée de graisse sur la mâchoire, une clé à la main.

— Statut ? lance-t-elle sèchement.

Rask court, arrivant juste au moment où le sas du Seraphine commence à s'arrimer à la coque. — Elle va nous aborder. Comme avant.

Lyra vérifie le statut de Glim, puis jette un coup d'œil à Mercy. — Le plan ?

Mercy arbore un large sourire. — On descend tout le monde sauf nous.

— Ça me va, marmonne Lyra.

Le sas intérieur achève son cycle. La température dans la soute chute brutalement, un givre visible se propageant sur le revêtement du pont. Le pouls de Glim double, devenant un grondement subsonique qui fait grincer les dents de tout le monde.

Doc enroule ses bras autour du conteneur, la voix rauque. — Il réagit au stress. S'il y a une brèche...

— Ne le laisse pas se briser, dit Lyra.

Le sas s'ouvre brutalement. Vexa entre, seule cette fois, les mains largement écartées dans une parodie de reddition. Elle sourit à Rask, puis à Mercy, et enfin à Kye, qui s'est posté en hauteur derrière un filet de chargement.

— C'est bien de voir tout le monde réuni, dit Vexa. Faisons simple. Donnez-moi ce que vous avez retiré de la caisse. Maintenant.

Rask s'interpose entre elle et Glim. — Tu ne l'auras pas.

Elle claque la langue, secouant la tête. — Tu as toujours eu ce complexe du héros.

Le pistolet à plasma de Mercy gémit alors qu'elle le met en charge. — Menace, dit-elle, la voix de nouveau monocorde. Menace. Menace.

Vexa l'ignore, les yeux fixés sur Rask. — Ne sois pas stupide. Tu sais comment ça se termine.

Il le savait. C'était ça le pire.

Depuis le couloir, l'un des lieutenants de Vexa entre en titubant, le visage tordu par l'effort. Son bras gauche pend, inerte, le réseau de myomère sous la peau frémissant de spasmes furieux et indépendants. Le bleu de la caisse de Glim lèche son visage par pulsations.

— Capitaine... tente-t-il, mais il s'effondre avant de pouvoir finir.

Vexa se retourne, les lèvres pincées. — Debout.

Il ne bouge pas. Au lieu de ça, il se met à convulser, le métal et l'os raclant le pont dans un rythme lent et affreux.

La voix plate de Kye flotte depuis les hauteurs. — Ça le hacke. Ou quelque chose du genre.

Doc, maintenant en sueur, essaie d'écarter Glim de l'agitation. — Il n'a jamais fait ça avant.

Lyra jure et s'empare d'un extincteur, le pointant sur le lieutenant à terre. — S'il pète un câble, je le glace.

La main de Vexa se crispe sur son arme de poing. — C'est de ta faute, Rask.

Rask secoue la tête. — C'est toi qui l'as amené ici.

La radiance bleue de Glim atteint son paroxysme, puis passe dans l'ultraviolet. La température chute à nouveau, brutalement. De la buée s'échappe de toutes les bouches.

Le second lieutenant, debout sur le seuil, se plie en deux et se met à saigner du nez, puis des yeux. Il ne dit rien, s'effondrant simplement en position fœtale.

Mercy s'avance, pistolet levé. — Vous le voulez, il faudra nous passer sur le corps.

Vexa pointe sa propre arme sur Mercy, puis — presque paresseusement — tire sur l'extincteur dans les mains de Lyra, le lui arrachant.

Pendant une seconde parfaite, tout le monde est figé comme dans un tableau : Rask en alerte, Mercy souriante, Lyra furieuse, Doc protégeant Glim, Kye observant, Vexa au centre.

La voix de Kye, claire et calme : — Vous devriez courir, Vexa.

Les yeux de Vexa se lèvent brusquement. — Pourquoi ?

Kye sourit. — Parce que si vous ne le faites pas, nous sommes tous morts.

Le doigt de Vexa se crispe sur la gâchette.

Rask se jette sur la commande d'urgence manuelle cachée sous le panneau de navigation. Il l'avait trouvée dans le code du vaisseau, un filet de sécurité laissé par l'ancien propriétaire du Meridian — un protocole de dernier recours pour se débarrasser des abordeurs hostiles.

Il tape la séquence. Les systèmes du vaisseau hurlent, puis s'éteignent dans le noir complet. La seule lumière restante est la couronne bleue de Glim, qui pulse maintenant si fort qu'elle laisse des images rémanentes. Le pont vibre, puis tremble, puis se déchire dans un bruit semblable à celui de Dieu perdant un pari.

La soute se remplit d'une note aiguë et montante — une harmonique qui contourne les oreilles et fait vibrer le crâne.

Vexa se tourne pour tirer, mais son bras se fige à mi-mouvement. Mercy hurle et continue de tirer, bien que chaque rafale dévie loin de Vexa et dans les airs, comme si le vaisseau lui-même refusait de la laisser atteindre sa cible.

Le lieutenant au sol convulse, les yeux révulsés. Lyra essaie d'arracher Doc à Glim, mais ses doigts sont crispés, refusant de lâcher prise.

Rask appuie sur la deuxième gâchette. La téléportation d'urgence — un hack grossier et non testé de l'IA du vaisseau — s'active. Il y a un son sec, un sifflement pneumatique, puis une détonation de feu bleu.

Vexa et son équipage disparaissent, laissant derrière eux une odeur d'ozone et le plus faible écho de l'harmonique.

Le silence tombe, lourd et absolu.

Mercy s'affaisse sur ses genoux, tremblante.

Kye descend du filet de chargement, le souffle court. — Ça a marché ?

Les mains de Rask tremblent sur le panneau. — Ça a marché.

Lyra s'agenouille à côté de Doc, qui respire maintenant, mais à peine. — Où sont-ils allés ?

Kye scanne les capteurs internes, puis externes. — Pas sur ce vaisseau. Peut-être sur le sien.

Rask s'adosse à la cloison, l'adrénaline refluant de son système d'un seul coup. — Que Dieu lui vienne en aide.

— Que Dieu vienne en aide à Kye, aussi, dit Lyra, la voix cassante.

Ils regardent tous l'endroit où Kye se tenait quelques instants auparavant.

Le comm carillonne.

Kye, toujours souriant, tapote le panneau. Son propre visage apparaît à l'écran, l'air légèrement plus vivant qu'il n'en avait le droit.

— Salut, les amis, dit Kye, sa voix sortant des haut-parleurs du vaisseau. On dirait que je suis sur le Seraphine.

À l'arrière-plan, Vexa enrage, la caisse ouverte pulsant à ses côtés.

— Elle n'est pas contente, dit Kye. Mais je suppose qu'elle a besoin de moi comme moyen de pression. Je ne pense pas qu'elle m'abattra tout de suite.

Doc sourit, ses dents roses à cause du stress. — Bien joué.

Mercy se relève, s'époussette et dit : — Je veux toujours la buter.

Lyra s'appuie contre le mur, l'épuisement la rattrapant. — Tu le feras. Donne-lui du temps.

Rask regarde l'écran, le visage de Kye — vivant, défiant, et pour la première fois, authentiquement satisfait.

— Ne meurs pas, dit-il.

Le sourire de Kye s'affine. — Je n'y songerais même pas.

Au-dehors, le Seraphine s'allume, bleu-blanc et furieux, et le Meridian tourne son nez vers les ténèbres.

Ils quittent le système à pleine puissance, un vaisseau en chassant un autre, tous deux vibrant d'un bleu improbable.

Rask s'affale sur le siège du pilote, sent Lyra, Mercy et Doc s'installer autour de lui, et expire.

Il observe la nouvelle trajectoire se tracer — aveugle, stupide, pleine d'espoir.

— La prochaine fois, dit-il, on ne prend pas de boulots avec des conteneurs.

Mercy sourit. — La prochaine fois, on tire les premiers.

Lyra essuie une traînée de graisse sur sa joue. — La prochaine fois, on gagne.

Le vaisseau file en silence, l'univers indifférent.

Mais ils étaient toujours en mouvement, et pour l'instant, c'était suffisant.

HUIT

Le Meridian gîtait, gémissait et pétaradant à travers l'hyperespace avec une dignité qu'on pourrait qualifier d'hypothétique. La plupart des panneaux de diagnostic internes affichaient par défaut « Irréparable » ou, à l'occasion, « Ça va, sans doute », et le faible éclairage rouge d'urgence était devenu une sorte de mode de vie à l'échelle du vaisseau. Le port de vue avant, fissuré en toile d'araignée par la récente rencontre avec le Seraphine, offrait une vue maladive du vide.

Lyra examinait le pont avec l'expression de quelqu'un qui non seulement avait vu venir la catastrophe, mais se sentait personnellement insultée que personne d'autre ne l'ait anticipée. Elle se tenait debout, bras croisés, les manches de sa chemise durablement assombries par l'huile de moteur. Le genou droit de son pantalon avait un peu saigné suite aux tentatives de la journée pour mater l'hyperpropulsion, mais elle avait colmaté la déchirure avec du ruban adhésif et de la colère.

Rask occupait le fauteuil du capitaine avec l'air de quelqu'un à qui l'on avait répété de ne pas toucher au bouton rouge et qui, par la suite, y avait laissé plusieurs doigts. Il fixait droit devant lui, la mâchoire serrée, ses pouces s'enfonçant dans les bras du siège avec une détermination farouche, les jointures de ses doigts blanchies. La seule chose chez lui qui ne criait pas « leader incompétent et imprudent » était son refus de cligner des yeux.

Mercy avait réquisitionné tout le mur tribord, arpentant l'espace comme une hyène en cage, le couinement de ses bottes se produisant précisément au point le plus agaçant pour tout le monde. Elle faisait tournoyer un rivet de cloison entre ses doigts, le projetant de temps à autre sur l'écran des communications d'une manière qui suggérait un jeu dont elle seule comprenait les règles.

Doc se terrait dans l'embrasure de la porte, penché sur une trousse médicale comme si elle contenait moins des médicaments que de l'espoir. Il caressait du pouce le similicuir d'une attelle, son regard oscillant entre Lyra et Rask, puis vers le port de vue, comme pour confirmer que oui, l'espace était toujours là et non, il n'avait pas encore matérialisé une trappe de secours rien que pour lui.

Le pont sentait la sueur, l'antiseptique bon marché et les circuits à moitié fondus qui tapissaient chaque jointure.

Lyra rompit le silence, sa voix aussi tranchante et cassante qu'un câble sectionné. — Rappelle-moi encore quelle partie du plan impliquait de livrer notre seul moyen de pression et un membre d'équipage à une fasciste rancunière ?

Mercy s'arrêta net, au milieu d'une enjambée, et pointa un doigt nonchalant vers Rask. — La sienne.

Rask expira bruyamment. — Tu veux vraiment qu'on en parle maintenant ?

Doc leva une main, comme s'il attendait qu'on l'interroge. — Si je peux me permettre, le sang n'a pas tout à fait cessé de couler dans les quartiers de l'équipage, et le chiot de thérapie de Mercy commence à s'agiter. Peut-être pourrionsnous... faire retomber la pression ?

Lyra l'ignora, les yeux rivés sur Rask. — Elle a pris Kye. Et tu l'as laissée faire.

— Elle allait prendre Glim, ou le vaisseau, ou les deux. Kye nous a fait gagner du temps.

— Oh, génial, dit Lyra. On lui enverra une jolie carte du futur, en supposant que sa tête soit toujours sur ses épaules.

Mercy applaudit, lentement, sarcastiquement. — On peut en revenir au moment où on bute quelqu'un ? Je vote pour qu'on commence par le patron.

— Assieds-toi, Mercy, dit Rask, sans animosité.

Mercy ne s'assit pas, mais elle cessa de faire les cent pas. Elle s'adossa au panneau des communications, une botte relevée, les bras croisés. — Je m'assiérai quand tu diras quelque chose qui ne soit pas complètement idiot.

Rask regarda Lyra. — On va les poursuivre.

Le silence qui suivit était presque doux, de la même manière qu'il est doux de voir son bourreau se faire écraser par un bus.

Les bras de Lyra restèrent croisés, mais ses épaules se détendirent d'un demi-degré. — Tu as un plan ?

Doc ricana. — Oh, parfait.

Rask l'ignora. — Le vaisseau de Vexa est puissant, mais sa technologie est datée. Je peux nous amener à portée d'abordage, à condition que le moteur ne se décroche pas avant qu'on y arrive.

Le visage de Mercy s'illumina. — Donc, on va bien lui tirer dessus.

— On ne tire sur personne pour l'instant, dit Rask. D'abord, on répare le moteur. Ensuite, on trouve comment récupérer Kye du Seraphine sans se faire atomiser.

Mercy s'avachit, mais son sourire ne s'effaça pas. — Deux sur trois, c'est pas si mal.

L'expression de Lyra passa, de manière infime, de « violence imminente » à « action constructive possible ». Elle jeta un coup d'œil à Doc. — Tu as assez de stimulants pour me tenir éveillée pendant une journée ?

Doc, visiblement soulagé d'avoir un problème clair à

résoudre, fouilla dans sa trousse et en sortit un patch. — Tu veux une diffusion rapide ou lente ?

— Donne-moi les deux.

Il décolla l'adhésif et le pressa sur le poignet de Lyra. — Tu pourras goûter au temps d'ici dix minutes.

Mercy siffla. — On ne s'en lasse jamais.

Lyra fléchit la main et se mit à recalibrer le système de navigation auxiliaire qui, jusqu'à présent, exécutait une sous-routine cryptique qui, alternativement, redirigeait l'énergie vers la machine à expresso et purgeait le recyclage du support de vie toutes les trois heures.

L'IA du vaisseau, qui avait passé les derniers cycles dans une bouderie apparente, choisit ce moment pour rompre son silence. — Les performances du moteur sont à deux écarts-types en dessous du seuil recommandé. Désirez-vous programmer une combustion contrôlée, ou dois-je improviser ?

— Improvise et je te taille ton arbre logique, marmonna Lyra.

Mercy tapota la console. — Ne l'écoute pas. Tu te débrouilles très bien.

La voix de l'IA prit un ton légèrement vexé. — Noté.

Doc s'aventura un peu plus sur le pont, s'assit sur l'accoudoir du fauteuil le moins amoché et ouvrit son scanner de terrain. Il le pointa, sans nécessité, sur Rask. — Ta tension est élevée. Tu devrais t'allonger.

— Plus tard, dit Rask. Si tu n'as rien d'autre à faire, va vérifier la soute. Voir si Glime est... toujours confiné.

Doc cligna des yeux, surpris qu'on lui confie une tâche, puis rassembla son sac et sortit en flottant, marmonnant quelque chose à propos de « la déflexion émotionnelle comme style de management ».

La porte coulissa pour se refermer, et Mercy laissa aussitôt tomber le rivet avec lequel elle jouait dans le dos du siège de Rask. Il la foudroya du regard, mais elle sourit, imperturbable. — C'est quoi, le vrai plan ?

Rask prit son temps pour répondre. — Il y a un avant-poste-relais dans le caniveau de Persée. Un vieil ami gère le dock. Il s'appelle Marnix. Il me doit trois faveurs et une paire de bras. Si on arrive jusque-là, on fait réparer le moteur, et peut-être qu'on obtient un code pour leurrer le réseau de sécurité de Vexa.

Lyra fronça les sourcils. — Marnix est un criminel.

— C'est un mécano à la morale élastique.

Elle se pencha vers lui, la voix basse. — C'est un voleur.

Rask haussa les épaules. — Ne le sommes-nous pas tous ?

Mercy parut ravie. — Je dis qu'on le fait. Au pire, on se trouve un nouvel équipage grâce à ce marché.

Lyra la foudroya du regard, puis Rask. — Très bien. Mais si tu nous fais tuer, je passerai ma vie après la mort à hanter ton chat.

— Je n'ai pas de chat.

— Tu en auras un, dit Lyra. Et il te détestera.

Mercy se remit à arpenter la passerelle, mais cette fois en récitant à voix basse : — Sauvetage, Annihilation, Thé. Sauvetage, Annihilation, Thé.

Rask entra un nouveau cap, ses yeux balayant la console à la recherche du juste milieu entre « efficace » et « indétectable ». Le vaisseau répondit, non pas avec joie, mais avec une sorte de grognement résigné qui pouvait signifier « compris » ou « va te faire foutre ». Il se fichait de savoir lequel.

Dans la soute, l'unité de confinement pulsait, une douce lumière bleue filtrant à travers les fentes de ventilation. Le bourdonnement était régulier, rythmé, presque doux. Doc s'agenouilla à côté, son scanner ouvert, enregistrant chaque fluctuation et chaque variation de température infime. Il marmonna : — Tu es trop silencieux. C'est inquiétant.

Le conteneur pulsa de nouveau, et pendant un bref instant, la lumière à l'intérieur se résolut en une forme — arrondie, sans traits, mais indéniablement organique. Doc se rapprocha, le nez presque collé au métal, et murmura : — Tu m'écoutes ?

Un second bourdonnement, légèrement plus aigu, lui répondit. Doc sentit les poils de ses bras se hérisser. Il vérifia le scanner : rien de plus que le même motif répétitif.

Il sourit, malgré lui. — Tu as plus de jugeote que tout le reste de l'équipage réuni, n'est-ce pas ?

Le conteneur répondit par une seule et longue lueur, puis s'éteignit.

Doc se laissa retomber sur les talons, se demandant si c'était le début d'un problème médical ou la solution à tous leurs ennuis, et décida de ne rien dire à personne jusqu'à ce que les faits s'agencent dans un ordre moins sinistre.

Il tapota le couvercle, se releva et retourna vers le pont.

Alors qu'il partait, l'unité de confinement bourdonna, lentement, patiemment. Elle attendait.

La station Threshold ressemblait à l'intérieur d'une imprimante abandonnée, si cette imprimante avait tourné pendant des siècles avec un régime à base d'acide de batterie, de sous-financement et d'une hygiène innommable. Les pinces d'amarrage se refermèrent avec un craquement à faire grincer les dents, puis s'affaissèrent aussitôt comme épuisées par l'effort. Le sas du Meridian s'aligna sur une écoutille ornée de trois couches de ruban d'avertissement et d'une inscription manuscrite « NE PAS LÉCHER », la peinture ayant été dissoute depuis longtemps par quelque chose d'organique et de malveillant.

Lyra fut la première à traverser le sas, posant le pied sur la station avec un roulement d'épaules tactique qui servait aussi d'avertissement à toute forme de vie à portée. Le hall principal de la station baignait dans une pénombre, et le peu d'éclairage qui subsistait vacillait au rythme irrégulier d'un insecte mourant. L'air était humide et teinté d'une odeur d'eaux usées recyclées, mais Lyra avait connu pire, et son nez était trop abîmé pour se donner la peine de se plaindre.

Rask suivit, Mercy sur ses talons, et Doc à trois pas prudents derrière, comme si la station pouvait lui sauter dessus s'il paraissait trop confiant. Le sol du couloir était collant et rapiécé par endroits avec du béton-mousse et des plaques de blindage de coque recyclées. Au-dessus, un plafond chaotique de faisceaux de câbles et de conduits de fluides pendait comme les entrailles d'un animal géant.

Marnix attendait dans la baie Trois, flanqué de deux chargeurs mécaniques et de l'épave d'un pont d'envol qui n'avait pas vu de véritable vol depuis avant la naissance de Lyra. L'homme lui-même était toujours aussi subtil : près de deux mètres, avec un torse qui avait été reconstruit plus souvent que le réseau électrique de la station, et deux yeux qui tournaient à des vitesses différentes dans leurs orbites. Il sourit, écarta grand les bras et enveloppa Rask dans une étreinte qui suggérait soit une profonde affection, soit un plan pour lui briser la colonne vertébrale.

— Helvan ! gronda Marnix, sa voix résonnant sur les cloisons avec la force d'un obus. — Je ne pensais pas que tu aurais le cran de revenir ici après la dernière fois.

Rask se dégagea en se tortillant, gardant ses mains bien en vue. Tu as dit que tu me devais une faveur.

Marnix s'essuya les paumes sur sa combinaison — noire, mais méconnaissable en tant que telle — et désigna le Meridian d'un geste ample. — Une sacrée amélioration. Je suppose que tu l'as gagné à la loyale ?

— Il a des problèmes, dit Rask.

Marnix éclata de rire. — Qui n'en a pas ?

Mercy se faufila autour d'un tas de cartouches de liquide de refroidissement usées et pencha la tête vers le chargeur le plus proche. — Belle bécane. Elle est blindée, ou juste moche ?

Marnix remua les sourcils — l'un artificiel, l'autre tatoué — et lui fit un clin d'œil. — Pourquoi pas les deux ? Tu dois être les muscles.

— Surtout de la violence contre les formes de vie, admit Mercy. Un peu de dégâts matériels.

Lyra réprima un soupir et jeta un coup d'œil à Doc, qui inspectait déjà discrètement les trousses de premiers secours murales, évaluant visiblement leur contenu pour un potentiel triage.

Marnix les conduisit dans un bureau annexe qui se composait de trois bancs soudés, d'une caisse retournée en guise de table et d'un panneau de communication bloqué en permanence sur la chaîne météo du pôle nord de Titan. Il se laissa tomber sur la caisse, les jambes écartées, et fit signe aux autres de s'asseoir.

— Ne perdons pas de temps, Helvan, dit-il. Tu as besoin qu'on répare le moteur, tu veux déverrouiller la navigation, et tu es assez désespéré pour venir me demander de l'aide. J'ai bon ?

— En plein dans le mille, dit Rask en s'asseyant en face.

Mercy prit place sur un banc, Doc resta près de la porte, et Lyra resta debout, bras croisés. L'œil gauche de Marnix se verrouilla sur Rask ; le droit tournoya paresseusement, suivant Mercy, puis Lyra, avant de revenir à sa position initiale.

Il joignit les doigts en clocher. — Je peux le faire. Mais c'est un travail urgent, et tu es à court de crédits. Alors on va faire ça à l'ancienne : une faveur contre une faveur.

Les lèvres de Lyra tressaillirent. — On ne transportera pas ta drogue.

Marnix renifla. — Ennuyeux. C'est pour les enfants et les comptables. Ce dont j'ai besoin, c'est d'une livraison : une caisse, scellée, pas de scan, pas de question. Vous l'emmenez à deux secteurs d'ici, vous la remettez, vous prenez le paiement et je répare votre vaisseau. Rien de dangereux, rien d'illégal. Sur le papier.

Mercy se pencha en avant, avec une fausse innocence. — Ce sont des armes, n'est-ce pas ?

Le sourire de Marnix s'élargit. — Ce sont des rations impériales.

Rask regarda Lyra. — Tu répares le vaisseau, on livre la caisse ?

Marnix leva les deux mains. — Vous partez et revenez en une journée. Je ne fais confiance à personne d'autre pour ça. Trop de surveillance sur les routes ces derniers temps.

Doc prit enfin la parole, sa voix basse et sèche. — Et si quelqu'un la scanne ?

— Alors vous fuyez, dit Marnix, comme si c'était la chose la plus évidente au monde.

L'équipage échangea des regards, une conversation entière de calculs condensée en trois secondes de silence.

Lyra le rompit, d'un ton neutre. — Nous ne sommes pas des contrebandiers.

— Nous sommes tout ce qui nous permet de rester en vol, dit Rask.

Doc regarda le sol, puis de nouveau Rask. — C'est comme ça qu'on finit dans des sacs mortuaires.

Mercy frappa le banc d'une botte. — Et alors ? La dernière mission nous a mis sur tous les tableaux de primes du secteur. Autant profiter des avantages.

Rask se tourna de nouveau vers Marnix. — Qu'est-ce qu'on fait du paiement ?

— Gardez-le, c'est juste un échange de courtoisie. Mon acheteur a déjà payé la totalité.

— D'accord. On le fait.

Les yeux de Marnix étincelèrent — les deux, pour une fois. — Bon garçon. Il attrapa sous le bureau une caisse scellée, marquée de tant de fausses étiquettes qu'elle avouait pratiquement sa propre culpabilité. — Pourquoi n'iriez-vous pas vous détendre au bar, les gars. Votre vaisseau sera prêt dans deux heures.

— Parfait, dit Lyra. Un verre ne me ferait pas de mal.

Marnix frappa dans ses mains et éclata de rire. — Voilà l'esprit. Il se pencha, sa voix baissant d'un demi-ton. Ne regardez pas à l'intérieur. N'y pensez pas. C'est plus simple pour tout le monde.

Mercy se pencha, saisit la caisse par la poignée et la souleva avec un grognement. — Légère pour une bombe.

Marnix fit un clin d'œil, ce qui était techniquement impressionnant étant donné que sa paupière droite était une plaque de chrome. — Bonne chance, l'équipage.

Le retour vers le Meridian après le bar fut court et silencieux, interrompu seulement par le léger sifflement du scellant interne de la caisse qui se réactivait toutes les douze secondes. Mercy la portait comme une offrande sacrée. Lyra ouvrait la voie, son langage corporel diffusant « ne pas approcher » dans toutes les directions.

Fidèle à sa parole, Marnix avait déniché une équipe pour réparer l'hyperpropulsion. Le Meridian avait toujours une liste de défauts aussi longue que le bras de Rask, mais au moins, ils pouvaient sauter sans une chance sur deux de mourir de façon cataclysmique.

Une fois à bord, Lyra verrouilla l'écoutille et lança un diagnostic complet sur la caisse. — Pas de pics radioactifs, dit-elle. Même pas d'explosifs. C'est peut-être de la nourriture.

Doc renifla. — Ou une toxine comestible.

Mercy haussa les épaules et rangea la caisse sous le banc du mess. — Si c'est dangereux, on le saura avant tout le monde.

L'IA du vaisseau intervint, sa voix douce et insidieuse : — Livraison préenregistrée. Vecteur de saut optimal calculé. Souhaitez-vous partir, ou dois-je improviser un scandale local ?

Lyra répondit : — Définis la trajectoire, mais reste discrète.

— Affirmatif, dit l'IA, avec une nuance qui aurait pu être de la jubilation.

Rask prit le fauteuil du pilote, les yeux cernés de fatigue, mais sa voix tint bon. — Tout le monde est prêt ?

Lyra vérifia ses panneaux. — Autant qu'on puisse l'être.

Mercy sourit. — Quelle est la suite, capitaine ?

— Maintenant, dit Rask, on fait la livraison. Ensuite, on sauve Kye.

Le visage de Doc était illisible, mais ses mains tremblaient un peu en s'attachant. — Si la cargaison est légale, on survivra peut-être à la semaine.

Lyra marmonna : — Si elle ne l'est pas, au moins on partira avec style.

Mercy gloussa. — J'apporterai les feux d'artifice.

Le Meridian se désamarra, ses moteurs hurlant de protestation mais saisissant le fil de la fuite comme un poisson à l'hameçon. Alors qu'ils sortaient du puits de gravité de Threshold, l'IA les interrompit de nouveau.

— Alerte de proximité. Vaisseau non autorisé entrant dans le système. Immatriculation : Seraphine. Arrivée estimée dans cinquante-deux minutes.

Personne ne parla pendant un instant. Puis Rask dit : — Eh merde.

Les mains de Lyra se crispèrent sur les commandes. — Ils sont en avance.

Doc chercha à tâtons sa trousse médicale, les jointures blanches. — On peut encore faire le saut.

Mercy vérifia l'arme de poing dans sa botte, le visage illuminé par la perspective de la violence. — Ou on peut les laisser nous poursuivre. En faire un jeu.

Rask expira, serra la mâchoire et poussa la manette des gaz.

— Que le jeu commence, dit-il.

Le Meridian tangua, gémit et disparut dans le noir, laissant

Threshold et toute sa pourriture derrière lui. Pour la première fois depuis des heures, l'équipage trouva un rythme — chaotique, tendu, mais le leur.

Dans la soute, Glim pulsait doucement, marquant le tempo d'une chanson dont personne ne connaissait encore les paroles.

NEUF

Le Meridian vibrait à une fréquence que Rask Helvan associait désormais au stress, à la malveillance, ou aux deux. Dans le mess, l'équipage du vaisseau s'adonnait à son deuxième passe-temps favori : l'escalade collective.

Rask, bras croisés, se tenait dans l'embrasure de la porte et jaugeait l'équipage comme on jauge un jury.

— On entre, on fait la livraison, on récupère Kye.

Il laissa ses mots flotter dans l'air, lourds comme le vide.

Doc était penché sur un datapad, sa main gauche massant distraitement un nœud de tension dans sa mâchoire. Il était censé surveiller les coordonnées de la livraison, mais son regard dérivait sans cesse vers la table où le biocanistre de Glim était désormais posé à la vue de tous. Le conteneur pulsait à un rythme lent et délibéré. À intervalles réguliers, il frémissait sur place, comme si quelque chose à l'intérieur pressait contre la paroi.

Mercy était avachie sur la chaise la plus proche, les jambes en l'air, nettoyant son pistolet avec le zèle d'un prêtre huilant une lame sacrificielle.

— Pourquoi s'enfuir ? dit-elle. Une diplomatie de calibre

militaire. On se pointe avec le canistre et des flingues, puis on voit qui craquera le premier.

Rask ne soupira pas, mais sa nouvelle inspiration fut comme un couteau dans les côtes.

— Tu es la bonté même, Mercy.

Mercy eut un sourire méprisant, peu impressionnée.

— Et moi qui pensais que tu m'avais engagée pour mes talents de négociatrice.

La pulsation émanant du conteneur de Glim s'intensifia. Le front de Doc se plissa. Il tendit la main et, avec la curiosité hésitante de quelqu'un qui s'était déjà fait mordre par un drone médical, tapota le boîtier. La lumière bleue vacilla en réponse, puis reprit sa morne normalité.

Lyra se tourna vers Rask, les mains sur les hanches.

— Tu veux récupérer Kye. C'est personnel. Mais on ne leur doit pas plus que ce qu'on se doit à nous-mêmes.

Rask regarda à travers elle, les dents serrées.

— Ce n'est pas à débattre. On fait la livraison. On récupère Kye.

Lyra lança un regard à Doc, espérant son soutien. Doc fit semblant de se concentrer sur les coordonnées de navigation, mais ses yeux n'étaient nulle part près de l'écran.

Les pieds de Mercy touchèrent le sol.

— Très bien. Mais si quelqu'un me regarde de travers, je vide mon chargeur.

— Noté, dit Rask. Il se redressa, la mâchoire si contractée qu'elle aurait pu se souder. On entre et on sort. C'est une mission de rien du tout.

— C'est toujours dans les missions de rien du tout que quelqu'un y passe, marmonna Doc.

Mercy sourit, dévoilant ses dents.

— Tant que ce n'est pas moi.

Le relais n'était pas tant une station orbitale qu'une pierre tombale pour infrastructures défuntes. Il tournait autour d'une naine brune dont le dernier fait de gloire avait été de dévorer son propre système planétaire. Le relais lui-même était une tumeur de vieux satellites, de drones de maintenance perdus et, à l'occasion, d'une balise de détresse qui clignotait encore. Il avait autrefois relayé les données de tout le secteur ; maintenant, il relayait surtout de la déception.

Les instructions d'amarrage arrivèrent en une rafale de données : côté bâbord, quai six, pas de retard, pas de douane. Rask guida le Meridian manuellement, sentant le vaisseau résister à chaque correction de trajectoire, comme s'il s'opposait par principe au concept même d'amarrage.

Dans le compartiment avant, Mercy ferma la fermeture éclair de sa veste et effectua une dernière vérification des systèmes de son arme de poing. Lyra attacha ses cheveux avec une précision militaire, puis plaça la cargaison dans un sac de sport. Elle regarda Doc, qui laçait ses bottes avec l'air distrait d'un homme certain qu'il allait devoir courir.

— Tu viens ? demanda Lyra, sa voix aussi froide que l'air circulant dans les conduits.

Doc secoua la tête, le visage d'un ton plus blême que la normale.

— Je vais rester avec Glim. Elle est... il regarda le canistre, qui vibrait maintenant en sympathie avec le rythme cardiaque défaillant de la station, ... mieux en compagnie.

Mercy lui tapota l'épaule.

— Si ça éclot, tue-le avant qu'il ne se reproduise.

Doc essaya de rire, mais sa bouche ne fit qu'une légère crispation.

— Ce serait... sous-optimal.

Ils cyclèrent le sas et empruntèrent la courte passerelle jusqu'au hub du relais. L'intérieur était pire que l'extérieur : un enchevêtrement de câbles apparents, de panneaux moisis et une odeur d'ozone assez forte pour décaper les narines. L'éclairage du couloir avait deux réglages : migraine et obscurité totale.

Au bout du tunnel, deux silhouettes attendaient – toutes deux lourdement armées, toutes deux affichant l'attitude de gens qui n'avaient pas prévu de discuter. Le plus grand portait une armure antiémeute cabossée dont les marques impériales avaient été brûlées au chalumeau ; le plus petit, plus trapu, tenait un fusil à impulsion et ne se donnait pas la peine de dissimuler sa discipline de tir. Tous deux lorgnaient le sac de sport avec une avidité presque religieuse.

Mercy évalua la situation d'un coup d'œil, puis sourit.

— Je me charge de celui de gauche.

— On ne tire sur personne, dit Rask, et il s'avança, mains ouvertes, le geste universel signifiant « Je suis désarmé et n'ai absolument pas l'intention de vous poignarder ».

Le coursier – vraisemblablement le responsable – parla le premier.

— C'est ça ?

Rask hocha la tête.

— Comme demandé. Personne d'autre n'est au courant.

Le partenaire du coursier grogna, sans jamais quitter Mercy des yeux.

Lyra posa le sac de sport sur le sol.

— Une fois scanné, c'est votre problème, dit-elle, ses mots crachés comme des douilles.

Le coursier s'accroupit, ouvrit le sac et sortit un scanner. Il le passa sur la boîte, puis sur l'air ambiant. Le scanner bipa une fois, puis clignota en vert.

— Paiement, dit le coursier en désignant une mallette cabossée sur laquelle il se tenait.

Rask s'agenouilla, ouvrit les loquets et regarda à l'intérieur. Il renifla.

Mercy jeta un coup d'œil par-dessus son épaule, peu impressionnée.

— C'est tout ?

La mallette contenait trois cartons de ce que le manifeste avait décrit comme des « fournitures médicales, nutritionnelles ». En réalité, c'étaient des patchs médicaux de qualité militaire, du genre utilisé pour stabiliser une blessure de blaster assez longtemps pour atteindre un meilleur hôpital que celui-ci.

Le visage de Lyra se durcit, puis devint inexpressif. Elle regarda le coursier.

— C'est tout ?

Il haussa les épaules.

— Parlez-en à votre courtier.

Mercy brandit un patch, puis le rejeta dans la mallette.

— Sales radins.

Rask referma la mallette et se releva en s'époussetant les mains.

— Des pirates, tu te souviens ? dit-il en lançant à Lyra un regard qui signifiait « ne fais pas d'histoire ».

Ils quittèrent le relais en silence, Mercy portant la mallette avec une poigne qui suggérait qu'elle pourrait en arracher la poignée par pur dépit.

De retour à bord du Meridian, Rask jeta le paiement sur la table du mess. Lyra le fixa comme s'il pouvait exploser.

— Il nous a bien arnaqués, dit-elle.

Rask haussa les épaules, la voix vide.

— C'est ce que font les pirates.

Mercy colla un patch médical à la surface de la table et appuya jusqu'à ce que l'adhésif laisse une marque.

— Tu veux qu'on y retourne pour les dégommer ?

— Non, dit Rask, déjà en route vers le poste de pilotage. Nous avons un hyperpropulseur en état de marche. Ça suffira.

Lyra regarda Doc, qui était maintenant assis juste en face

du conteneur de Glim, les yeux fixés sur la pulsation lente et sinistre de la lumière bleue.

— Est-ce qu'il a fait quelque chose ? demanda-t-elle.

Doc secoua la tête, mais sans paraître certain.

— Je pense qu'il attend.

Mercy sourit, toutes dents dehors.

— Comme nous tous.

Le vaisseau frémit tandis que Rask entrait les nouvelles coordonnées de saut. Le relais mort disparut derrière eux, un point avalé par l'obscurité sans fin. À l'intérieur du Meridian, l'équipage se rassembla dans le cockpit, les visages éclairés par la lumière froide de l'écran de navigation.

Mercy roula des épaules, prête pour le prochain combat. Lyra serra la mâchoire et attendit la trahison, d'où qu'elle vienne. Doc garda les yeux sur Glim, les doigts joints, son esprit passant en revue toutes les manières dont ça pouvait encore mal tourner.

Rask fixait la vue avant, regardant le néant défiler.

— Prochain arrêt, dit-il à voix basse, on récupère Kye.

Il ne demanda pas de vote. Le Meridian ferait ce qu'il avait toujours fait : survivre.

Dans la soute, le conteneur de Glim pulsa, s'arrêta, puis pulsa de nouveau.

Personne dans l'équipage ne remarqua le changement, pas encore.

Mais le vaisseau, lui, le remarqua.

Et il apprenait.

Ils se rassemblèrent dans le cockpit, attirés là par inertie ou par le besoin de témoins. Les plafonniers étaient réglés au plus bas – moitié pour économiser le carburant, moitié pour l'intimité – et la seule autre lumière provenait du canistre de Glim, maintenant installé dans un berceau de fortune à côté de la console du navigateur.

Doc Vellenix installa son équipement de surveillance avec toute la cérémonie d'un homme essayant d'impressionner un public de fantômes. Le datapad, bricolé avec un jeu de bandes biométriques récupérées, affichait un enregistrement défilant des pulsations du canistre. Les chiffres ne signifiaient rien pour personne d'autre que Doc, mais les pics et les courbes visibles ressemblaient suffisamment à un ECG pour être à la fois rassurants et déconcertants.

Rask se pencha sur le dossier du siège de Doc.

— Tu as dit que ça empirait.

— Pas pire, le corrigea Doc. Juste plus compliqué.

Il montra l'écran.

— Au début, c'était un intervalle standard de trois secondes – un battement de cœur las. Maintenant, ça alterne entre des groupes. Tiens, regarde.

Il pointa l'écran, où les éclairs bleu-blanc formaient des triplets serrés, puis marquaient une pause, avant de se répéter dans un ordre différent.

Lyra plissa les yeux en regardant l'écran, se mordillant l'intérieur de la joue.

— On dirait du code.

Doc hocha la tête.

— Exactement. Et chaque fois que j'essaie de lancer une analyse, il modifie la séquence.

Mercy, qui s'était calée de travers dans le fauteuil des communications avec les bottes sur le tableau de bord, bâilla.

— Peut-être qu'il a faim. T'y as déjà pensé ?

Doc l'ignora, s'adressant à l'air comme s'il s'attendait à ce que le vaisseau lui-même réponde.

— Ça s'accélère. Au cours de la dernière heure, la longueur de la séquence a doublé. Si c'est juste du bruit, c'est le bruit le plus intelligent que j'aie jamais vu.

Mercy leva les yeux au ciel.

— Peut-être qu'il essaie de communiquer.

Lyra la fusilla du regard.

— C'est ce qu'il vient de dire.

— Peut-être qu'il dit qu'il veut sortir, dit Mercy, en grattant la couture usée de son gant.

Le terminal principal du cockpit s'alluma, lançant un nouveau diagnostic. Rask fronça les sourcils et changea de canal.

— Pont, statut ?

La voix de l'IA était fade comme du fromage industriel.

— Anomalie de pulsation détectée dans une cargaison non critique. Aucune brèche de confinement.

Rask pointa un doigt vers le haut-parleur le plus proche.

— Tu peux lire ça ?

— Confirmé. L'anomalie ne correspond à aucune signature système connue.

— Alors qu'est-ce que c'est ?

Une pause, juste assez longue pour être délibérée.

— Impossible de répondre. Les données ne correspondent pas au mandat opérationnel. Technologie non autorisée.

Lyra renifla, mais sans la moindre once d'humour.

— Même le vaisseau ne veut pas y toucher.

Doc se pencha plus près du canistre, observant le scintillement.

— S'il parle, j'adorerais savoir qui est censé écouter.

Rask fixa le canistre.

— Un moyen pour qu'il envoie un signal ?

Lyra secoua la tête.

— Rien qui puisse traverser une coque. Peut-être si tu fissurais le boîtier, mais je ne le recommanderais pas.

Mercy se redressa, intéressée.

— Moi, si.

Personne ne daigna répondre.

Rask arpenta le cockpit, passant sa langue sur l'intérieur de ses dents, une habitude qui annonçait un orage en approche. Il se tourna brusquement vers Doc.

— Garde-le confiné. Si ça dégénère, éjecte-le par la baie.

Doc haussa les sourcils.

— C'est ta solution pour tout.

Rask esquissa un sourire.

— C'est pour ça que je suis en vie.

Il retourna d'un pas décidé vers le siège du pilote, tapota le panneau de navigation et vérifia le prochain saut. C'était inutile – la route était verrouillée, et tout détour ne ferait que brûler du carburant et du temps – mais ça lui donnait quelque chose à faire de ses mains.

Le panneau des communications émit un bip, doux et arythmique par rapport à la pulsation de Glim. Mercy se redressa sur son siège.

— Quelqu'un nous envoie un ping.

Lyra se glissa dans le siège des communications, les yeux plissés. Elle fit passer les données entrantes à travers une série de filtres, ses doigts volant sur les touches.

— Ce n'est pas de la voix, dit-elle. Juste un fichier. Audio.

Mercy sourit.

— C'est peut-être une chanson.

Lyra l'ignora et lança le fichier. Le cockpit fut rempli d'une salve de statique, puis d'un gémissement lent et atonal, à peine audible. Après quelques secondes, le gémissement se répéta, mais avec une nouvelle couche en dessous – un râle numé-rique, presque comme des mots sous une plaque de verre.

Doc dit :

— C'est un message chiffré ?

Lyra lança un diagnostic.

— Ce n'est pas standard. Attends... il y a un en-tête. C'est caché dans la forme d'onde, comme une vieille émission.

Elle se renversa, la reconnaissance l'éclairant.

— Merde. C'est une station de nombres.

Rask haussa les sourcils.

— Ils utilisent encore ça ?

Lyra haussa les épaules.

— Si tu veux cacher un signal, tu utilises ce que personne d'autre ne cherche.

Elle redirigea la sortie vers la suite de décryptage du vaisseau.

La fois suivante où elle lança le fichier, la statique se résolut en une voix, fêlée et déformée, mais reconnaissable.

C'était Kye.

— Félicitations pour ne pas être morts, dit la voix, chaque mot imprégné de statique et de sarcasme. Ne venez pas me chercher. Mais si vous venez, apportez des provisions. Et des flingues.

Il y eut une pause, puis un murmure plus long et plus doux :

— Coordonnées jointes. Vous avez une fenêtre, peut-être deux heures avant qu'ils ne me déplacent à nouveau. Aussi, le stabilisateur bâbord du Seraphine est défectueux. Servez-vous-en.

Le message tourna en boucle, puis se coupa net.

Doc regarda Rask.

— C'est bien Kye.

Mercy laissa échapper un sifflement admiratif.

— Ils ont l'air en sale état.

Les doigts de Lyra planaient au-dessus de la console de navigation, traçant déjà la nouvelle route.

— Les coordonnées sont valides. Ils sont dans le système, mais seulement pour un court instant.

Rask prit le siège du pilote, fixant les coordonnées jusqu'à ce que les chiffres se gravent dans ses rétines.

— Et si c'est un piège ?

Mercy sourit.

— Alors on sera dans notre élément.

Doc remballa son matériel, construisant déjà un nouveau câble de raccordement dans sa tête.

— Je vais continuer à surveiller Glim. Peut-être que je peux concevoir quelque chose pour traduire ses pulsations.

Lyra définit la trajectoire.

— Il n'y a qu'un seul saut qui nous met à portée à temps. C'est serré. Si on se plante, on dérivera pendant des jours.

Mercy tapa ses bottes sur le tableau de bord.

— Pas de pression, chef.

Rask ne dit rien. Il fixait simplement l'écran vide, la mâchoire verrouillée, les mains crispées sur le manche de contrôle.

Lyra l'observa un instant de plus, puis activa le saut. Les moteurs s'embrasèrent, et le vaisseau tout entier gronda d'anticipation ou de terreur.

— Trace une route, dit Rask à voix basse.

Le Meridian bondit, la coque hurlant sa protestation.

Derrière eux, la pulsation de Glim changea.

Elle suivit une nouvelle séquence – un, puis deux, puis trois.

Dans le cockpit, personne ne parlait. Ils regardaient simplement les étoiles se tordre, espérant que la prochaine destination apporterait plus de réponses que de questions.

Dans la soute, la lumière bleue du conteneur de Glim peignait d'étranges ombres sur les murs. Le motif changea de nouveau, plus insistant maintenant, comme s'il avait vu les étoiles, et en voulait plus.

DEUX

L'approche du Meridian vers la Ceinture de Skarn relève moins d'une correction de trajectoire que d'un acte d'automutilation délibéré. À travers l'écran avant, la Ceinture se déploie comme une compilation de mauvaises décisions : des kilomètres de roches dégringolant, des vaisseaux fantômes coincés entre des blocs de granite, des fragments de coques brisées tournoyant dans un ballet au ralenti. Aucun navigateur sain d'esprit ne la traverserait à pleine vitesse, ce qui explique précisément pourquoi chaque contrebandier, receleur et fugitif du secteur s'en sert comme de son vestiaire personnel.

Lyra observe le champ de débris avec un calme prédateur. Elle a réquisitionné le poste de pilotage, contraignant le système de navigation mal en point à effectuer une série de calculs qui auraient provoqué un anévrisme chez un instructeur de l'Académie Impériale. Ses mains bougent avec la précision d'une chirurgienne, entrant des variables par mémoire tactile et les croisant avec un carnet de notes cabossé qu'elle maintient scotché à la console. La plupart des entrées sont dans un code qu'elle seule comprend, un mélange de base 8 et de pure rancune.

Rask plane au-dessus de son épaule, prétendant offrir des

conseils, mais s'assurant surtout qu'elle ne désactive pas les dernières sécurités du vaisseau. Il plisse les yeux en regardant la trajectoire que Lyra a tracée : une boucle sinueuse et récursive à travers la Ceinture, qui revient trois fois sur elle-même et frôle à un moment l'anneau extérieur d'un planétoïde qui a déjà dévoré trois arpenteurs au cours de la décennie.

— Ambitieux, lance-t-il en essayant de paraître décontracté.

Lyra ne prend pas la peine de lever les yeux. — C'est soit ça, soit ils nous coincent au relais. Ça, ou Mercy nous soude accidentellement à un drone de minage.

L'IA du vaisseau, qui boude depuis le saut précédent, affiche un trio impeccable d'alertes rouges sur le panneau de navigation – trois impulsions vives, chacune accompagnée d'un clic passif-agressif. Lyra les contemple avec l'affection froide de quelqu'un qui possède plusieurs marteaux et n'a pas encore rencontré de problème qu'elle ne puisse aplatir.

Rask jette un œil aux alertes, puis à Lyra. — L'ordinateur met son veto à ton plan.

— C'est un lâche, répond Lyra. Et un analphabète en mathématiques.

Rask veut protester, mais la façon dont elle le dit — sans ciller, définitive — ne lui laisse aucune prise. À la place, il se penche en arrière et feint d'étudier la carte d'astrogation, tandis que Lyra grappille une autre seconde sur leur transit estimé.

Derrière eux, Mercy a installé un poste d'observation avancé sur le pont des communications, ce qui signifie qu'elle est affalée sur une caisse, les bottes contre la cloison, et qu'elle liquide sa réserve de stimulants de contrebande à un rythme qui aurait fait honneur à la soirée d'ouverture d'une boîte de nuit mal famée. Elle porte un casque audio, mais il ne semble connecté à rien. Toutes les quelques minutes, elle tire sur le cordon, sourit au grésillement et charge un nouveau fichier de l'encyclopédie du vaisseau consacrée aux contenus historiques interdits.

Rask jette un coup d'œil par-dessus son épaule. — Tu es censée lancer une analyse de menaces.

La réponse de Mercy est une longue note d'opéra, probablement tirée d'un aria mortuaire italien vieux d'un siècle, suivie d'un bâillement. — S'ils viennent nous chercher, ils toucheront la coque avant les comms. Elle s'étire, ses vertèbres craquent. — D'ailleurs, je prépare l'after.

Les lèvres de Lyra s'esquissent en un sourire, mais elle garde les yeux sur les commandes. — Assure-toi juste d'être réveillée quand ça commencera.

Mercy exécute un semblant de salut militaire, puis plaque son casque sur ses oreilles et se met à diriger un orchestre invisible. Rask compte quatre minutes avant qu'elle n'essaie de bidouiller les capteurs avant pour projeter un spectacle de lumière dans la cabine principale. Il se dit qu'il peut vivre avec ça.

À l'entrepont, l'ambiance est moins festive. Doc Vellenix s'est barricadé dans la soute, où il surveille la bombonne de Glim avec le zèle d'un homme qui sait exactement combien de catastrophes ont commencé à l'arrière d'un véhicule en mouvement.

L'impulsion à l'intérieur de la bombonne a évolué. Ce n'est plus un rythme régulier et mécanique ; elle répond désormais aux stimuli — une voix, un pas, même la vibration d'une écoutille — en frémissant ou en changeant de tempo. Au début, Doc avait attribué cela à sa propre folie naissante, ou au fait qu'il n'avait pas dormi plus de trois heures d'affilée par nuit depuis ses études de médecine. Maintenant, il soupçonne que c'est la version d'un test de personnalité de la bombonne.

Il fixe une autre bande de capteurs sur l'enveloppe en céramique, puis s'adresse à Glim sur le ton doux et désespéré réservé au déminage et aux patients infantiles. — Si tu m'écoutes, cligne deux fois pour oui, une fois pour non.

La bombonne pulse une fois, puis deux, puis trois fois en succession rapide. La troisième impulsion envoie un frisson à travers le plaquage du pont, ou du moins c'est ce que Doc croit sentir.

Il vérifie ses lectures, ne voit rien d'autre que le même graphique indéchiffrable, et prend une note sur son carnet. « Le patient reste non verbal, écrit-il, mais émotionnellement expressif. Réponse empathique possible à l'interaction avec le sujet. Recommande plus de données. »

La voix de Mercy, fortement filtrée, retentit dans les comms du vaisseau : — Doc ! Tu peux faire faire un duo à Glim ?

Doc l'ignore, mais pas la bombonne. Elle fredonne, doucement, en sympathie avec l'aria lointain de Mercy — puis en égale la hauteur, puis le volume, puis la cadence, jusqu'à ce que la soute résonne d'une vibration chorale qui fait grincer les dents de Doc.

Il fusille du regard la bombonne, puis le plafond. — Arrête ça, dit-il. Ce n'est pas sain.

La bombonne s'exécute, mais le silence est pire.

Doc vérifie le capteur une dernière fois. Il se dirige vers le pont supérieur, arrivant juste au moment où les écrans de visualisation avant commencent à se remplir du bruit brut et cinétique de la Ceinture.

La trajectoire de Lyra tient bon. Le Meridian frémit, proteste, mais ne rompt pas. Des débris raclent les boucliers, puis la coque. Des éclats de glace et de vieilles pièces de moteur martèlent les flancs. De temps en temps, la lueur d'un autre vaisseau traverse leur champ de vision — certains inertes, certains à la dérive, certains pas aussi inertes qu'ils devraient l'être.

Rask consulte l'écran de navigation, qui affiche leur trajectoire comme une fine ligne bleue coupant un nuage de mort. Il expire : — On est sur la bonne voie, pour l'instant.

Lyra, les cheveux collés au front par la sueur, ne cille

pas. — Le pire, c'est le prochain quadrant. Si les pirates ont tendu un filet, il faudra le faufiler à la main.

Mercy se redresse. — On attend de la visite ?

Lyra hoche la tête, un mouvement sec et bref.

— Bien, dit Mercy, et elle disparaît en direction du poste d'armement, fredonnant un air qui se rapproche désormais dangereusement de la dernière impulsion de Glim.

Doc se glisse dans le siège des comms. — Je devrais m'inquiéter ? demande-t-il.

Lyra secoue la tête. — Pas à moins que tu ne détestes l'adrénaline.

— Je suis médecin, dit-il. J'y suis immunisé.

Rask lui lance un regard. — Je soupçonne qu'aucun de nous n'est immunisé contre le genre de désastre de Mercy.

Comme si elle l'avait invoquée, l'alerte de proximité du vaisseau se met à hurler. Toutes les consoles s'embrasent de rouge. La voix de l'IA, dont la personnalité ne s'est pas améliorée, annonce : « Contacts entrants, trois. Deux pilotés, un drone. Tous équipés de harpons d'abordage. Recommande manœuvre d'évasion. »

Les doigts de Lyra s'agitent sur la console. — On va devoir supprimer la signature.

Doc dit : — Je croyais que le réacteur se gripperait.

— Ce sera le cas, dit Lyra. Mais pas avant qu'on ait quitté le champ.

La voix de Mercy résonne dans les comms du vaisseau : — Permission de riposter ?

Rask regarde le vecteur d'approche, puis hoche la tête. — Attends qu'ils soient à portée. On veut qu'ils s'engagent.

— Reçu, dit Mercy, et les comms se coupent.

Lyra pousse les moteurs à fond, envoyant le Meridian dans une chute contrôlée. La coque gémit, les boucliers vacillent, mais le vaisseau tient bon. Le chasseur de tête, une fléchette noire et élancée dotée de quatre nacelles de tir trapues, ajuste sa trajectoire pour l'égaler.

— Joli, dit Rask en regardant la triangulation se resserrer. Tu les appâtes.

Lyra ne répond pas. Elle actionne un interrupteur, et une série de leurres thermiques jaillit de l'arrière du Meridian. Les drones les ignorent, mais le vaisseau piloté de tête hésite, juste assez pour perdre sa position.

Rask prend les commandes manuelles. — Fais-nous virer.

Lyra obéit, et le vaisseau pivote sur son axe, se débarrassant de débris tandis qu'il décrit un arc vers le point le plus faible de la formation des chasseurs.

Le vaisseau ennemi tire une rafale, visant bas. Les projectiles perforent la coque extérieure, mais manquent tout ce qui est vital. Mercy, toujours opportuniste, riposte avec une volée de micro-mines qui s'accrochent au bouclier de l'ennemi comme des chardons.

— Je t'ai eu, magnifique salaud, roucoule Mercy.

Doc s'agrippe à son siège, surveillant les caméras externes. — On doit se préparer à un abordage ?

Lyra secoue la tête. — Ils ne s'approcheront pas assez. Rask, coupe la poussée tribord à mon signal.

— Prêt.

Elle décompte : — Trois. Deux. Maintenant.

Rask actionne violemment la commande. Le Meridian donne une brusque secousse latérale, la force G soudaine suffisant à couper le souffle de quiconque n'est pas solidement calé. Le vaisseau ennemi surcorrige, dérape sur une projection de son propre liquide de refroidissement et bascule directement sur la trajectoire d'un astéroïde en rotation. L'impact n'est pas cinématographique — pas d'explosion, juste un froissement satisfaisant alors que le vaisseau se plie autour de la roche et s'éteint.

Le drone et le second vaisseau piloté rompent la formation. Le drone décroche, peut-être sous le contrôle de son IA ; l'autre vaisseau oscille, puis s'éloigne en boitillant, calculant probablement ses propres chances de survie.

La voix de Mercy retentit : — On vient de gagner ?

Rask expire. — On a survécu. C'est suffisant.

Lyra ramène le Meridian sur sa trajectoire. Elle regarde l'écran de navigation, puis Rask, et s'autorise un unique, petit sourire.

— Tu as douté de mes calculs, dit-elle.

Il lui rend presque son sourire. — Je n'en douterai plus jamais.

La voix de Doc passe par l'intercom. — J'aimerais bien descendre de ce manège, maintenant.

Mercy, depuis le pont d'armement, chante une seule note parfaite. La bombonne à l'entrepont répond par un bourdonnement, et cette fois, Doc le trouve presque réconfortant.

La Ceinture s'éloigne. Le champ s'ouvre, et le Meridian, amoché mais intact, se traîne vers la prochaine crise.

Dans le silence, Lyra vérifie les relevés, puis éteint les capteurs avant. Elle regarde Rask, la voix plus douce qu'auparavant.

— Tu n'es pas un si mauvais capitaine, tu sais, dit-elle.

Rask cligne des yeux, surpris. — Merci ?

Elle hausse les épaules. — Tu as juste souvent tort.

Il rit, le son rebondissant sur le métal cabossé et se posant quelque part dans les ponts inférieurs.

L'IA du vaisseau, sentant l'ambiance, fait clignoter les lumières deux fois.

— Cohésion de l'équipage : non concluante, dit-elle.

Lyra l'ignore, déjà en train de tracer la prochaine trajectoire impossible.

Dans la soute, l'impulsion de la bombonne a retrouvé son rythme original et régulier.

Doc la tapote, doucement, comme pour endormir un enfant.

— Repose-toi tant que tu le peux, dit-il au cœur bleuté du vaisseau.

Il aurait juré qu'elle lui avait fait un clin d'œil.

ONZE

Le rendez-vous du Meridian avec l'Avant-poste Orpheon ne commença pas vraiment ; il s'insinua plutôt tel un mal sournois — une augmentation progressive de l'anxiété du vaisseau, la lueur bleue du caisson de confinement de Glim se muant en une pulsation maussade, et un vecteur sur l'écran de navigation rampant vers l'orbite déclinante du relais à la vitesse du regret. Le relais lui-même était un àre enserrant un fragment de neutron, tout en composites noir mat et nervures de coque redondantes, conçu pour disparaître à la fois du spectre électromagnétique et de la bonne société.

Rask effectua l'approche aussi lentement qu'il l'osa, poussant les propulseurs manuels et surveillant chaque fluctuation des scans thermiques. Il ne se fiait pas au protocole de reconnaissance IFF de la station, qui passait en revue un catalogue d'indicatifs fictifs et avait même, à un moment, tenté de les saluer en tant que « Barge Médicale de Secours, Prince Harry ». Il coupa le protocole et passa en mode furtif, glissant le Meridian en orbite de stationnement avec la grâce d'une anguille en pleine gueule de bois.

Lyra observait l'avant-poste à travers le hublot avant, la posture figée en mode « évaluer et détruire ». Elle avait encore de la graisse sur le visage depuis le dernier réglage des moteurs, et les jointures de sa main droite étaient éraflées depuis qu'elle avait remis un panneau en fibre de carbone en place d'une bonne droite. Elle ne dit rien pendant une minute, laissant la tension s'accumuler.

Mercy était déjà dans le sas, une main sur la caisse de charges d'abordage, l'autre faisant tournoyer une lame cabossée comme si elle passait une audition pour un numéro de lancer de couteaux. Le seul signe de nervosité était le faible martèlement involontaire de sa botte sur le pont.

Doc restait à l'infirmerie, ou plutôt, près du berceau de Glim, qui vibrait maintenant à la limite de l'audible — un bourdonnement subtil et harmonique qui lui donnait envie de se remettre à boire. Il tapota l'écran du capteur, regarda l'affichage tracer une parabole nerveuse, puis tapota à nouveau. Il se connecta à la passerelle, sa voix filtrée par l'interphone asthmatique du vaisseau.

— Tu es sûr de vouloir t'amarrer ? dit-il, ce qui n'était pas tout à fait une question.

Rask pressa le bouton du micro. — Pas particulièrement.

— L'alimentation du relais est erratique. Peut-être une baisse de tension, peut-être du sabotage, peut-être les deux. Glim n'apprécie pas non plus.

Lyra leva les yeux au ciel. — Rien n'apprécie Glim, à part peut-être une bonne détonation.

Doc ne répondit pas, mais les parasites suggéraient qu'il était d'accord.

Rask actionna les commandes. — Mercy, à ton signal.

La réponse de Mercy fut une unique note musicale — l'imitation d'un chant d'oiseau, possiblement, mais du genre de ceux qu'on n'entend que sur les planètes dotées d'une avifaune prédatrice. Elle lança la séquence du sas, et l'écoutille s'ouvrit dans un sifflement. Le tunnel d'amarrage de la station se déploya avec un bruit qui laissait penser qu'il n'avait pas servi récemment, ou qu'il n'avait servi que d'arme du crime.

Le trio franchit l'écoutille. Rask en tête, Lyra sur ses arrières, Mercy fermant la marche et scrutant chaque ombre comme si elle s'attendait à y trouver son propre reflet, armé et hostile.

L'intérieur de l'avant-poste était d'une obscurité totale. Pas de lumières d'accueil, pas de ping des stabilisateurs environnementaux, juste la rémanence terne des propres feux de position du Meridian et la lente apparition des détails à mesure que les implants rétiniens de Rask s'acclimataient. La gravité était à 0,3 G, assez pour rendre chaque pas un peu trop rebondissant, chaque transfert de poids légèrement imprévisible.

Lyra alluma sa lampe de combinaison et la balaya à travers le hall d'amarrage. Le sol était jonché de micro-éclats de composite, mais propre par ailleurs — une propreté délibérée, stérile, comme celle d'un couloir d'hôpital juste après un accident et avant que la famille ne soit prévenue. Le seul mouvement provenait d'un enroulement de câbles dérivant dans la faible gravité, son extrémité produisant encore des étincelles par intermittence.

Mercy examina la scène et fronça les sourcils. — Pas de corps. Pas de sang. Même pas un cadavre à moitié dévoré. Elle semblait sincèrement déçue.

Rask lui lança un regard. — Revois tes attentes à la baisse.

Mercy eut un large sourire. — C'est ce que je fais toujours.

Ils passèrent la première écoutille, qui résista une seconde entière avant de se déverrouiller dans un soupir pneumatique embarrassé. Le couloir au-delà était encore plus froid. Les lumières de secours se déclenchaient au mouvement, mais deux tiers des bandes étaient hors service, laissant de profondes zones d'ombre et seulement d'occasionnels îlots de lumière blanc-bleu. Les murs du couloir avaient la finition mate d'un ancien vaisseau de luxe dépouillé de ses pièces ; chaque panneau qui pouvait être arraché ou fondu l'avait été.

— Pourquoi cet endroit existe-t-il, au juste ? demanda Lyra, tandis qu'ils avançaient en rebondissant.

Rask répondit : — C'est le dernier relais du marché noir avant l'Étendue du Néant. Quiconque fuit le Noyau fait escale ici. Si tu veux disparaître, c'est par là que tu commences.

— Qui gère l'endroit ? demanda Mercy, faisant tournoyer une lame dans sa main gauche et tenant une charge dans la paume de sa droite.

Rask haussa les épaules. — Avant, c'était une famille de cartel. Puis l'Imperium a fait une rafle, nettoyé le pont supérieur, et laissé le reste s'auto-organiser. Maintenant, c'est surtout des IA et quiconque survit au vide.

Lyra grogna, sans s'engager.

Le hub central, lorsqu'ils l'atteignirent, était un chaos de cargaisons abandonnées, de caisses de sécurité et de lignes électriques bricolées. Plusieurs terminaux de données luisaient en veille, écrans gelés en plein téléchargement. Un coin du hub abritait une kitchenette, avec une marmite contenant quelque chose de gris et de grumeleux, figé à mi-ébullition. Trois chaises vides entouraient une table, mais la poussière sur les sièges suggérait que personne ne s'y était assis depuis des mois.

— Ville fantôme, dit Lyra.

Mercy se dirigea vers la pile de fret la plus proche et passa une main gantée sur les étiquettes. — Une tonne de matos n'a même jamais été inventoriée. Ils sont partis dare-dare.

Rask erra jusqu'à un terminal et tenta de se connecter. L'écran clignota, puis demanda un mot de passe dans une police qui n'avait plus été à la mode depuis les guerres de pré-unification. Il renifla et ouvrit un panneau latéral, exposant le système de déblocage manuel et le genre de câblage qui aurait provoqué une crise cardiaque à Lyra. Elle s'avança et prit le relais, ses doigts bougeant avec l'efficacité implacable de quelqu'un qui avait recâblé le système de navigation d'un vaisseau en gravité zéro et sous le feu ennemi.

— Laisse-moi une minute, dit-elle.

Rask la laissa faire et inspecta le périmètre. Chaque son

dans le relais était anormal : le murmure du support-vie était trop lent, le cliquetis de la ventilation trop régulier, et l'écho creux de leurs pas s'attardait trop longtemps, comme si la station attendait qu'ils partent.

Mercy, ayant déjà perdu patience à attendre qu'il se passe quelque chose, rôdait maintenant dans les couloirs, passant la tête par chaque écoutille ouverte. La quatrième porte qu'elle essaya était coincée, alors elle l'ouvrit simplement d'un coup de botte et disparut à l'intérieur.

Lyra marmonna : — Ça y est, et le terminal reprit vie. Le journal des communications défila sur l'écran — des milliers de lignes de trafic crypté, les plus récentes marquées d'un triangle rouge. Elle le parcourut rapidement, puis se figea.

Rask vit sa mâchoire se contracter. — Qu'est-ce qu'il y a ?

Lyra ne quitta pas l'écran des yeux. — Seraphine. Enregistré il y a deux jours. Amarré pendant quarante-cinq minutes, puis reparti sur une nouvelle trajectoire. Pas de cargaison listée. Pas de manifeste.

La voix de Mercy retentit dans les communications de la combinaison. — J'ai trouvé quelque chose. C'est dans le noir. Ça ne respire pas.

Rask fronça les sourcils. — Combien ?

La réponse de Mercy fut un soupir exagéré. — Juste un seul, patron. Mais c'est frais.

Rask jeta un coup d'œil à Lyra. — Reste ici et continue de tirer les journaux. Je vais voir ce que Mercy a trouvé.

Lyra acquiesça, déjà perdue dans le flot de données du terminal.

Rask retrouva Mercy deux couloirs plus loin, flottant à un mètre du sol et scrutant une alcôve latérale. Le corps qu'elle avait trouvé était celui d'une femme, d'âge mûr, en combinaison de la station avec un badge nominatif indiquant « Ingénieure en Chef ». Elle était en suspension, les bras repliés devant elle comme une dormeuse en chute libre, mais son visage était figé dans un rictus de surprise. Aucun traumatisme visible, mais ses lèvres et ses paupières étaient légèrement bleues.

Mercy poussa le corps du bout du pied, et il pivota doucement, ses cheveux s'éventant dans l'air glacial.

— Elle est morte depuis quelques jours, dit Mercy. — Pas de points bonus pour deviner qui l'a tuée.

Rask inspecta le corps, puis la pièce. Rien d'anormal — aucun signe de violence, aucun signe de lutte.

Mercy fit tournoyer sa lame. — Peut-être que la station est hantée.

Rask l'ignora et ouvrit la poche de la combinaison de la femme. À l'intérieur se trouvaient une clé de données et un bout de papier — du vrai papier, ce qui était soit une affectation, soit le signe d'une paranoïa terminale. Il prit les deux, laissa le corps dériver, et fit signe à Mercy de le suivre.

De retour au hub, Lyra avait téléchargé le trafic des communications du dernier mois et lancé un décryptage par force brute sur les pings les plus récents. Elle leva les yeux à l'entrée de Rask, le regard brillant d'adrénaline.

— Quelque chose cloche, dit-elle. — Tous les messages des dernières quarante-huit heures sont signalés. Le système a alterné entre les administrateurs par défaut, comme s'il oubliait sans cesse qui est censé être aux commandes.

Rask lui tendit la clé de données. — L'ingénieure morte avait ça. Peut-être une clé de secours.

Lyra l'inséra dans le terminal. La clé contenait un seul fichier : une liste de vaisseaux entrants, de vaisseaux sortants, et une note manuscrite à la fin :

NE FAITES PAS CONFIANCE À L'IA.

En dessous, en plus petits caractères :

Si Seraphine revient, n'ouvrez pas la caisse.

Mercy gloussa. — J'aime bien son style.

Lyra le lut deux fois, puis croisa le regard de Rask. — Ils parlent de Glim, n'est-ce pas ?

Rask hocha la tête. — On dirait bien.

La marche de retour vers le quai se déroula sans incident, si ce n'est les ombres qui semblaient grandir à chaque pas, et le bourdonnement doux et insistant provenant du conteneur. Lorsqu'ils atteignirent le sas, Mercy s'arrêta et regarda par-dessus son épaule.

— Il fait plus froid, tu ne trouves pas ? demanda-t-elle.

Lyra secoua la tête. — C'est juste le relais qui lâche.

Mercy n'avait pas l'air convaincue.

Le silence dura jusqu'à ce qu'il soit rompu.

Mercy, Lyra et Rask n'étaient plus qu'à quelques pas de l'anneau d'amarrage, quand l'alimentation principale de la station se rétablit avec toute la subtilité d'une émeute en prison. Des lumières inondèrent le couloir, dans toutes les nuances de blanc et de bleu, et pendant un instant, personne ne bougea.

Puis, sans avertissement, les portes à chaque extrémité se refermèrent violemment, un sifflement pneumatique et progressif qui envoya une vibration dans les bottes de Lyra.

Mercy sifflota. — Ils ont le sens du spectacle, non ?

Lyra l'ignora, bouscula Rask pour passer, et martela la commande de la porte. — Morte, rapporta-t-elle, puis elle arracha le panneau de maintenance et commença à le pirater avec deux articulations de doigts tordus et un cure-dent de câble. — Laisse-moi une minute.

Rask observait l'autre bout du couloir, qui se remplissait rapidement d'une brume à l'odeur désagréable provenant des conduits muraux. Elle avait la couleur de la déception et un goût métallique qui brûlait le fond de la gorge.

— L'air est contaminé, dit-il d'une voix plate. — Pas mortel, mais pas génial pour les poumons.

Mercy sourit, nullement affectée. — Bon pour mon teint.

L'IA, connectée depuis le Meridian via la combinaison de

Lyra, choisit ce moment pour commenter : — Protocole de sécurité de la station activé. Tout le personnel non essentiel sera éliminé conformément au Code de Danger Impérial.

Rask leva les yeux au ciel. — Définis non essentiel.

— Toute personne ne se trouvant pas dans un module de commande, ou n'étant pas l'IA de la station, répondit l'IA, d'un ton fade et suffisant.

p>

Lyra travaillait sur le panneau, ses doigts volant. — On va devoir court-circuiter le verrou. Il a une triple redondance. Celui qui a construit ça était un expert en paranoïa.

Mercy dégaina deux lames, une dans chaque main, et les fit tournoyer dans des directions opposées. — Enfin, quelque chose à poignarder.

Elle jeta un coup d'œil à Rask. — On parie sur ce qu'il y a derrière la prochaine porte ?

— Non, dit Rask, puis il se campa sur ses pieds alors que les lumières clignotaient à nouveau et que la température chutait de dix degrés supplémentaires.

La brume s'intensifia, réduisant la visibilité à une longueur de bras. À travers elle, les balises de secours clignotaient selon un motif lent : trois, pause, trois, pause. Rask fronça les sourcils en voyant le motif. — Il copie Glim.

Lyra ne leva pas les yeux. — La station a été compromise. À mon avis, Seraphine a laissé un cadeau dans l'unité centrale.

Mercy testa la porte en y lançant une lame ; elle se planta à mi-chemin, vibrant à chaque pulsation de la brume. Elle la récupéra et sourit. — Clairement pas du matériel régle-mentaire.

Rask toussa, puis regarda Lyra. — Tu progresses ?

— J'y suis presque, dit-elle, puis elle enfonça un câble dans la serrure et le tourna. Il y eut un pop sec, une bouffée d'ozone, et la porte s'entrouvrit. Mercy coinça sa botte dans l'interstice et l'ouvrit davantage, puis passa à travers.

Le hub central ne ressemblait en rien à ce qu'ils avaient

laissé. Les lumières étaient réglées sur un éclairage diurne maximal, chaque surface nettoyée jusqu'à un éclat clinique, et toutes les chaises avaient été balayées et alignées proprement contre le mur. L'air était encore plus froid ici, et le bourdonnement du cœur de la station était audible — une pulsation profonde et subsonique qui fit se boucher les oreilles de Lyra.

Sur la table au milieu de la pièce se trouvait l'ingénieure morte, maintenant étendue, les bras croisés et une tablette de données posée sur sa poitrine. Quelqu'un, ou quelque chose, l'avait arrangée comme une pièce de musée.

Mercy s'approcha furtivement du corps et lorgna la tablette. — Je te parie dix crédits que c'est pour nous faire sursauter.

Rask l'ignora et prit la tablette, passant en revue son contenu. La première ligne était un avertissement :

SI VOUS LISEZ CECI, IL EST DÉJÀ TROP TARD.

En dessous, un message :

Brèche de confinement. Seraphine s'est amarré, a transféré le sujet, est parti sans se déconnecter. L'équipage est mort en quelques heures. N'ouvrez pas la caisse.

Lyra lut par-dessus son épaule, puis se tourna vers la console principale de la station. Elle y brancha son portable, le connecta en interface avec le Meridian, и начала качать логи.

Mercy regardait les murs, qui avaient commencé à suer — de minces ruisseaux de condensation coulaient le long des panneaux composites, gelant sur place.

p>

Rask posa la tablette, s'essuya les mains sur sa veste et dit : — Il faut qu'on fiche le camp d'ici. Maintenant.

Lyra ne leva pas les yeux. — J'ai presque les journaux. Si on les perd, on perd Kye.

Mercy attrapa la main de la femme morte et la brandit en direction de Rask. — Elle dit de se dépêcher.

L'IA, maintenant encore plus amusée, intervint via la communication de Lyra. — Recommandation : Fuyez.

Rask foudroya le plafond du regard. — Tu n'aides pas.

La brume s'épaissit. Depuis le couloir, un son : un grattement, doux au début, puis plus fort. C'était le bruit de quelque chose qu'on traînait, ou de dizaines de petites choses se déplaçant à l'unisson.

Mercy fit tournoyer ses lames et regarda Rask. — On parie ?

— La ferme et couvre la porte, dit Rask.

Lyra termina le transfert, débrancha son portable et le rangea dans sa veste. — Prête.

Ils se dirigèrent vers la sortie, mais le couloir au-delà était maintenant encombré de formes — sombres, indistinctes, mais indubitablement en mouvement. Mercy sourit, s'avança et commença à se frayer un chemin, les lames étincelant dans la lueur stroboscopique des lumières d'alerte.

Rask et Lyra suivirent, longeant le mur, évitant le contact autant que possible. Les formes ne saignaient pas, ni même ne résistaient — elles se dispersaient simplement, se dissipant dans la brume.

Il ne fallut que quelques pas de plus pour atteindre l'anneau d'amarrage, mais à ce moment-là, la station luttait activement contre leur sortie. Les lumières pulsaient si fort que le monde semblait clignoter. La gravité oscillait entre des fractions et sa pleine valeur, faisant trébucher Rask and Lyra à chaque pas.

Mercy resta debout, bien sûr.

Ils atteignirent le tunnel d'amarrage. Lyra scella le sas derrière eux et lança la séquence de désamarrage. Ils regagnèrent le Meridian, Lyra portant le conteneur, Rask couvrant l'arrière, et Mercy fermant la marche avec le pied-de-biche dans une main et une lame dans l'autre.

Alors que l'écoutille se refermait derrière eux, les lumières de la station s'éteignirent complètement.

Rask se tenait dans la faible lueur du sas d'entrée du Meridian et dit : — Eh bien, c'était réjouissant.

L'IA ronronna : — Bienvenue à bord. L'air du Meridian est toujours classé comme apte à la consommation humaine.

Mercy s'étouffa de rire en rangeant ses lames. — Tu nous gâtes.

Doc les rejoignit dans le couloir, le visage pâle.

— Que s'est-il passé ? demanda-t-il.

Rask se contenta de dire : — Fais-nous partir. Maintenant.

Lyra lança la procédure de départ, et le Meridian s'élança loin d'Orpheon, abandonnant la station à ses propres cauchemars récursifs.

Dans la soute, Doc examinait l'écran, qui avait abandonné toute tentative de calibrage et faisait maintenant défiler des chaînes de texte aléatoires. Il risqua une paume gantée sur la cartouche de Glim, et sentit le pouls s'accélérer, vibrant à une fréquence qui lui faisait mal au bout des doigts.

Il se recula et s'adressa à la cartouche. — Si tu prévois d'éclore, s'il te plaît, attends que j'aie déjeuné, dit-il, puis il jeta un coup d'œil aux constantes vitales. — Ou au moins que j'aie mis le reste de l'équipage sous sédatif.

Mercy, affalée dans le mess avec une barre protéinée, sourit à Lyra. — Eh bien, c'était amusant.

Lyra la foudroya du regard, puis sourit malgré elle. — La prochaine fois, on fera à ta façon.

Rask passa à côté, secouant la tête. — Vous êtes tous tarés.

Mercy agita une lame dans sa direction. — Tu adores ça.

L'IA du vaisseau, toujours prompte à avoir le dernier mot, intervint : — Cohésion de l'équipage : toujours non concluante.

Dans le silence qui suivit, le conteneur dans la soute se synchronisa sur une seule pulsation unifiée.

Et quelque part, au-delà de la portée des capteurs ou de la raison, une autre station s'éveilla, avide de compagnie.

Doc passa l'heure suivante dans la soute, agenouillé à hauteur de la cartouche, comme si une étiquette tacite exigeait la politesse avant la fin du monde. Il avait vu des patients mourir avec moins de drame que ça, mais aucun ne s'était jamais éteint en chantant.

Le bleu s'était approfondi, maintenant, au-delà du visible, de sorte qu'il pulsait non pas avec de la lumière mais avec une pression atmosphérique qui faisait mal à la mâchoire de Doc et faisait vibrer l'intérieur de son crâne. À un moment donné, la cartouche de Glim avait cessé de vibrer et avait commencé à... écouter. Quand il lui chuchotait, la tonalité changeait ; quand il claquait des doigts ou même s'éclaircissait la gorge, le pouls revenait en écho parfait, retardé juste assez pour donner l'impression de parler à un enfant qui apprend une langue par répétition.

Il se gratta sa barbe naissante et attacha une autre série d'électrodes, cette fois en cartographiant non pas l'énergie mais la fréquence — audio, puis subsonique, et enfin jusqu'à une plage qui déclencha les relais de tous les autres systèmes du compartiment. L'effet fut instantané : le contrôle climatique du vaisseau commença à siffler en signe de protestation, les lumières de la cabine clignotèrent en staccato, et la voix de l'IA retentit sur les communications, plate mais pas tout à fait convaincante :

— Signal non identifié détecté. Recommande la désactivation immédiate du matériel étranger.

Doc l'ignora. — Elle essaie juste de parler, dit-il. — Laisse-la faire.

Dans le compartiment voisin, Rask déroulait le journal de navigation de secours, vérifiant les preuves que l'auto-immolation du relais ne les avait pas suivis. Mercy était affalée sur une caisse, arrachant le sang séché de ses cuticules et fredonnant en harmonie avec la cartouche, soit par accident, soit par une étrange sympathie. Lyra, comme toujours, gérait tout depuis la passerelle, mais elle avait pris l'habitude d'écouter chaque surface dotée d'un micro, comme si l'acte d'espionner pouvait forcer une réponse à se matérialiser.

La cartouche émit un son, alors — bas, au début, mais montant, comme la tonalité la plus lente du monde.

Doc se pencha. — Refais ça.

Le son se répéta, deux impulsions rapides, puis trois, puis à nouveau deux. Il le transcrivit, puis le laissa tourner pendant une minute.

Sur l'écran, il se cartographiait en grappes. Pas aléatoire, loin de là. Il reconnut la forme avant le sens. C'était du Morse, ИЛИ quelque chose d'assez proche pour que son cerveau, câblé pour le triage des traumatismes et les communications à l'ancienne, puisse le décoder.

Il connecta le micro à la passerelle. — Elle nous envoie un message.

Lyra répondit, d'un ton sec. — Définis "elle".

— Glim, dit Doc, sans réfléchir. — Elle est seule. Elle a peur. Elle veut de l'aide.

Une pause. Puis la voix de Rask, plus douce que prévu : — Tu es sûr ?

Doc essaya de ne pas paraître fier. — Elle a utilisé le mot « aide » cinq fois. Et puis... mon nom. Ou ce qui passe pour un nom en code pulsé.

Mercy sourit depuis son perchoir. — Elle t'aime bien.

Doc hocha la tête. — On a cet effet sur les traumatisés.

L'IA du vaisseau intervint. — Code étranger détecté dans l'archive centrale. Recommande la quarantaine de सभी les échantillons physiques et le redémarrage immédiat du système.

Lyra, imperturbable, dit : — Ignorer et enregistrer la requête. À Doc, elle ajouta : — Quel est le risque ?

— Le même que pour n'importe quelle patiente potentiellement hostile. Tu la traites comme une personne, ou elle essaie de te tuer.

Rask descendit de la passerelle, l'air plus fatigué qu'en colère pour une fois. — Nous ne sommes pas un hôpital, Doc.

Doc désigna la cartouche. — Nous ne sommes pas une chambre d'exécution non plus.

Mercy intervint : — Un tombeau flottant, voilà ce qu'on est. On n'arrive même pas à garder un poisson rouge en vie, et maintenant on s'occupe d'une balise de détresse psychique.

Rask renifla. — Tu n'aides pas.

Mercy sourit, absolument pas repentante. — Je n'ai jamais prétendu que je le ferais.

Lyra descendit l'échelle d'accès. Elle contempla la cartouche avec l'air de quelqu'un qui s'attendait à pire, et se trouvait maintenant presque déçue.

— Alors, qu'est-ce qu'on fait ? dit-elle.

Doc haussa les épaules. — La même chose que tu ferais pour n'importe quel prisonnier de guerre. Nettoyer les blessures, la faire parler, déterminer si elle vaut le risque.

Lyra le regarda, puis les deux cartouches, puis le scanner portable que Doc avait bricolé avec un brassard de tensiomètre et une sonde filaire. — On peut la déplacer ?

— En sécurité ? Doc réfléchit. — Pas encore. Mais elle mourra là-dedans si on ne le fait pas.

Mercy se laissa rouler de sa caisse et s'approcha. — On puede enseñarle a decir groserías? Parce que c'est au moins la moitié du plaisir d'un équipage.

Doc sourit, un peu lugubrement. — Laisse-lui le temps.

Rask expira, les mains sur les hanches. — On la garde sous

clé. Pas de communications extérieures, pas de contact physique sans la présence de Doc. Si c'est juste un truc cassé, on la largue à la première station sûre. Si c'est une personne, on la traite comme telle. Il regarda Doc, puis Lyra, puis la caisse. — On est des pirates, pas des monstres.

Le pouls bleu ralentit. La vibration de la caisse s'adoucit, puis s'arrêta, et Doc sentit quelque chose dans la pièce se détendre — un fil de tension qui se rompait, mais sans colère. La cartouche écoutait à nouveau.

Doc s'agenouilla, posa sa main sur la céramique et dit : — Tu es en sécurité maintenant.

Le pouls se répéta, bas et doux, trois fois.

Rask grogna. — Si l'Imperium vient frapper à la porte, on vend les coordonnées et on file.

Mercy haussa les épaules. — Si elle est utile, peut-être qu'elle pourra négocier pour nous la prochaine fois.

La caisse luit, faiblement mais de manière persistante, et le vaisseau dériva en silence, pour une fois non pas à cause d'une menace, mais d'un sentiment de nouvelle responsabilité.

Pendant un moment, personne ne bougea, et le Meridian plana, son équipage et sa passagère aussi incertains que l'obscurité dans laquelle ils flottaient.

Et dans la soute, le bourdonnement de Glim devint, sans le moindre doute, un chant.

DOUZE

Le Meridian avançait tous systèmes éteints, perdant de la vitesse avec l'obstination d'un animal blessé refusant de mourir. La température de la coque était la même que celle de l'air à l'intérieur — un froid de gueux, tout aussi prompt à vous pénétrer jusqu'aux os. Les systèmes du vaisseau tournaient au strict minimum, si silencieusement que même l'unité de chauffage, vieille et peu fiable, ne parvenait pas à émettre son gémissement habituel. La plupart des gens auraient trouvé ça paisible. Pour Lyra, c'était un mauvais présage.

Elle gérait la navigation, les mains encore tachées de la dernière fois qu'elle avait dû ouvrir un panneau sous tension. Ses jointures blanchissaient sur le manche, non pas à cause du stress, mais par pure force de volonté. Le seul éclairage de la console était une impulsion faible et intermittente : un diagnostic, pas de la décoration. Sa buée s'échappait en volutes lentes et contrôlées tandis qu'elle surveillait l'écran, guettant le moindre signe de problème.

Le problème arriva avec deux minutes d'avance.

Un léger ping — délibéré, mais maladif — remonta le long de la sonde de détection, à peine perceptible. Lyra cligna des yeux, relança un balayage et vit le blip disparaître, puis réapparaître, puis se fracturer en trois échos plus petits avant de s'évanouir. Elle étudia la séquence, lança une analyse spectrale à la va-vite et découvrit les dents.

— Contact, dit-elle. Camouflé. Mais ils sont nuls à ça.

Rask apparut derrière elle, silencieux comme le givre. Il portait la même veste qu'il avait rapiécée à douze endroits avec du maillage adhésif, le même regard perdu dans le lointain qui suggérait qu'il avait déjà fait une croix sur tout l'équipage et n'attendait plus que les preuves pour le confirmer.

Il jeta un œil à la console de navigation, puis à Lyra.

— À quelle distance ?

Elle haussa les épaules.

— Cinquante, peut-être soixante mille klicks. Aucune signature de poussée, juste ce fantôme sur le relais.

Il se pencha, expira, et pour la première fois, Lyra réalisa que l'air était assez froid pour changer son souffle en vapeur.

— C'est le Seraphine ?

Elle hocha la tête en tapotant l'écran pour rejouer la séquence.

— Regarde la dégradation de l'onde porteuse. C'est le vaisseau de Vexa. Elle a rafistolé le camouflage, mais les propulseurs fuient encore. On peut voir le signal dérailler toutes les trente secondes.

Un sourire — petit, méchant, mais réel — se dessina dans les yeux de Rask.

— Elle est mal en point.

— Ou elle se joue de toi, dit Lyra.

Elle tendit la main vers le panneau latéral, ajusta l'alimentation avec la tendresse que la plupart des gens réservaient à un amant, et réduisit la fenêtre de détection. Le blip s'intensifia, puis s'atténua pour devenir un signal plus franc.

— Elle attend. Peut-être nous, peut-être pire.

Rask se redressa, vérifia l'heure, puis activa le canal de l'équipage.

— À tout le monde. Situation jaune. Lyra a repéré le Seraphine, à la dérive dans le système. Tous les autres, gardez les yeux ouverts, moteurs froids, préparez-vous pour une extraction forcée.

Une pause, puis le crépitement sec de la voix de Doc :

— On est *déjà* en situation jaune ?

Rask :

— Elle est proche. Trop proche pour être bon signe.

La voix de Mercy, éternelle touche de sucre dans la plaie, s'éleva du fond du couloir :

— Est-ce que j'ai le droit de lui tirer dessus cette fois, ou on part sur des câlins et du pardon ?

Rask l'ignora, coupa la communication et regarda Lyra.

— Des idées ?

Elle haussa les épaules.

— Je dirais qu'on attend. Émissions minimales. On la laisse mariner dans son stress.

Il approuva.

— On va la filer en mode fantôme, voir si elle craque.

Le Meridian dériva, chaque craquement de la coque rappelant douloureusement à quel point ils étaient exposés. Rask laissa Lyra à ses balayages, sachant qu'elle le préviendrait au moindre éternuement dans le système.

Mercy arriva sur la passerelle trois minutes plus tard, une lame tournoyant entre ses doigts, le visage empourpré par le froid ou l'excitation — difficile à dire. Elle avait une façon de transformer l'air autour d'elle, le faisant passer d'une simple atmosphère à un défi lancé à quiconque le respirait ensuite.

Elle se laissa tomber sur le fauteuil des communications, les pieds sur la console, son couteau toujours dansant.

— Alors, Capi, dit-elle en pointant la lame vers la tête de Rask, quel est le plan ? On rampe, on attend, ou on se fait passer pour des débris spatiaux en espérant qu'elle est du genre à recueillir les épaves ?

— On observe, répondit Rask. Si Vexa est blessée, elle est aux abois. Et quelqu'un aux abois est imprévisible.

Mercy eut un sourire éclatant et sauvage.

— C'est mon genre préféré.

Lyra ignora l'échange, concentrée sur la navigation, mais ses oreilles suivaient chaque mot.

Plus bas, à l'infirmerie, Doc était penché sur le caisson contenant Glim, fixant l'impulsion bleue à l'intérieur comme si c'était une énigme qu'il pourrait résoudre à force de sarcasmes. Le berceau de Glim était maintenant boulonné au pont en trois points, et la batterie de capteurs artisanaux était la seule concession au sentiment grandissant qu'un jour, quelque chose à l'intérieur de la boîte pourrait essayer d'en sortir.

Il effectua une nouvelle vérification. La résonance de l'unité de confinement était passée de « désagrément mineur » à « catastrophe imminente » en moins d'une semaine. L'impulsion bleue à l'intérieur semblait consciente de sa présence : elle ralentissait quand il approchait, accélérait quand il détournait le regard, et brillait un poil plus vivement chaque fois qu'il prenait une note dans son journal. Il avait commencé à lui parler — d'abord par ennui, puis par un besoin profond et inavoué d'être entendu.

Ce jour-là, elle répondit.

Il était en train de décrire l'autodestruction du relais avec tout le détachement clinique d'un pathologiste blasé quand l'impulsion vacilla, s'arrêta, et reprit sur un nouveau rythme : deux, puis un, puis trois. Il fronça les sourcils, leva un doigt et dit :

— Refais-moi ça.

Le caisson obtempéra.

Il jeta un œil au logiciel de traduction qu'il avait bricolé à partir du module d'apprentissage du vaisseau. Celui-ci convertissait les impulsions en chiffres, qu'il croisait ensuite avec sa propre table de phrases. C'était rudimentaire, mais le message était sans équivoque.

« Où aller ? » demanda-t-il.

Doc cligna des yeux, puis murmura :

— On se cache.

Le caisson répondit : « Cacher. Pourquoi. »

Doc hésita, sentant un frisson qui n'avait rien à voir avec le régime d'économie d'énergie du vaisseau.

— Des gens méchants nous en veulent. T'en veulent à toi.

L'impulsion ralentit, puis s'intensifia, plus brillante qu'auparavant.

« Moi quoi », demanda-t-il.

Doc s'apprêtait à répondre quand la communication de l'infirmerie grésilla et que l'IA du vaisseau parla d'une voix trop aiguë, trop tendue.

— Priorité : anomalie de résonance de champ. Source : soute. Diagnostic immédiat recommandé.

Il martela le bouton de communication.

— Qu'est-ce que c'est encore ?

L'IA répondit :

— L'unité de confinement émet un champ de basse fréquence. Il interfère avec les capteurs de coque.

Doc vérifia son panneau. Les biocapteurs de la coque affichaient maintenant une distorsion légère mais croissante, comme si le vaisseau lui-même avait une poussée de fièvre.

Il contacta la passerelle.

— Attention. Glim a de nouveau un pouls. Il pourrait être visible de l'extérieur.

Rask répondit :

— Reçu.

Lyra ajouta :

— Fais-le taire. On a des fantômes plus gros à gérer.

Mercy, percevant la tension, leva les yeux au ciel et dit :

— Dis à la boîte d'essayer une nouvelle fréquence. Celle-ci commence à dater.

Doc ferma le canal, se pencha sur le caisson et dit :

— Silence, s'il te plaît.

L'impulsion s'atténua, mais ne cessa pas.

Il se rassit, fit rouler son cou et songea aux probabilités. Elles ne s'amélioraient pas.

Sur la passerelle, Lyra vérifia tous les capteurs passifs dont elle pouvait justifier l'utilisation. La signature du Seraphine était constante, mais faible, comme un animal mourant simulant une toux pour attirer les charognards. Elle reporta sa position sur la carte des débris du système et compta les endroits où Vexa pourrait se cacher, ignorant ceux où elle-même ne daignerait jamais s'abaisser.

Elle faillit le manquer : une légère ondulation rouge à l'extrémité du balayage, bien en dehors de la trajectoire d'approche. Elle zooma, relança le balayage et fronça les sourcils.

— Capi. Un tiers, à l'opposé. Pas de signal, mais la masse semble Impériale.

Rask regarda.

— La taille ?

— Gros. Peut-être une canonnière. Ou un transporteur équipé pour la guerre.

Mercy siffla.

— La fête ne s'arrête jamais.

Lyra observait le nouveau contact, sa signature thermique augmentant à mesure qu'il mettait les gaz pour approcher.

— Ils ne se cachent pas. Ils viennent peut-être pour Vexa.

Mercy sourit.

— Ou pour nous.

Rask fit craquer les articulations de ses mains dans le froid.

— S'ils sont Impériaux, ils voudront le caisson.

— Ou la prime sur nos têtes, dit Lyra, impassible.

Mercy fit de nouveau tournoyer sa lame, cette fois avec plus de détermination.

— S'ils sont chasseurs, on les appâte vers le Seraphine, on les laisse s'entretuer, et on se tire du système pendant qu'ils sont occupés.

Lyra réfléchit, puis hocha la tête.

— Ça pourrait marcher.

Rask hésita, puis dit :

— Mets ça en place.

Ils regardèrent le troisième vaisseau combler la distance, sa signature thermique virant maintenant au blanc incandescent. L'IA intervint, son ton masquant à peine la panique.

— Alerte de proximité. Vaisseau en approche sur trajectoire de collision. Armes activées.

Lyra retira la sécurité du réacteur principal, son pouce planant juste au-dessus du bouton d'allumage.

Rask se pencha vers elle, sa voix basse.

— S'ils nous ciblent en premier, on fuit. S'ils s'en prennent au Seraphine, on attend les débris et on fouille pour Kye.

Les yeux de Lyra se plissèrent, mais elle ne discuta pas.

Mercy pencha la tête.

— Tu penses que Vexa a gardé Kye en vie ?

Rask haussa les épaules.

— Elle n'est pas sentimentale. Mais elle est méthodique.

Lyra afficha sur un écran secondaire la dernière transmission du Seraphine. Elle était cryptée, mais la cadence et la longueur correspondaient à un code impérial prédéfini.

— Elle parle encore à quelqu'un, dit Lyra. Peut-être pas au nouveau vaisseau, mais à quelqu'un d'autre.

La mâchoire de Rask se contracta.

— Ils travaillent ensemble ?

— J'en doute, répondit Lyra. Les chasseurs ne partagent pas.

Doc se connecta, semblant à bout de souffle.

— Le champ du caisson vient de connaître un pic. Si vous prévoyez des manœuvres folles, prévenez-moi d'abord. Je n'ai pas envie de devoir ramasser Glim à la petite cuillère.

Mercy, ravie, dit :

— T'inquiète, Doc. On ne fera quelque chose de fou et de stupide que si on n'a pas d'autre choix.

Lyra eut un sourire, bref mais sincère.

— Donc, comme d'hab.

Le nouveau vaisseau, plus proche maintenant, se révéla être un bâtiment de chasseur de primes de classe prédateur, la coque hérissée du genre de technologie qui faisait se chier dessus les pirates ordinaires. Le registre, quand Lyra obtint enfin une réponse, indiquait « Palamedes » — vieille école, sans fioritures, juste mortel.

Elle envoya l'image sur l'écran principal, et Rask la fixa un long moment.

— Ce n'est pas un local. Ils nous ont suivis à la trace.

Le Palamedes accéléra, perdant de la vitesse comme s'il était pressé de défoncer tous les obstacles du système. La signature fantôme du Seraphine s'intensifia soudainement, puis s'éteignit. Lyra capta les données, fit une analyse spectrale et sourit.

— Elle vient de larguer un leurre, dit-elle. Elle file de l'autre côté.

Rask observait le Palamedes.

— Ils ne tombent pas dans le panneau.

Mercy, qui avait entrepris de tresser un morceau de cordeau détonant à sa ceinture, dit :

— Tu veux parier ?

Ils regardèrent tous le vaisseau de chasse ignorer le leurre et suivre le dernier cap réel du Seraphine.

Rask hocha la tête, comme pour lui-même.

— On suit, lentement. On attend qu'ils s'accrochent.

Lyra réduisit les moteurs à la puissance la plus faible

possible et plaça le vaisseau sur un vecteur parallèle, juste derrière la ligne de mire des deux autres.

Pendant vingt minutes, rien ne changea. Puis, sans prévenir, le Palamedes ouvrit le feu.

Le ciel s'emplit d'un bleu furieux, le genre de rayon qui se fichait de la furtivité ou de la subtilité. Le Seraphine encaissa le tir, ses boucliers s'embrasèrent, et il répondit par une volée de contre-mesures. Lyra vit les chiffres grimper, puis chuter, puis remonter alors que le Seraphine tentait de déjouer le chasseur plus grand et plus méchant.

Mercy dit :

— Ça va devenir marrant.

Le Seraphine, sous un feu nourri, effectua une inversion brutale et se cacha derrière une petite lune criblée de cratères. Mais ce ne fut pas suffisant. Le Palamedes le suivit et lâcha deux torpilles.

Rask les regarda toutes deux atteindre leur cible. Il agrippa si fort son fauteuil que le tissu se déchira.

— Tu ferais mieux de nous sortir de là, dit-il.

Lyra enclencha la propulsion, et le Meridian bondit en avant dans un gémissement qui fit vibrer chaque rivet métallique de la coque. Le blindage thermique tint bon, de justesse. Ils passèrent en trombe devant le Palamedes, assez près pour voir les rangées de canons électriques les suivre du regard, puis utilisèrent l'assistance gravitationnelle de la lune pour se propulser.

De l'autre côté, le Seraphine tournoyait, son atmosphère s'échappant dans le vide. Lyra vit les dégâts — des brûlures le long de la coque, une ligne déchiquetée là où se trouvait autrefois le moteur arrière. Mais le principal dommage était la passerelle, ou plutôt son absence.

— Kye aurait pu survivre à ça ? demanda Lyra, essayant de garder une voix stable.

— C'est le moment ou jamais de le découvrir.

Le Palamedes fonçait tête baissée, sa volute de propulsion traçant une profonde balafre dans la pâle obscurité du système. Rask le regarda se ruer sur la dernière position connue du Seraphine, les doigts écartés sur le gouvernail comme s'il pouvait repousser le vaisseau ennemi par la seule force de sa volonté. C'était une vieille tactique — pousser fort, forcer sa proie à l'erreur — mais le Palamedes ne bluffait pas, et tout le monde à bord du Meridian le savait.

— À tout l'équipage ! claqua Rask, la voix sèche et assez forte pour couvrir l'alarme grandissante du vaisseau. Aux postes de combat. Lyra, prépare le mode fantôme à mon signal. Doc, sécurise le caisson et toi-même. Ça va barder.

Lyra courait déjà, ses bottes martelant le pont, chaque pas une nouvelle dispute avec l'inertie malmenée du vaisseau. Elle atteignit l'échelle d'accès à la salle des machines, se laissa glisser et atterrit sur la pointe des pieds. L'air ici était métallique, chaud de la promesse d'un désastre. Elle arracha ses gants — pas le temps pour la sécurité — et commença à ouvrir les conduits principaux.

Au-dessus, l'IA du vaisseau commença à égrener les avertissements comme un parent anxieux.

— Tensions sur la coque à 60 %. Température interne en hausse. Personnel non autorisé dans la salle des machines.

Lyra l'ignora, tira une clé de sa ceinture et court-circuita deux câbles avec l'assurance experte et téméraire d'une femme qui avait un jour réparé un tube lance-torpilles avec seulement un paquet de clopes et un rat crevé.

— Mode fantôme préparé, lança-t-elle dans la comm. Prête à ton signal.

Les lumières principales du Meridian vacillèrent, puis s'éteignirent. Seule la lueur silencieuse et bleue des voyants d'état éclairait le monde.

Sur la passerelle, Rask aligna leur approche.

— On plonge dans le nuage de gaz. On coupe toute émission, on passe en mode furtif. Si le Palamedes nous veut, il devra entrer et nous trouver.

Mercy se cala contre une cloison, l'inertie manquant de la décoller du sol alors que le vaisseau se cabrait.

— On se cache ou on se bat ?

Rask jeta un coup d'œil à l'écran.

— Les deux.

Mercy découvrit les dents.

— C'est mon genre de stupidité préféré.

À l'infirmerie, Doc arrima chaque objet non fixé, puis vérifia une nouvelle fois le berceau du caisson. Le pouls de Glim était erratique, une oscillation sauvage qui faisait vibrer toute la paillasse. Il resserra le harnais et tapota le dessus du caisson, espérant qu'il se calmerait, ou du moins n'empirerait pas.

— N'explose pas, dit-il. Ou fais-le, mais attends la fin des emmerdes.

Le vaisseau percuta la haute atmosphère de la lune gazeuse avec un son de tonnerre piégé dans une boîte de conserve. Lyra serra un fil sous tension entre ses dents, cracha un juron et força la fermeture du disjoncteur principal. Le choc faillit lui paralyser le bras, mais elle maintint le contact jusqu'à ce que l'indicateur passe au vert.

Au-dessus, l'IA hurla :

— Avertissement : cette procédure viole dix-sept protocoles de sécurité et annulera toutes les garanties.

Mercy, maintenant la tête en bas par rapport au reste du vaisseau, réussit à grogner :

— Un mot de plus, et je te débranche moi-même.

L'IA répondit par un triste « Reçu », et se tut.

La coque gémit, puis cria, alors que le différentiel de pression mettait à l'épreuve les soudures et les vis vieillissantes. Chaque rustine que Lyra avait posée depuis qu'elle avait rejoint Rask tenait, mais de justesse. L'équilibre thermique du vaisseau devint chaotique. Du givre se forma à l'intérieur du hublot tribord, puis disparut lorsque la température s'inversa.

Doc, sentant les G peser sur ses poumons, cala sa tête entre ses genoux et vomit proprement dans un sac à vomi. Le pouls de Glim augmenta en harmonie, ses vibrations remontant le long de sa colonne vertébrale jusque derrière ses globes oculaires.

Le monde s'éteignit.

Le Meridian flottait en suspension dans l'atmosphère de la lune, enveloppé dans une brume cuivrée si épaisse que même l'étoile locale ne pouvait les trouver. Tous les systèmes, à l'exception du support de vie, étaient morts. Le seul mouvement était la faible pulsation des lumières de secours et le battement de cœur arythmique et résonnant du caisson dans la soute.

Rask se renversa dans son siège, desserra les poings et laissa la sueur geler sur son front.

— Situation, murmura-t-il, sans s'adresser à personne en particulier.

La voix de Lyra, rauque et pleine de parasites, s'éleva d'en bas.

— On est morts. Ou aussi morts que ce vaisseau peut l'être. Je peux tout redémarrer en trois secondes.

Mercy était suspendue à une barre du plafond, les yeux fermés.

— Ils ont mordu à l'hameçon ?

Rask attendit, surveillant les capteurs passifs. Aucun signe du Palamedes, rien du Seraphine.

Il pressa le bouton de la comm.

— Lyra, coupe le flux de navigation. Voyons s'ils essaient de nous débusquer.

— Compris, répondit-elle.

La grille de navigation du vaisseau vacilla, puis s'évanouit dans le noir.

Pendant six minutes, le Meridian dériva à l'aveugle. Chaque seconde s'étirait, fine comme un vieux câble, chaque battement de cœur un peu plus fort que le précédent. Les nuages cuivrés roulaient sur la coque, striant les hublots de rouge métallique.

Rask compta sur ses doigts. À la septième minute, le Palamedes réapparut — une poussée thermique, d'un blanc incandescent, perforant les couches supérieures de la lune gazeuse.

La console de Lyra s'illumina de l'intrusion.

— Il lance un balayage à large bande. Pas subtil.

Mercy sourit, les yeux mi-clos d'anticipation.

— On peut le titiller ?

Rask secoua la tête.

— On le laisse brûler son carburant. Plus on reste silencieux, moins il peut prendre de risques. Les chasseurs sont payés pour le cadavre, pas pour les débris.

Lyra surveillait les relevés.

— Il se rapproche. Deux cents klicks et ça diminue.

Doc, à l'infirmerie, sentit la pression chuter alors que le vaisseau plongeait plus bas. Il ferma les yeux et tenta d'ignorer les vibrations du caisson. Sans succès.

Un nouveau son — doux, aigu, presque musical — emplit l'infirmerie. Il ouvrit les yeux et vit que le caisson avait changé de couleur, le bleu se teintant de violet en son cœur.

Il vérifia les capteurs. Le caisson émettait — il vérifia de nouveau — un signal. Pas radio, pas micro-ondes. Quelque chose de plus lent. Quelque chose de presque vivant.

Doc tendit la main vers la comm, mais s'arrêta. Il se

souvint de l'avertissement de Lyra sur les bruits superflus. Au lieu de cela, il déroula un bout de câble, le pinça sur la sortie du caisson et brancha l'autre extrémité sur une prise de son terminal portable.

L'écran de l'ordinateur s'embrasa d'un nouveau motif. Cela ressemblait, faute d'un meilleur mot, à un langage.

Doc cligna des yeux, puis commença à taper.

TREIZE

Sur la passerelle, les caméras de coque filment le Palamedes. Le vaisseau de chasse est plus grand que le Meridian, deux fois plus racé, et chargé d'armes qui donnent la chair de poule à Rask.

Lyra envoie l'image sur l'écran principal.

— Il est à portée de torpille.

Rask ne cille pas.

— Tenez bon.

Le Palamedes effectue un tir de semonce : un projectile cinétique, pas destiné à tuer, mais à débusquer une cible. L'obus perfore la masse nuageuse quelques centaines de mètres plus haut, manquant le Meridian de si peu que l'IA, si elle avait été en ligne, aurait hurlé.

Lyra garde la main sur le disjoncteur, le pouce blanchissant sur l'interrupteur.

— Prête ?

Rask :

— Pas encore.

Doc, à l'infirmerie, s'empare du conteneur et observe la pulsation, qui clignote maintenant par salves rapides. Il active la dérogation sur sa connexion.

L'ordinateur portable émet un son.

C'est une voix, ou quelque chose qui y ressemble. Elle parle, puis répète, puis change de ton et reparle.

Doc traduit, presque pour lui-même.

— Ils parlent. Le conteneur et le chasseur.

Il déglutit, puis active la com.

— Passerelle. Glim essaie de parler au Palamedes.

La voix de Lyra :

— Comment ?

— C'est un langage, dit Doc. Appelle ça un code, ou un chant, peu importe. Mais ils écoutent.

Rask lance une simulation rapide.

— Si le Palamedes établit le contact, qu'est-ce qui se passe ?

Doc :

— Au mieux, il nous laisse tranquilles. Au pire, il prend Glim pour cible et ne s'arrêtera pas avant de l'avoir.

Mercy fait craquer ses phalanges.

— Donc, rien de neuf.

Lyra regarde le Palamedes se rapprocher, puis, sans prévenir, couper ses moteurs. Le vaisseau de chasse reste suspendu dans le gaz, imitant leur dérive à la perfection.

Rask vérifie le flux des capteurs.

— Ils savent qu'on est là. Ils attendent.

Mercy murmure :

— Quoi ?

Lyra répond :

— Un message.

La voix de Doc, pressante :

— Laissez-moi essayer.

Il connecte la sortie du conteneur au réseau de communication, puis déclenche une courte rafale codée. Les haut-parleurs de la passerelle diffusent un son à mi-chemin entre le démarrage d'un ordinateur et un chœur à bout de souffle.

Pendant dix secondes, rien. Puis, venue des ténèbres, une

réponse. Plus grave, plus lente, et chargée d'une densité qui fait trembler la coque.

Lyra vérifie la navigation. Le Palamedes a bougé, d'un cheveu, et pointe désormais directement vers l'infirmerie.

— Doc, dit Rask, quoi que tu fasses, fais-le plus vite.

Les mains de Doc volent sur le clavier.

— Je crois que c'est un protocole de prise de contact. Glim leur dit qu'on n'est pas une menace.

Lyra, sceptique :

— Je ne crois pas que ça les intéresse.

Doc envoie une autre rafale. Plus longue, plus complexe, cette fois. Glim réagit en se calmant, sa lumière se stabilise, sa pulsation devient presque douce.

Le Palamedes, après une longue minute, bat en retraite.

Lyra fixe le flux vidéo.

— Ils s'en vont.

Mercy, triomphante, donne un coup de poing dans le vide.

— On a gagné ?

Rask secoue la tête.

— On survit. Pour l'instant.

Il regarde le vaisseau de chasse disparaître dans les nuages, puis se tourne vers Lyra.

— Maintenant, on va chercher Kye.

Elle sourit, essuie la sueur de son visage et redémarre l'alimentation principale du vaisseau. Les lumières clignotent, puis se rallument. Le monde se remet à l'endroit.

Rask active les propulseurs et met le cap sur la dernière position connue du Seraphine.

— Mercy, prête ?

Mercy vérifie ses lames, puis le pack d'effraction sur son dos.

— Toujours prête.

Doc, maintenant dans le couloir, se joint à l'équipe.

Lyra met les moteurs à pleine puissance. Le Meridian

frémit, puis bondit à travers la brume, chaque surface encore vibrante de la lueur rémanente d'une mort évitée de justesse.

Alors qu'ils approchent du Seraphine, l'IA du vaisseau se réactive. Sa voix est contenue, presque un murmure.

— Transmission entrante. Cryptée. Source : Seraphine.

Lyra la transfère sur la console principale. Le message est brouillé, mais la signature est sans équivoque : Kye.

Rask lit la ligne, une fois, deux fois, puis trois.

Elle dit : « Peu de temps. Venez vite. Si je suis partie, brûlez tout. »

Mercy affiche un grand sourire.

— On va transformer ça en fête.

Lyra amène le vaisseau à portée d'amarrage, puis regarde Rask.

Il hoche la tête.

— Bonne chance.

Le sas s'enclenche, la coque tremblant tandis que Mercy amorce la charge d'effraction.

— Il est temps de se faire de nouveaux amis, sourit Mercy avant de disparaître par l'échelle, prête à en découdre. Rask et Doc la suivent de près.

Le sas les recrache dans un couloir si étroit que Rask Helvan et Mercy Jones doivent avancer en file indienne, comme deux personnes en deuil faisant la queue à un enterrement pour les vivants. L'intérieur du Seraphine est une cathédrale à la gloire d'une maintenance déplorable et d'un goût pire encore — des cloisons roussies par d'anciens abordages, des panneaux de maintenance à moitié arrachés, comme si le vaisseau avait passé la semaine à tenter de s'autodévorer. Chaque pas déclenche un nouvel écho, amplifié par le rythme mourant des éclairages de secours, qui vacillent à des intervalles imprévisibles et illuminent le couloir comme le décor d'un film d'horreur à petit budget.

Rask prend la tête, son arme de poing levée, le regard déterminé et sans chaleur. Derrière lui, Mercy glisse plus qu'elle ne marche, deux couteaux dégainés. Ses bottes ne font aucun bruit, mais le chuchotement de sa respiration est un compte à rebours régulier jusqu'à la prochaine mauvaise décision.

L'air du vaisseau est lourd d'une odeur d'isolant fondu et de quelque chose d'aigre, comme une cuve de boissons énergisantes laissée à l'abandon. Le seul mouvement provient des arcs erratiques des lumières et du lent goutte-à-goutte de liquide de refroidissement s'échappant d'une conduite rompue. De temps en temps, l'éclairage zénithal flashe à pleine puissance, révélant les séquelles de ce qui a manifestement été une évacuation hâtive et non autorisée : des tables de mess avec des barres de ration encore fumantes, une veste drapée sur le dossier d'une chaise, une traînée d'empreintes huileuses qui disparaît à la première intersection.

Rask maintient une cadence régulière. Mercy suit, les yeux partout, comme si elle s'attendait à une embuscade venant de l'intérieur des murs.

Trois ponts plus haut, la voix de Lyra résonne, métallique, dans les comms de leurs combinaisons.

– Les systèmes principaux du Seraphine sont en verrouillage local. Je les maintiens dans une boucle d'attente, mais si le Palamedes vous capte, c'est fin de la partie.

Rask siffle en réponse :

— Statut ?

— Ils scannent toujours le secteur pour nous trouver. Vous avez peut-être huit minutes avant que le balayage ne redémarre. Après ça, vous respirerez leurs gaz d'échappement.

Mercy vérifie son chrono, puis sourit.

— Largement assez de temps.

Ils tournent à un angle, et le couloir s'élargit brusquement. À l'intersection suivante, Mercy s'arrête.

— Stop.

Elle s'agenouille, passe un doigt dans la poussière sur le pont. Là, tracé d'une écriture arachnéenne et impatiente, un graffiti :

SI TROUVÉ, ENVOYEZ DES CHIPS

Elle le montre du doigt.

— C'est du Kye tout craché.

Rask s'autorise un frémissement d'amusement.

— They're au moins they're fidèle à their person.

Ils continuent, suivant la piste de graffitis de plus en plus déments — À L'AIDE. CET AIR EST INFECT. APPORTEZ DU PAIN GRILLÉ. — jusqu'à ce qu'ils atteignent une écoutille marquée d'une entaille fraîche dans l'alliage, une flèche grossière gravée avec ce qui ressemble à une fourchette.

Mercy appuie son épaule contre l'écoutille, mais Rask l'arrête d'un signe de la main. Il colle son oreille au panneau, écoute, puis hoche la tête.

— Quelqu'un à l'intérieur. Un battement de cœur. Faible.

Mercy lève un pouce en l'air et inverse la prise sur son couteau.

— Prête.

Rask active la commande manuelle. L'écoutille résiste, puis s'ouvre violemment, heurtant le mur avant de rebondir. Le compartiment à l'intérieur est une micro-cellule, vide à l'exception d'une couchette et du tas de chair et d'os qui l'occupe.

Kye — cheveux tondus à ras, visage constellé d'ecchymoses — lève les yeux et sourit à travers ses lèvres fendues.

— Vous en avez mis, du temps, croaked they. Vous avez apporté des chips ?

Mercy éclate de rire, laisse tomber son couteau et se jette sur la couchette, manquant de faire tomber Kye.

— Tu m'as manqué, weirdo.

Kye grimace, mais continue de sourire.

— Tu as pris la bonne marque ?

Rask entre, inspecte le compartiment à la recherche de pièges ou de témoins, ne trouve ni l'un ni l'autre.

— Le temps nous est compté, dit-il, d'un ton purement professionnel. Tu peux marcher ?

Kye hausse les épaules, puis se lève.

— Je peux courir, si tu me promets du guacamole.

Mercy passe le bras de Kye sur son épaule, stabilisant sa démarche boitillante.

— Fichons le camp de ce trou à rats.

La voix de Lyra retentit de nouveau.

— Le Palamedes vient de disparaître des capteurs. Ils foncent droit sur nous.

— Combien de temps ? demande Rask.

— Cinq minutes, peut-être moins.

Rask pousse Mercy et Kye dans le couloir, puis les suit, rebroussant chemin à une vitesse qui frise la panique.

Tout en se déplaçant, Kye marmonne :

— Tu sais, j'avais un plan.

Mercy sourit.

— Il impliquait des explosifs ?

— Un peu, dit Kye. Mais surtout, il impliquait de ne pas me faire secourir par les idiots qui m'ont mis dans ce pétrin.

Le rire de Mercy claque comme un coup de feu.

— Et pourtant, nous voilà.

Ils atteignent l'échelle de service, grimpent trois ponts et sprintent dans le dernier virage jusqu'à l'écoutille d'amarrage. Rask active le sas. Rien ne se passe.

Il essaie de nouveau. Le panneau clignote en rouge : DÉROGATION LOCALE.

— Lyra, lance-t-il sèchement.

Sa réponse est accompagnée du son d'une frappe frénétique au clavier.

— L'équipage de Vexa a installé un verrouillage secondaire. Je peux peut-être le forcer, mais il va falloir que vous déroutiez la commande manuelle de l'intérieur.

Mercy pousse Kye vers le panneau.

— Tu as entendu la dame.

Kye cligne des yeux, puis son sourire s'élargit.

— C'est la chose la plus facile que tu m'aies demandée de toute la journée.

She fait sauter le panneau avec deux doigts, tire une liasse de fils et les tortille dans un ordre qui donne le vertige à Rask. L'écoutille s'enclenche, siffle et s'entrouvre.

Ils se précipitent à l'intérieur, la referment, puis flottent dans le sas exigu, le souffle court.

— On est à la maison, dit Mercy.

Kye s'appuie contre le mur, les yeux fermés.

— Si jamais on vous pose la question, dites que je suis resté·e digne.

Rask active la com.

— Lyra, on est sortis. Lance le saut dès qu'on est à bord.

Sur la passerelle, Lyra met le propulseur en préchauffage.

Alors que l'équipe de sauvetage remonte à bord, Lyra lève les yeux de sa console et voit Kye, ensanglanté·e mais souriant·e, pris·e en sandwich entre Mercy et Rask.

Elle hausse un sourcil.

— Tu as une sale gueule.

Kye rayonne.

— La mort, c'est surfait. T'as à manger ?

Lyra esquisse un sourire.

— On verra.

Mercy entraîne Kye dans le couloir, lui racontant déjà comment elle a donné à ses couteaux les noms de ses ex. Rask les regarde s'éloigner, secoue la tête et dit :

— Retour à la normale, alors.

Lyra active le saut et marmonne :

— Si c'est comme ça que tu veux appeler ça.

Dehors, le Palamedes arrive en trombe, armes activées.

À l'intérieur, l'équipage se prépare pour le saut. Doc arrime le caisson de confinement, Kye rit à la dernière blague de Mercy, Rask prend le siège du pilote et Lyra vérifie les chiffres, les yeux brillants.

Le Meridian effectue le saut, le monde s'efface, et pendant un instant, il n'y a rien d'autre que l'inspiration brusque et partagée de leur souffle.

Puis, comme toujours, l'univers remplit le silence avec de nouveaux ennuis.

QUATORZE

Le Meridian se traînait dans le vide interstellaire tel un vétéran qui rentre du bar à quatre pattes, un voyant d'alerte sur trois remplacé par le symbole universel du « Game Over ». La dernière manœuvre du vaisseau avait laissé dans son sillage des ions calcinés, de menus incendies électriques et une infirmerie à la dérive qui empestait désormais l'antiseptique et ce qui ressemblait à une tentative ratée de conserve d'oignons au vinaigre.

Kye gisait sur le dos sur la table d'opération, l'œil gauche enflé et clos, le droit passant par intermittence en vision augmentée. Le Doc Vellenix, une suture laser dans une main et ce qui ressemblait étrangement à un trombone dans l'autre, s'approcha avec la malveillance précise d'un chirurgien en pleine gueule de bois.

— Ne bouge pas, dit le Doc, bien que les seuls muscles que Kye semblait pouvoir contrôler étaient ceux nécessaires aux remarques désobligeantes.

Kye retroussa les lèvres en un sourire qui suggérait à la fois de la gratitude et une absence totale d'instinct de survie. — Tu as raté un endroit. Ça, ou tu es en train de me sculpter un deuxième sourcil.

Le Doc grogna, pressa la suture contre la plaie et regarda la peau se refermer, pâle sur la floraison livide de l'ecchymose en dessous. — Je dirais que ça va laisser une trace, mais je doute que quelqu'un le remarque. Tu as un visage de soufflé retombé.

— Bel éloge de la part de l'homme qui se coupe les cheveux avec un fer à souder.

Le Doc l'ignora, secoua la pointe de la suture pour en chasser le sang et jeta un œil aux signes vitaux de Kye sur l'écran. Le moniteur émit un bruit qui ressemblait étrangement à un pet de bouche, puis afficha une ligne plate une demi-seconde avant de redémarrer au vert.

De l'autre côté de l'infirmerie, Mercy était assise à califourchon sur une caisse de rangement renversée, huilant un couteau de combat avec un chiffon qui avait été un T-shirt autrefois. Elle leva les yeux, considéra la scène et lança : — Si vous avez fini de flirter, le capitaine nous veut au mess.

— Super, fit Kye en essayant de se redresser. Il y parvint à la deuxième tentative. — Vous savez que personne ne m'a encore offert une tasse de café ?

Mercy eut un sourire tout en dents, dénué de joie. — Tu peux toujours rêver.

Lyra attendait déjà dans le mess, penchée sur le panneau de diagnostic avec une tasse de thé dont elle espérait qu'elle serait au moins encore tiède quand elle aurait l'occasion de la boire. Son uniforme était rapiécé, ses mains encore tachées par la dernière révision des moteurs, et son regard avait l'intensité vive et sèche de quelqu'un qui ne s'était jamais ennuyé un seul instant de sa vie et comptait bien continuer ainsi.

Elle ne leva pas les yeux quand les autres entrèrent. — Vous savez qu'il y a une fuite de liquide de refroidissement sur le pont avant ? dit-elle. Si ça s'aggrave, on aura une véritable patinoire dans le couloir d'accès.

Le Doc haussa les épaules. — Au moins, les corps se conserveront.

Kye jeta un coup d'œil à une tasse de café vide, puis à Lyra. — Ça te tuerait de lancer une simulation sur le correctif d'abord ?

Les lèvres de Lyra tressaillirent. — J'aime improviser. Ça donne de la personnalité aux moteurs.

Mercy se glissa sur la banquette, posa les pieds sur la table et lança une barre de ration à Kye, qui l'attrapa sans regarder.

— Mange, dit Mercy. T'es moins chiant la bouche pleine.

Kye mordit dedans, mâcha et fit mine d'apprécier le goût de carton compressé et de quelque chose qui avait peut-être été une banane un jour.

Le Doc se servit une tasse du liquide sombre qui tenait lieu de café sur le Meridian et s'assit. — Où est Rask ?

Lyra désigna d'un mouvement de menton le cockpit, où l'on pouvait voir l'ombre du capitaine avachi sur le panneau principal, fixant les flux des capteurs comme s'il s'attendait à ce qu'ils se mettent à épeler des menaces en majuscules.

— Helvan est d'humeur massacrante, dit Lyra. Un truc à propos du Palamedes qui continue de nous localiser toutes les demi-heures. On pourrait croire qu'un vaisseau avec autant de canons n'aurait pas besoin d'être aussi pot de colle.

Mercy fit tournoyer son couteau entre ses doigts. — Ce ne sont jamais les canons, toujours les pilotes. Une question de compensation, tu sais.

Kye avala le reste de la barre de ration et jeta l'emballage dans la goulotte de recyclage. — Quelqu'un veut me faire un topo sur la partie où on n'est pas encore morts ?

Le sourire de Mercy s'aiguisa. — Pas encore. Laisse passer la journée.

Lyra saisit une séquence sur le panneau de diagnostic, puis se tourna vers Kye. — On est hors de danger, pour l'instant. Le Palamedes nous a perdus dans les débris, et le Seraphine n'est plus une menace. On est à environ un demi-système de distance, en train de nous traîner jusqu'au prochain portail de saut. Tu devrais te reposer tant que tu peux.

Le Doc ajouta : — Tu t'es pris un bon coup sur la tête. Je maintiendrais le sarcasme sous le seuil critique, au moins jusqu'à ce que l'enflure diminue.

Kye, sentant une occasion de provoquer, dit : — C'était un ordre médical ou juste un vœu pieux ?

Le Doc leva les yeux au ciel, puis pointa un doigt sur le côté de la tête de Kye. — Tu as des microfractures dans la plaque zygomatique. Si tu ne veux pas que ton visage s'effondre pendant le dîner, tu vas y aller mollo.

Mercy dit : — Non pas que tu verrais la différence, vu l'état de base.

Kye se renversa en arrière, les mains croisées derrière la tête, et examina les autres avec l'air d'un chat décidant devant quelle fenêtre faire sa sieste. — J'apprécie l'inquiétude. Mais ce qui m'intéresse plus, c'est comment on est censés empêcher le conteneur de faire fondre l'infirmerie la prochaine fois qu'il piquera une crise.

L'expression de Lyra ne changea pas, mais ses doigts tapotèrent un rythme rapide et complexe sur la table. — Glim est silencieuse maintenant. Le Doc a fait les diagnostics, mais aucune des mesures n'a de sens. Elle est soit dormante, morte, ou elle attend la prochaine occasion.

— Comme un serpent de compagnie, dit Mercy.

— Ou une ado particulièrement revêche, répondit Kye.

Mercy rangea son couteau et attrapa une autre barre de ration. Elle déchira l'emballage avec les dents et parla la bouche pleine. — Ce que je veux savoir, dit-elle, c'est comment tu étais juste devant nous une minute, et la suivante sur le Seraphine. Ça ne fait halluciner personne d'autre ?

Kye haussa les épaules, puis grimaça lorsque le mouvement envoya une nouvelle pointe de douleur dans son visage. — C'était certainement une *expérience*.

Lyra pencha la tête, les yeux plissés. — Quelque chose a été... réarrangé ?

Kye sourit. — Pas que j'aie remarqué. Pas encore. Difficile à dire avec la raclée que j'ai prise après.

Mercy le dévisagea. — T'as toujours eu des goûts de merde en matière de compagnie.

Kye rit, et le son résonna étrangement dans le mess. — C'est pas faux.

Lyra croisa les bras. — Ils t'ont gardé enfermé tout le temps ou tu as vu Vexa ?

Le sourire de Kye s'estompa légèrement. — Je ne l'ai pas vue, mais je l'ai entendue. Elle avait les journaux de bord de l'Orpheon.

Mercy se redressa. — Les journaux du relais ? Ceux de l'avant-poste ?

Kye hésita, puis haussa les épaules. — Je crois bien. Quelqu'un de son équipage a récupéré la sauvegarde avant que le relais ne parte en vrille. Elle l'offrait au plus offrant.

Le Doc fronça les sourcils. — Pourquoi quelqu'un paierait pour ces journaux ? L'avant-poste était un relais du marché noir. Il n'y avait que du linge sale et du vieux porno là-bas.

Les yeux de Kye brillèrent. — Sauf si quelqu'un voulait effacer toute trace d'une cargaison particulière. Ou d'un passager particulier. Ou d'un conteneur particulier.

Le silence s'épaissit dans le mess.

Mercy dit : — Tu veux dire que la prime sur nos têtes n'est pas juste pour nous. C'est pour Glim.

Kye acquiesça. — Oui. J'ai aperçu des relevés sur le Seraphine. Ce n'est pas de la biotechnologie standard. C'est... brut. Instable. Comme un prototype.

À ce mot, Lyra tressaillit. La mâchoire du Doc se crispa.

Mercy marmonna : — Putain de merde, et elle déchira l'emballage d'une autre barre de ration.

Rask, silencieux jusqu'alors dans le cockpit, parla sans se retourner. — Les prototypes ne sont jamais faits pour durer, dit-il. C'est ce qui fait leur valeur.

Kye risqua un regard vers le Doc. — À quel point est-ce stable ? Glim. L'unité.

Le Doc haussa les épaules, mais sa main plana près de l'interrupteur d'urgence sur le mur. — Si c'est un prototype, c'est le plus teigneux que j'aie jamais vu. Le confinement tient, pour l'instant, mais le profil énergétique est hors normes. L'IA du vaisseau n'arrête pas d'essayer de l'éjecter dans le vide.

Lyra dit : — On ne peut pas lui en vouloir.

Mercy, qui en était à sa troisième barre de ration, dit : — Quel est le plan, alors ? On continue de fuir jusqu'à ce qu'on n'ait plus d'argent, ou jusqu'à ce que le Palamedes nous retrouve ?

Rask se tourna enfin, quittant le cockpit, ses yeux semblables à une nuit d'hiver. — On découvre ce qu'ils veulent, dit-il. Et on s'assure d'être les seuls à savoir comment le leur donner.

Kye sourit, du respect sur son visage tuméfié. — Ça, c'est un plan qui me plaît.

L'expression de Mercy suggérait qu'elle y adhérerait avec une lame aiguisée, mais elle ne dit pas non.

Lyra but son thé froid, posa la tasse et dit : — Prochain saut dans six heures. Si on a de la chance, on en aura trois sans crise.

Le Doc dit : — Tu n'as jamais de chance.

— C'est vrai, répondit Lyra. Mais parfois, le type d'en face a encore moins de chance.

Kye se leva, chancelant à peine, et salua de deux doigts. — Permission d'aller au pieu ?

— Ne saigne pas sur les draps, lui lança le Doc.

Kye se dirigea vers les couchettes de l'équipage en fredonnant quelque chose qui ressemblait étrangement à une marche funèbre. Au niveau du sas, il s'arrêta et regarda en arrière.

Le conteneur était toujours là, hermétiquement fermé et silencieux.

Kye l'observa un instant, puis dit : — Salut, Glim.

La boîte ne répondit pas, mais la lumière bleue à l'intérieur vacilla, une seule fois.

— Fais de beaux rêves, dit Kye.

Il quitta le mess, et l'équipage regarda le sas se refermer, les quatre ayant des pensées différentes, mais tout aussi catastrophiques.

Pour une fois, personne ne prit la peine de les exprimer.

La soute était plus froide que le reste du vaisseau et sentait la fatigue du métal, ainsi que la légère puanteur persistante du dernier épisode de Glim. De la condensation perlait sur les tuyaux et coulait en filets lents et erratiques le long des parois en céramique du conteneur. Chaque fois que le champ de confinement se réinitialisait, un doux cliquetis-sifflement résonnait sur le pont, un battement de cœur tranquille pour la chose à l'intérieur.

Kye s'arrêta sur le seuil, passant sa langue sur une coupure à sa lèvre. Il jeta un coup d'œil au Doc, qui donnait une imitation passable d'un bibliothécaire nerveux, tout en pieds agités et en regards protecteurs vers la caisse.

— Tu es sûr que c'est une bonne idée ? dit le Doc, comme si la question pouvait produire une alternative.

— Non, répondit Kye avant d'entrer. Ses bottes grincèrent une fois sur le pont humide.

Mercy rôdait dans le couloir, bras croisés, un blaster en bandoulière et une grenade à la ceinture, purement pour l'ambiance. Rask observait du haut de l'échelle, son expression un masque parfait mêlant autorité et déni. Lyra écoutait probablement par tous les micros de la soute, mais elle avait eu le bon sens de ne pas se montrer en personne.

Le Doc suivit, portant un scanner réglé sur la résonance de Glim. — Le protocole est de garder dix mètres de distance. Je ne dis pas que tu vas déclencher une autre crise, mais...

— Dix mètres, c'est la portée des communications, pas celle de l'empathie, dit Kye. Si tu veux que je lui parle, je dois m'approcher.

Le Doc haussa les épaules, posa le scanner sur une caisse et sortit une arme de poing de la trousse de secours. Il retira la sécurité, la remit, puis la retira de nouveau. — Rask a dit que tu y vas seul, mais si ça bronche, j'ai le droit de tirer.

— Marché conclu, dit Kye, bien qu'il doutât que le Doc puisse toucher la bonne cible même en essayant.

Le conteneur se trouvait au centre d'un enchevêtrement de câbles d'alimentation, de boucles de retenue et d'un trio de lourdes amarres rembourrées. Une lumière bleue, douce et statique, filtrait des bords du couvercle à vis. Le seul affichage était un petit terminal cabossé qui alternait entre l'état du système et un décompte des « incidents depuis la dernière réinitialisation ». Il affichait actuellement deux.

Kye s'agenouilla à côté de la boîte, sentant le froid à travers les deux couches de sa combinaison de vol. Il posa doucement une paume sur la céramique et attendit que le bourdonnement change. Pendant un long moment, rien ne se passa.

Il parla, à voix basse, avec les syllabes précises et nettes qu'il réservait aux choses fragiles. — Bonjour, Glim. C'est Kye. Tu te souviens de moi ?

Le bourdonnement changea, à peine. La lumière bleue pulsa.

Le Doc tressaillit, mais ne dit rien.

Kye expira. — Tu es en sécurité. Tu es sur le Meridian. On a dû fuir. Il y a eu un combat. Est-ce que... est-ce que tu comprends ce que je dis ?

Une autre pulsation, plus vive maintenant. Kye sentit une pression dans son oreille, puis dans sa mâchoire, comme si l'air s'était épaissi entre lui et la boîte.

Il essaya de nouveau. — Glim, je sais que tu es là-dedans. Tu peux me faire un signe ?

Le conteneur vibra. Une unique note aiguë retentit et s'éteignit. L'état sur le terminal clignota en rouge, puis en vert, puis de nouveau en rouge.

Kye risqua un regard vers le Doc, qui articula : « Fais gaffe. »

Kye se lécha les lèvres. — Je suis désolé de t'avoir laissée derrière. Ce n'était pas mon idée. J'ai été emmené à bord du Seraphine.

Une pause. Puis la lumière bleue vacilla, plus brillante qu'auparavant, et le bourdonnement du conteneur monta d'une octave entière. Le scanner à la hanche du Doc émit un avertissement.

Le Doc se rapprocha, l'arme maintenant sortie et pointée vers le sol, mais prêt à tirer.

Le terminal du conteneur fit défiler des écrans de diagnostic à toute vitesse, puis se figea sur une seule ligne de texte. Elle défila, lentement, trois mots :

MENTEUR. MENTEUR. MENTEUR.

Kye recula brusquement, arrachant sa main de la boîte comme s'il s'était brûlé. La lueur bleue s'intensifia et s'éteignit d'un coup, ne laissant qu'une faible image rémanente.

La voix de Mercy, faible mais ravie, résonna depuis le couloir. — Elle vient de te traiter de menteur ? C'est génial.

Le Doc rengaina son arme, ses mains tremblant de cette manière qui, Kye le savait, signifiait qu'il réprimait la panique par la science. — Ça, c'est... nouveau.

Kye s'assit sur le pont froid, respirant difficilement. — Elle n'a jamais fait ça avant. Pas les messages. Pas comme ça.

Le Doc dit : — Je crois qu'elle est en colère. Contre toi.

Kye cligna des yeux, sentant le sang marteler derrière ses orbites. — Comment est-ce possible ? C'est un protocole, une carte neuronale, une...

— Personne, dit doucement le Doc.

Kye s'essuya le nez et trouva une fine trace de sang sur le dos de sa main. — Ce n'est pas... ce n'est pas possible.

Le Doc fit un signe de tête vers le conteneur, qui pulsait maintenant d'un rythme lent, presque maussade. — Tu veux essayer à nouveau ?

Kye secoua la tête. — Laisse-lui une minute. Elle... elle a besoin de temps.

Le silence emplit la soute, seulement rompu par le cycle du compresseur et Mercy fredonnant un couplet de quelque chant de marin sanguinaire depuis l'écoutille.

Après un long moment, le Doc demanda : — Tu veux me dire ce qui s'est vraiment passé sur Orpheon ?

Kye secoua de nouveau la tête, mais cette fois-ci, il y avait plus de tristesse que de refus. — Rien que tu ne croirais.

Le Doc y réfléchit, puis acquiesça. — C'est le cas de la plupart des choses, de nos jours.

Avant que l'un ou l'autre ne puisse ajouter quoi que ce soit, les plafonniers émirent une note soudaine et discordante, et la voix de Lyra tonna depuis tous les haut-parleurs : — Passerelle à soute. On vient de recevoir un ping depuis l'espace lointain. Signal furtif. Porteur inconnu. Il a utilisé la fréquence de Glim.

Le Doc devint pâle, puis furieux. — Quelqu'un vient d'établir le contact ?

La voix de Lyra revint, sèche. — Plutôt une poignée de main. Ils savent qu'on est là.

Kye fixa le conteneur, qui pulsait maintenant d'un bleu constant et entendu.

Mercy entra, le blaster au bras, l'air à la fois amusé et impressionné. — Alors, c'est quoi le plan, maintenant ?

La voix de Rask, plus sèche que jamais, retentit d'en haut : — On fuit, comme toujours. Mais cette fois, on choisit le champ de bataille.

Le Doc se leva, ramassa le scanner et lorgna le conteneur comme s'il pouvait mordre.

Kye resta sur le pont, fixant le joint lumineux du couvercle.

Elle m'a traité de menteur, pensa-t-il.

Elle n'a pas tort.

Au-dehors dans le vide, loin du Meridian, un autre vaisseau écoutait les mêmes fréquences. Le message était simple, et il leur était destiné.

Nous vous voyons.

QUINZE

L'alarme du Meridian n'était pas conçue pour inspirer le calme. C'était le hurlement d'une banshee, un mélange d'avertissement de collision et de guerre psychologique, garanti pour anéantir le plus tenace des déficits de sommeil. Les membres d'équipage sortirent en catastrophe de leurs trous respectifs, leurs membres s'emmêlant dans les cloisons et les uns dans les autres, tandis que le pont virait au rouge et que la pression de l'air interne grimpait d'un demi-pourcent.

Lyra déboula dans le couloir, dépassa Mercy d'un coup de coude avec l'efficacité d'un pilier de bar, et atteignit la console des capteurs avant même que l'électricité statique ait quitté ses cheveux. Elle frappa la commande de neutralisation avec la paume de sa main, lança les anciens diagnostics en mode sans échec, et laissa ses mains danser sur le panneau de lumières tremblotantes et vacillantes. L'écran afficha trois longues secondes de neige visuelle, puis cracha un vecteur — précis, net, traversant droit la couche où ils se dissimulaient, dans l'ombre de la queue d'une comète.

— Le signal n'est pas aléatoire, lança Lyra, assez fort pour que les autres, regroupés derrière elle, l'entendent. Ils connaissent la fréquence harmonique de Glim.

La réponse de Mercy fut un mot qui lui aurait valu d'être bannie de plusieurs colonies bien-pensantes, puis :

— Donc c'est un message. Pour nous, ou pour Glim ?

Doc avait déjà retiré le blindage du conteneur de Glim et se tenait au-dessus comme un croque-mort durant une veillée funèbre. L'impulsion bleue à l'intérieur, autrefois contente de jouer au Morse avec la patience d'une horloge suisse, hoquetait maintenant à une amplitude variable — saccadée, erratique, le rythme d'un cœur aux derniers stades d'un arrêt cardiaque. Les doigts de Doc planaient au-dessus de l'écran de sortie, sans le toucher, comme si un contact direct pouvait faire voler en éclats le peu de normalité qui subsistait.

Il leva les yeux vers l'assemblée.

— Quoi que Glim ait senti chez Kye, ça a déclenché un changement défensif. Elle est entrée dans une sorte de... verrouillage. Ni en sécurité, ni endormie, mais à un soubresaut de passer en mode thermique total.

Mercy, qui n'avait pas encore rangé ses couteaux, se positionna avec une désinvolture théâtrale entre Kye et le conteneur. Elle fit rouler son cou, jaugea le conteneur du regard, puis Kye, comme pour décider lequel des deux ferait le meilleur gros titre pour l'enquête de demain.

Kye, pour sa part, s'était retirée au fond du mess. Les bras croisés, ses yeux étaient deux points de glace — l'un organique, l'autre parcouru de la faible lueur rouge d'un diagnostic.

— Je n'ai pas menti, dit Kye. Si ça intéresse quelqu'un.

Personne ne répondit. Le silence acquit une pression, une tension atmosphérique plus physique qu'émotionnelle.

Lyra tapota de nouveau sur l'holo, zoomant sur le signal entrant.

— Il est modulé sur la fréquence de Glim. Bande étroite, avec une empreinte de résonance quantique. Quel que soit l'expéditeur, ce n'est pas un pirate avec un scanner et une dent contre nous.

— C'est une machine, ajouta Doc. Ou quelque chose qui s'en rapproche.

Mercy découvrit les dents.

— Ça réduit les possibilités à la moitié du système.

Kye jeta un œil au conteneur, puis de nouveau à l'équipage.

— Vous voulez que je l'ouvre ? Que je lui reparle ?

Doc secoua la tête, lentement, délibérément.

— Pas avant que j'aie trouvé comment l'empêcher de griller la coque en sortant.

La mâchoire de Kye se contracta, une petite trahison des nerfs sous la surface.

— Et alors ?

— On attend, dit Lyra, et on ne répond pas au ping. S'ils veulent nous trouver, ils devront le faire à l'ancienne.

Mercy se campa sur ses jambes, bras croisés, et dit :

— Ou on laisse Kye essayer et on voit si la boîte explose. Ça fait longtemps qu'on n'a pas eu une bonne histoire à raconter.

— Non, dit Lyra. On n'improvise pas, cette fois.

Mercy fit mine de ranger sa lame, mais la façon dont sa main s'attarda sur la poignée suggérait qu'elle n'était pas convaincue par l'argument.

Rask, qui jusqu'à présent avait été le fantôme de la pièce, se matérialisa enfin à l'autre bout du mess. Il avait l'air d'un homme qui venait de passer la dernière heure à se demander si ça valait le coup de mourir aujourd'hui, et qui venait tout juste de décider que non.

— On ne peut pas se permettre d'attendre, dit-il. S'ils ont déjà notre fréquence, on perd notre temps en prétendant qu'on peut se cacher.

— Tu veux répondre à l'appel ? demanda Lyra.

Rask haussa les épaules.

— Je veux savoir ce qu'ils veulent. Et si c'est nous, ou Glim.

Un silence, puis Kye dit :

— C'est toujours Glim.

Mercy sourit.

— Voilà qui est mieux.

Lyra passa une main dans ses cheveux, dispersant un arc d'électricité statique qui scintilla dans les lueurs bleues et rouges du mess. Elle regarda Kye, qui soutint son regard sans ciller.

— Viens avec moi, dit Lyra.

Kye hésita, puis décroisa les bras. Mercy se décala, comme pour l'intercepter, mais le regard de Lyra n'admettait aucune discussion.

Les deux quittèrent le mess et longèrent le court couloir cabossé jusqu'à la gaine de maintenance. Lyra se baissa pour éviter la poutre, ouvrit le panneau d'accès d'une pression sur le clavier et entra. Kye suivit, les mains profondément enfoncées dans les poches de sa veste, le visage impassible.

Le tunnel de maintenance était à peine assez large pour deux. Lyra alluma une torche, dont le faisceau rebondit sur des tuyaux et des câbles balafrés. Elle attendit que la trappe se referme, puis se retourna, le visage d'un sérieux inhabituel.

— Tu as reconnu le signal, dit Lyra.

Ce n'était pas une question.

Kye fixa le pan de mur juste au-dessus de l'épaule de Lyra.

— Une fois. Sur la station. Avant que tout parte en couille.

— Pourquoi n'as-tu rien dit ?

L'œil de Kye scintilla.

— Parce que si je me trompe, je suis un handicap. Et si j'ai raison...

Lyra attendit, silencieuse.

Kye fit rouler les mots dans sa bouche, choisit les moins terribles.

— Si j'ai raison, ce n'est pas seulement l'Imperium. Ce sont les concepteurs originels. Ceux qui ont créé Glim. Ils viennent effacer les preuves.

Lyra encaissa la nouvelle sans bouger, puis dit :

— Et tu pensais gérer ça tout·e seul·e.

Kye sourit, mais ce n'était en rien un sourire heureux.

— Ça a marché pour toi, une fois.

— Ne projette pas tes problèmes sur moi, répliqua sèchement Lyra. Si tu m'en avais parlé, on aurait pu se préparer. Rask aurait pu se préparer. Maintenant, on navigue à l'aveugle.

Kye se pencha en arrière, appuyant sa tête contre le conduit froid.

— Qu'est-ce que tu aurais fait ? Quitté le navire plus tôt ? Éjecté la boîte dans le vide ?

Lyra se hérissa, mais ne répondit pas.

La voix de Kye baissa d'un ton.

— Tu n'es plus dans l'armée, Lyra. Tu sais ce que ça signifie. Tu as vu les projets clandestins. S'ils sont encore en activité, ils ne voudront pas que Glim soit récupérée. Ils voudront faire table rase.

Les mains de Lyra se crispèrent en poings, puis se relâchèrent.

— On ne va pas mourir pour eux, Kye. Ni toi, ni l'équipage.

Kye détourna le regard.

— Ce n'était pas mon intention.

Lyra se redressa, bloquant la trappe.

— Alors tu n'as plus le droit de garder des secrets.

Un hochement de tête, lent.

— Très bien.

— Tu nous dis tout. Pas juste quand ça devient intéressant.

— D'accord, dit Kye, les mots étouffés dans le tunnel de métal.

Lyra recula, fit mine de partir, puis s'arrêta.

Elle observa Kye un long moment.

— Pourquoi j'ai l'impression que tu ne m'as pas dit le pire ?

L'œil cybernétique de Kye s'assombrit, la lumière interne s'obturant comme pour simuler la honte.

— Parce que parfois, la vérité est pire.

Lyra en resta là.

De retour dans la soute, Doc planait au-dessus du conteneur, griffonnant des relevés sur un bloc-notes avec une écriture qui suggérait une crise de foi envers l'alphabet.

Quand Lyra et Kye revinrent sur la passerelle, Rask les regarda l'une après l'autre, puis dit :

— Ils ne lâchent pas l'affaire. Un nouveau ping vient de frapper les capteurs, plus proche qu'avant.

Le sourire de Mercy s'élargit.

— C'est l'heure du spectacle ?

Lyra hocha la tête.

— C'est l'heure du spectacle.

Elle lança à Kye un regard qui promettait un châtiment si les dix prochaines minutes ne se déroulaient pas comme prévu.

Kye, pour une fois, semblait se contenter de laisser quelqu'un d'autre prendre les commandes.

Sur la console des capteurs, le signal pulsait — régulier, avide, et maintenant à seulement quelques secondes-lumière.

Doc observait le conteneur, et pour la première fois depuis qu'il avait rejoint l'équipage, il avait l'air effrayé.

Le Meridian était silencieux, à l'exception des alarmes.

Et quelque part, loin dans le noir, quelque chose répondit.

Rask Helvan se tenait juste à l'intérieur de l'écoutille principale, sans bouger, sans parler. Sa silhouette n'était que lignes carrées et tension latente, le genre de posture qui suggérait un homme attendant un verdict dont il savait déjà qu'il ne lui plairait pas. Le conteneur renfermant Glim dominait le centre de la soute, arrimé avec assez de fibre de carbone pour survivre à une rentrée atmosphérique — en supposant que rien à l'intérieur ne décide d'exploser.

Mercy le trouva là, les bras croisés, les pieds écartés, un couteau tournoyant déjà entre ses doigts. Elle ne prit pas la peine de le saluer.

— Alors, c'est ici qu'on meurt, dit-elle. L'écho sur les cloisons suffisait juste à donner l'impression que la pièce était d'accord.

Rask ne répondit pas.

Mercy s'avança, ses bottes raclant le pont.

— Je t'ai déjà dit que je déteste ce moment ? Pas la planque, pas la cavale. Le passage où on n'arrête pas de faucher des trucs dont on ignore même le nom, en faisant confiance à des gens qui vivent du mensonge, et en attendant de voir qui tirera le premier. Tu sais comment ils appellent ça, là d'où je viens ?

Le regard de Rask glissa lentement pour croiser le sien.

— Illumine-moi.

— La stupidité, dit Mercy. Elle fit un geste en direction de Glim, du fouillis de câbles de diagnostic et de la lueur froide sous le couvercle. À un moment donné, ce n'est pas la chance qui te maintient en vie. C'est le commandement.

Rask ne mordit pas à l'hameçon. Il se contenta de fixer le conteneur, comme s'il espérait que celui-ci lui offrirait une meilleure réponse.

Mercy arpenta un cercle serré, s'arrêtant seulement pour ramasser une clé à molette sur le sol et la faire valser en l'air.

— Tu sais ce qui me dérange ? dit-elle. Pas la prime, pas l'Imperium. Pas même l'idée que Glim pourrait nous griller si elle s'ennuie. Ce qui me dérange, c'est que chaque fois que j'envisage de me tirer, je me souviens que c'est toi qui es censé être aux commandes. Et là je me dis : peut-être que l'autre a raison cette fois.

Les épaules de Rask se tendirent, puis s'affaissèrent.

— Si tu veux partir, je ne te retiens pas.

Mercy sourit, les dents brillantes dans la pénombre.

— Tu es un piètre menteur, Rask. Si tu voulais vraiment que je parte, tu m'aurais laissée derrière à l'Orpheum.

Il faillit sourire à cela, puis se ravisa.

— Ça ne va pas bien se terminer, dit-il.

Mercy haussa les épaules, comme pour dire que rien ne se terminait jamais bien.

Le silence s'étira, assez épais pour s'y noyer.

Puis l'IA du vaisseau parla depuis le panneau de comm le plus proche. La voix était différente — nette, presque joyeuse, mais avec une nuance de quelque chose qui n'avait jamais vu un lever de soleil.

— Objet en poursuite, dit-elle. Accélération croissante. Le signal confirme : chasseur prototype impérial. Interception estimée : onze heures.

Mercy siffla, bas et impressionnée.

— C'est un rapide.

Rask regarda de nouveau Glim.

— Ils la veulent. Et ils ne ralentiront pas pour nous.

Avant que Mercy puisse répondre, le vaisseau entier fut secoué de côté. L'impact ne suffit pas à les renverser, mais il envoya une demi-douzaine d'outils et deux caisses non arrimées déraper sur le pont comme des animaux effarouchés.

Les lumières clignotèrent, puis se stabilisèrent.

Mercy se rattrapa à une main courante, mais le couteau continuait de tourner dans son autre main.

— Dis-moi que c'était toi, dit-elle.

Rask secoua la tête, les yeux rivés sur l'écran de diagnostic relié au conteneur.

Des profondeurs de la coque, un nouveau son — faible, mais grandissant — pulsa à travers la soute. C'était la voix de Glim, mais pas comme ils l'avaient entendue auparavant. Plus de clics et de signaux. C'était une voix. Une vraie voix. Comme celle d'un enfant, éraillée sur les bords. Un son qui se souvenait de la douleur et n'hésitait pas à la partager.

Le panneau de comm s'alluma, et la voix de Glim en sortit, mais gravée d'une sorte de regret.

— Il me connaît, dit Glim. Il me connaît, et il n'arrêtera pas.

Mercy fixa le haut-parleur, puis Rask.

— T'as jamais eu l'impression qu'on est juste des appâts ?

Il hocha la tête, sans quitter Glim des yeux.

— On l'a toujours été.

La température dans la soute chuta d'un degré. L'air avait le goût de la réplique d'un orage.

Mercy s'agenouilla à côté du conteneur, posa la paume de sa main à plat sur la surface.

— Qu'est-ce que tu veux faire ? demanda-t-elle, la voix presque douce.

Rask prit un moment, puis répondit :

— Survivre.

Mercy sourit, mais cette fois, le sourire était cassant.

— Le meilleur plan jusqu'à présent.

Au-dessus d'eux, l'IA du vaisseau fredonnait pour elle-même, cataloguant chaque nouvelle menace avec l'indiffé-rence polie d'un bulletin météo.

En dessous, le conteneur de Glim pulsa — une fois, deux fois, puis une longue note persistante.

Le chasseur arrivait.

Et à bord du Meridian, on aurait dit que les murs eux-mêmes retenaient leur souffle.

SEIZE

L'alarme les surprit à minuit et demi, heure du vaisseau, parce que l'univers a le sens de l'humour. Elle commença par un bêlement saccadé, doubla de tempo, puis grimpa jusqu'à une tonalité capable de décaper la vieille peinture des cloisons. Sur la passerelle, l'écran de navigation pulsait d'un orange maladif, toutes les autres fonctions écrasées par l'alerte de proximité.

Lyra, qui dormait – ou s'en approchait le plus possible –, se redressa d'un coup sur le siège des communications. Elle martela le bouton de sourdine, plissa les yeux vers la grille de menace et siffla entre ses dents. — Pas bon du tout. Les mots roulèrent sur sa langue, monotones ; ce n'était pas de la peur, juste la certitude d'une ingénieure qui avait déjà fait les calculs et constaté leur insuffisance.

En bas, dans les couchettes de l'équipage, Kye était déjà réveillé, le son ne faisant que confirmer ce que ses nerfs avaient prédit : une escalade, pas un répit. Il se leva, secouant les vestiges d'un demi-rêve, et entama la lente marche vers le carré, où toutes les mauvaises nouvelles finissaient par être servies. L'éclairage du couloir vacillait, comme si le vaisseau lui-même était au bord de la panique.

Doc Vellenix était aux sanitaires, vingt millilitres de la bouteille déjà ingurgités, et tentait d'ignorer son reflet. Seule l'alarme aurait pu le faire sortir du compartiment en moins d'une minute. Il s'essuya la bouche, attrapa sa trousse de terrain et suivit le son.

Mercy Jones arriva la dernière, mais avec style. Elle glissa le long de l'échelle depuis le pont supérieur, atterrissant accroupie, la poignée d'une lame nichée derrière chaque oreille. Ses cheveux avaient la couleur d'un déversement de produits chimiques, et son sourire était exactement aussi large que l'urgence le justifiait.

Lorsqu'ils se regroupèrent dans le carré, Rask Helvan était déjà là, les mains à plat sur la table, fixant un étalage de cartes de navigation et buvant dans une tasse qui ne fumait que par habitude. Les lumières du carré tremblaient au-dessus de sa tête, transformant sa silhouette en un timelapse de fatigue et d'effroi à peine contenu.

Il leva les yeux vers les quatre autres, avec l'air d'un homme qui avait cessé de croire aux miracles deux guerres auparavant. — Asseyez-vous, dit-il.

Mercy repoussa une chaise d'un coup de pied, s'y laissa tomber et posa les deux coudes sur la table. Lyra alla contre le mur et croisa les bras, les yeux rivés sur l'affichage de menace projeté à l'autre bout. Kye prit le siège en face de Mercy, tapotant la table de ses doigts comme pour défier quiconque de le remarquer. Doc flottait à la périphérie du groupe, comme toujours.

Rask ne s'embarrassa pas de préambules. — On a un chasseur au cul. Impérial, d'après la signature. Il est en mode furtif, mais il est là. Il balaya les cartes de navigation d'un geste du bras. — Nous sommes ici. Il est là. Entre nous : quarante mille klicks et un champ de débris.

Lyra jeta un coup d'œil aux imprimés, ses yeux balayant les données, la mâchoire déjà serrée. — Impossible de le dépasser en poussée sans être vus.

— Correct, dit Rask. — On ne peut pas le distancer, ni se cacher, ni le surclasser en armement.

Doc ricana, mais ne dit rien.

Mercy sourit, dévoilant toutes ses canines. — Alors, on l'attire, on lui tend un piège. Un classique.

Rask lui jeta un regard noir. — C'est à cause d'un « classique » qu'on a une prime sur nos têtes.

Kye s'éclaircit la gorge, la voix plus faible que d'habitude mais d'autant plus perçante. — Il y a une ouverture. Le champ de débris près de 9B. Si on coupe la poussée et qu'on fait une fronde gravitationnelle, on pourrait... *on pourrait...* trouver un masque derrière les rochers. Juste assez pour... Il se tut, conscient des quatre paires d'yeux, et se recroquevilla en un geste d'excuse. — En supposant que le chasseur s'attende à ce qu'on file tout droit.

L'expression de Lyra devint acerbe. — C'est une ceinture d'astéroïdes, pas un masque. Ces rochers sont plus serrés que les crânes sur un mur du souvenir.

Les mains de Kye tapaient un rythme, la tension se traduisant en une percussion que seul lui pouvait entendre. — Tu préfères qu'on ne fasse rien ?

Mercy, sans lever les yeux de la table du carré, dit : — Je suis toujours pour l'imprudence. C'est mieux que de mourir d'ennui.

Rask survola le groupe du regard, son attention s'attardant sur chacun à tour de rôle. — Ce n'est pas un vote. Nous n'avons pas un jeu rempli de bonnes cartes. Si on largue le conteneur, on perd le seul levier dont on dispose. Si on continue à fuir, le chasseur nous mettra en pièces d'ici un jour. Si on se terre dans la ceinture... Il fit un geste de la paume. — Au mieux, on perd beaucoup de temps et on sème le chaos. Au pire, c'est fini en quelques minutes.

Les doigts de Lyra ne cessaient de bouger, retirant des peluches invisibles de sa manche, enroulant et déroulant la boucle serrée de ses cheveux. — Glim est déjà en pic de stress de confinement. Tu veux qu'on revive Orpheon ?

Kye dit : — Si le chasseur met la main sur Glim, on est tous morts de toute façon. Ou pire.

Doc, qui s'était contenté d'observer jusqu'à présent, prit enfin la parole. — Comment va Glim, là, maintenant ?

Lyra haussa les épaules, un mouvement sec. — Elle est... alerte. Elle fait les cent pas. Si ça dégénère, je devrai peut-être réactiver l'inhibiteur. Ça nous achètera des heures, pas des jours.

Mercy se pencha en avant, les coudes plantés sur la table. — Et si on leur faisait croire qu'on est morts ? Simuler notre destruction totale.

Le visage de Rask ne bougea pas, mais ses yeux s'aiguisèrent. — Continue.

Mercy sortit une grenade de sa veste et la posa sur la table avec la délicatesse d'un fruit rare. — On amorce le module de confinement, on utilise une éruption thermique comme cadavre. On n'est pas sur le manifeste, juste le conteneur. Si le chasseur voit une explosion, peut-être qu'il s'arrêtera pour ramasser les morceaux.

Lyra renifla. — Tu as déjà vu ce qui se passe quand une unité de confinement subit une brèche, pas vrai ?

— Ouais, dit Mercy, ravie. — Ça ressemble à une mort très convaincante.

Kye dit : — Ça nous laisse quand même coincés sur un vaisseau en mode silencieux dans un champ de débris, sans personne pour venir nous chercher.

Mercy sourit. — C'est là que ça devient marrant.

Doc jeta un regard en coin aux relevés de Glim. — Vous avez besoin de quoi de ma part ?

Lyra : — Installe un stabilisateur. Si le chasseur scanne pour trouver un corps, donne-lui-en un qui crie « mort jusqu'à la moelle ».

Doc hocha la tête, tout à son affaire. — Je peux préparer un cocktail pour que la signature semble terminale.

Rask se détacha de la table, les pieds de la chaise crissant sur le métal. — On fait ça vite. On n'a pas le temps pour les hésitations.

Les lumières vacillèrent au-dessus d'eux, s'atténuant légèrement alors que le vaisseau passait en mode d'économie d'énergie.

Kye regarda les autres, les doigts figés en plein tapotement. — Si on fait ça, et que ça marche, on fait quoi après ?

Rask se retourna, le poids du commandement pleinement visible. — On fuit jusqu'à ce qu'on ne puisse plus. Ensuite, on trouve un autre mensonge.

Mercy gratifia le groupe d'un petit signe de tête approbateur. — C'est mon genre de plan.

Lyra attrapa les imprimés, les roula fermement et les fourra dans la poche de poitrine de sa combinaison. — Je vais préparer le réacteur.

Doc s'éclipsa avec l'efficacité d'un homme qui avait déjà fait le triage nécessaire dans sa tête.

Kye resta assis un instant, fixant la grenade sur la table. La peinture bleue était écaillée, ne laissant que le numéro de série et un crâne de dessin animé ébréché. Ça ressemblait moins à une arme qu'à un mauvais souvenir de vacances que personne ne voulait se remémorer.

Mercy donna une pichenette à la grenade, puis sur la tempe de Kye, et dit : — Ça t'arrive de regretter les boulots faciles ?

Kye secoua la tête. — Jamais fait un seul.

Mercy éclata de rire, un rire bruyant et sincère.

Le carré se vida, ne laissant que la faible rémanence des corps et l'écho des chaussures sur l'acier.

Sur la passerelle, Lyra dévia les systèmes non essentiels, puis éteignit les plafonniers. Le monde se réduisit au vacillement de l'écran de navigation et à la ligne stable et tremblante de leur trajectoire. Elle regarda l'horloge décompter le temps jusqu'à la prochaine manœuvre, comptant chaque seconde avec l'intensité d'un avare amassant ses pièces.

En bas, dans la soute, Doc s'attela à préparer la capsule de sauvetage pour sa fausse mort. Il vérifia Glim et tapota le conteneur comme un parent nerveux s'occupant d'un enfant fiévreux.

Dans le couloir, Mercy testait les charges. Chaque claquement et chaque clic était un petit poème cinétique à l'inévitabilité de la violence. Elle souriait à chaque détonation réussie.

Kye se retrouva dans sa couchette, à fixer le plafond.

Rask arpentait le vaisseau sur toute sa longueur, vérifiant chaque verrou et chaque joint, touchant chaque surface comme si l'acte pouvait transférer une petite partie de son inquiétude dans l'acier. Quand il atteignit la passerelle, Lyra leva les yeux, le vit et dit : — Si ça marche, tu me dois un verre.

Rask s'autorisa un demi-sourire. — Si ça marche, je t'offre le bar.

Elle prit ça pour ce que c'était.

Le vaisseau dériva dans le noir, la coque à peine vivante, alimentée par les systèmes minimums nécessaires pour empêcher son équipage de geler ou de bouillir dans son sommeil.

Dans la cale, le conteneur de Glim pulsait d'un rythme lent et insistant, la lumière bleue faible mais stable.

Au-dessus, le vaisseau chasseur se rapprochait, son propre signal si précis et froid qu'il comptait à peine comme un battement de cœur.

Le Meridian était suspendu dans le vide, seule preuve de sa propre existence la volonté collective de son équipage.

Et pour la première fois, le silence semblait être un choix.

Ils se rassemblèrent dans la soute, car c'était le seul endroit avec assez d'espace pour faire les cent pas. Au-dessus, la coque frissonnait à chaque mise à feu des propulseurs de manœuvre, la vibration se propageant jusqu'aux tôles du pont en minuscules secousses persistantes.

La capsule de sauvetage avait été bourrée de tout ce que l'équipage avait pu trouver qui n'était pas boulonné. Mercy tournait autour de l'écoutille ouverte avec la patience d'un rapace, enroulant du cordeau détonant autour des entretoises de renfort et fredonnant un vieil air martial sur un ton mineur. Chaque fois qu'elle revenait à son point de départ, elle serrait le câble un peu plus, jusqu'à ce que l'ensemble ressemble à une bombe emballée par une araignée en colère.

— Ton plan va nous faire tuer, dit Lyra, sans lever les yeux.

Kye ne cilla pas. — Si ça marche, on n'est pas morts. Si ça ne marche pas, au moins on saura qui blâmer.

Les jointures de Lyra blanchirent sur le bord de la console. — Ce n'est pas un réconfort. Je veux un plan qui n'exige pas d'improvisation.

— Fais confiance aux chiffres, dit Kye. — J'ai exécuté la séquence cinq fois. On correspondra aux attentes du chasseur à un dixième de seconde près.

Lyra émit un son guttural qui n'était ni un accord ni une protestation. — Si tu te rates sur le signal, même un tout petit peu, ils le sauront.

Kye soutint son regard, son œil cybernétique luisant, l'autre plat et fatigué. — Si je me rate, on est déjà morts.

Mercy, passant derrière eux en boucle, renifla. — Voilà le bon esprit. Essaie de ne pas en renverser sur le cordeau détonant, d'accord ?

Doc arriva en dernier, traînant sa trousse médicale et une caisse cabossée de sédatifs. Il posa la trousse sur l'établi, ouvrit le couvercle de la caisse et contempla les fioles avec le détachement d'un homme passant en revue ses relations ratées. — Qui sédate Glim ? demanda-t-il.

Lyra termina son code, activa le protocole de priorité et s'écarta. — Elle a moins de chances de nous tuer si c'est toi qui le fais. Elle t'aime bien.

Doc la foudroya du regard, mais alla chercher l'inhibiteur neural. Il examina le conteneur, qui frissonnait maintenant d'une aura pâle, ses lumières internes vacillant comme une étoile mourante.

— Ça ne va pas lui plaire, marmonna-t-il.

Kye le regarda traverser la soute, les rides de culpabilité autour de sa bouche s'accentuant. — Désolé, Glim, murmura-t-il, trop bas pour que quiconque puisse l'entendre.

Doc arma l'hypospray, trouva le port d'injection et pressa le piston. La lumière du conteneur connut un pic, puis s'affaiblit, le bourdonnement s'effondrant en une seule note maussade. Pendant un instant, plus rien ne bougea dans la soute. Puis, lentement, les diagnostics de l'unité de confinement revinrent au vert, et Doc expira.

Mercy termina sa danse guerrière autour de la capsule, scella l'écoutille, tapa dans ses mains et adressa un grand sourire à Rask, qui était apparu dans la soute à un moment donné sans que personne ne s'en aperçoive. — On est prêts, Capi. Elle pétera en trois étapes : chaleur d'abord, puis la coque, puis une belle signature électromagnétique bien croustillante.

Rask hocha la tête, silencieux. Il fit lentement le tour de la soute, vérifiant chaque attache, chaque relevé, comme si l'acte lui-même pouvait garantir leur survie. Quand il passa devant Lyra, il ne dit rien, mais le regard qu'ils échangèrent était aussi ancien que la guerre et deux fois plus amer.

Mercy se glissa à côté de Kye. — Et de ton côté ?

Kye haussa les épaules. — On saura quand on saura.

Mercy se pencha, la voix basse. — Tu as peur ?

Kye réussit à esquisser un sourire. — Je serais inquiet si je ne l'avais pas.

Mercy laissa échapper un rire bref, puis tira une lame de

derrière son dos et la lui tendit, poignée en avant. — Pour la chance.

Kye la prit. — Merci. Je vais essayer de ne pas m'en servir.

— Fais ce que tu as à faire, dit Mercy, son expression momentanément dépourvue d'ironie. — On veut tous vivre.

Ils retournèrent à leurs postes : Lyra à l'ordinateur central, Kye aux commandes manuelles, Doc à l'infirmerie, Mercy à la bombe, Rask dans l'espace silencieux et songeur où tous les capitaines vont pour mourir.

La dernière chose à faire était d'attendre la fenêtre de tir.

Rask signala les deux minutes d'un simple hochement de menton. Lyra lança le leurre des capteurs, ses mains volant sur le clavier. Mercy s'accroupit près de la capsule, égrenant les détonateurs à voix basse. Doc posa une paume rassurante sur le conteneur, comme si le toucher pouvait transmettre le calme. Kye fléchit les doigts et regarda l'horloge.

À une minute de l'échéance, Rask se dirigea vers Mercy, la tira à l'écart et parla si bas que les mots étaient à peine audibles. — Si ça ne marche pas, j'ai besoin que tu sauves le conteneur. Et que tu sortes Kye de ce vaisseau. C'est le seul qui comprenne Glim.

Le visage de Mercy se ferma, sa bravade théâtrale s'évanouissant en un battement de cœur. — Tu t'attends à ce que ça ne marche pas ?

— Je me prépare au pire, dit Rask. — C'est mon boulot.

Mercy hocha la tête, toute espièglerie disparue. — Tu es quand même un idiot.

— Mais un idiot attachant, répondit Rask.

À trente secondes, la tension dans la soute était une chose vivante. Le seul son était le léger ping de l'horloge et la respiration basse et électrique du vaisseau.

À dix secondes, Lyra fit signe à l'équipage. — Lancement dans trois. Deux. Un...

Kye appuya sur la détente.

La capsule-leurre fut éjectée de la soute et, comme au ralenti, bascula dans l'espace.

La première charge explosa : un flash de chaleur blanche, une fleur de plasma qui illumina le champ d'astéroïdes comme l'intérieur d'une fournaise. Le signal de la capsule éclata, puis s'effondra en une ligne plate que quiconque observait interpréterait comme une mort instantanée et catastrophique.

Les deuxième et troisième charges explosèrent en séquence, ouvrant la capsule et projetant son contenu en une gerbe de débris carbonisés et tournoyants. Le panache thermique était visible même à l'œil nu, si l'on était assez fou pour regarder.

À l'intérieur du Meridian, l'équipage était assis dans le noir complet, personne n'osant bouger.

Le vaisseau chasseur passa au-dessus d'eux, une silhouette si fine et si nette qu'elle projetait à peine une ombre. Ses capteurs ratissèrent le champ, s'attardant juste assez longtemps pour goûter à l'épave, puis continuèrent leur route, à la recherche de quelque chose qui n'était plus là.

Kye observa le scan en silence, le cœur battant la chamade alors que le chasseur oscillait, s'arrêtait, puis poursuivait son chemin.

Lyra se renversa en arrière, les yeux fermés, les mains tremblantes. — Ça a marché, dit-elle, si doucement que c'était à peine un son.

Doc regarda Glim, la lumière du conteneur n'étant plus qu'un bleu faible et régulier.

Mercy s'affala contre le mur, toute son adrénaline consumée, et dit : — Quelqu'un a intérêt à me payer un verre.

Rask, observant la trajectoire, ne dit rien. Son travail n'était pas de croire aux miracles, seulement de consigner leur occurrence.

Le Meridian flottait dans le noir, vivant mais non détecté.

Et pendant un instant, dans le froid et le calme, il y eut la paix.

DIX-SEPT

Le chasseur impérial vira, sa chasse n'étant pas encore tout à fait terminée. Il arriva furtif, sa signature thermique plate, sa coque si noire qu'elle semblait boire les étoiles. Seule une infime ondulation de la lumière stellaire déformée trahissait sa trajectoire. Le Meridian, enseveli sous une bouillie de débris d'astéroïdes aussi vaste qu'un iceberg, observait à travers une fente et ne cilla pas.

À l'intérieur, le vaisseau était un mausolée. Le support de vie avait été réduit à un souffle d'espoir : l'air n'était recyclé qu'une fois toutes les dix minutes, et seule l'inertie thermique des parois empêchait l'équipage de geler sur place et de finir en bonshommes de neige particulièrement décevants. Le givre grimpait sur les tableaux de bord, formant des dendrites qui rampaient de bouton en cadran, et chaque expiration laissait un brouillard inégal dans la pénombre bleutée des LED de secours.

Lyra surveillait l'approche depuis le siège du pilote, le corps enveloppé dans deux combinaisons de vol et une couverture qu'elle avait piquée à l'infirmerie. Le froid lui faisait pleurer les yeux, mais elle les gardait ouverts, son regard oscillant entre les relevés passifs et le minuscule point vibrant qu'était le chasseur. De temps à autre, sa main gauche s'égarait au-dessus du manche de commande, les jointures blêmes et gercées, et flottait à quelques centimètres du commutateur de commande manuelle, juste au cas où.

Kye était accroupi dans l'espace pour les pieds derrière elle, les genoux contre la poitrine, se rongeant les ongles avec une telle force que de petites peaux parsemaient ses lèvres. Il avait abandonné l'écran de diagnostic du pont vingt minutes plus tôt, lorsque les filaments quantiques du scanner s'étaient mis à chanter un do dièse audible et avaient refusé tout débogage. Maintenant, il tapotait du pied contre le plancher métallique — un-deux, un-deux-trois, un-deux — une polyrythmie nerveuse.

Sur la paroi tribord, Mercy était assise le dos contre la cloison, les deux mains rentrées sous ses aisselles, la capuche rabattue ne laissant voir que son nez et ses yeux. Elle fixait le répétiteur de capteur avec le genre d'immobilité prédatrice qui suggérait qu'elle assassinerait le chasseur, la ceinture d'astéroïdes et la moitié de la faune locale si ça pouvait la rapprocher d'un chauffage en état de marche. Son blaster reposait sur ses genoux, le pouce sur la sécurité, et elle l'avait activé et désactivé sans cesse durant la dernière heure. Personne ne fit de commentaire.

Rask se tenait dans l'embrasure de la porte, la remplissant d'une silhouette si tendue qu'il était difficile de dire où finissait l'homme et où commençait l'alliage. Il gardait les yeux sur le hublot, sa main gauche agrippée au cadre, et sa droite posée sur le mécanisme de largage d'urgence de la bonbonne de Glim. Si quelqu'un le remarqua, personne ne dit rien.

Le chasseur dériva plus près, longeant le bord d'un champ de roches à haute densité, ne laissant derrière lui qu'un filet de micro-impulsions sur la bande gamma. Les lèvres de Lyra bougeaient, non pour former des mots mais des calculs, son souffle givrant le col de sa couverture.

Le chasseur décéléra avec une poussée si brève qu'elle fit

grimper la température d'une fraction de degré. Le vaisseau fit une embardée, pivota et — sans même un simple contact radio — ouvrit le feu.

— Tenez-vous prêts, siffla Lyra, et l'équipage se jeta à terre dans une chorégraphie bien rodée de condamnés.

Le premier tir ne leur était pas destiné. Il trouva ce qui restait de la capsule leurre, qui rayonnait encore juste assez pour passer pour une tentative d'évasion désespérée. L'auto-destruction de la capsule explosa en un cône de plasma, vaporisant la moitié des débris locaux et projetant une jolie gerbe de poussière micronisée sur la proue du chasseur. Les capteurs s'illuminèrent de faux positifs puis s'éteignirent lorsque la capsule fut pulvérisée.

Kye jeta un coup d'œil à l'écran, l'œil écarquillé. — Ils ne prenaient aucun risque, alors.

Le chasseur s'immobilisa complètement. Le vaisseau pivota, le nez pointé vers la détonation, et pendant une longue minute, rien ne se passa. L'équipage resta figé, les battements de cœur étant le seul son audible.

Puis, lentement, le chasseur commença à tourner en cercle. Il traça un anneau lent et méthodique autour du site de l'explosion, comme pour rendre un dernier hommage. Chaque passage le rapprochait de la cachette du Meridian.

Les doigts de Lyra blanchirent sur le manche. — C'est un schéma de recherche. Il ne part pas.

Le pied de Kye reprit son tapotement, cette fois si vite qu'il fit tomber les cristaux de glace du pont.

Mercy vérifia son arme, puis la porte, puis le plafond. — S'il nous aborde...

— On vide la soute, dit Rask, et son ton ne laissa aucune place au débat.

Le cercle se resserra. À chaque passage, le chasseur déployait une nouvelle nappe de drones — de minuscules points scintillants qui projetaient une dispersion de pings à travers la ceinture, cartographiant chaque trace de chaleur, chaque écho, chaque cachette imaginable.

Kye observa le nuage de drones avancer, puis regarda Lyra. — S'ils s'approchent, le champ va grimper en flèche. Notre couverture thermique ne tiendra pas.

Lyra se lécha les lèvres gercées, puis dit : — On a une heure, tout au plus.

Mercy rit, sans aménité. — C'est plus que ce qu'on a d'habitude.

Rask agrippa plus fort le cadre de l'écoutille, les veines de sa main saillantes. Il fixa le point sur le répétiteur, puis l'étendue de noir sur l'écran principal. — On tient bon. Personne ne bouge. Personne ne parle.

Ils obéirent.

Le temps, à bord du Meridian, devint liquide. Le froid s'infiltra dans les os, dans les pensées, jusqu'à ce qu'il ne reste que la répétition mécanique du cercle du chasseur et la lente progression des chiffres sur l'horloge. Même l'IA du vaisseau s'était tue, comme si elle aussi comprenait que le moindre mot maintenant serait un suicide.

Le chasseur fit une pause dans son arc de cercle. Les drones convergèrent, réduisant le rayon de recherche, le nuage se repliant sur lui-même comme un filet qui se resserre.

Doc, qui avait été une ombre au fond du pont pendant la dernière heure, s'agita enfin. Il s'avança en se tenant bas et s'installa à côté de Glim. Son souffle sortait en halètements peu profonds, se cristallisant sur la céramique.

Il regarda l'écran, puis Kye, et chuchota : — Il ne cherche pas la vie. Il écoute.

Kye fronça les sourcils. — Comment ça, il écoute ?

— Résonance. Interférence. Le chant des machines. Il tapota la bonbonne avec une de ses jointures, d'un léger staccato. — Glim est calme, mais elle n'est pas silencieuse. Rien d'aussi vivant ne l'est jamais.

Comme pour lui donner raison, la bonbonne se mit à

vrombir. Le son était faible, à peine au-dessus d'une vibration, mais il remonta à travers les plaques du pont jusque dans la semelle de leurs bottes. Mercy baissa les yeux, puis regarda Doc.

— Tu lui as administré un sédatif, dit-elle. Ce n'était pas une question.

Les lèvres de Doc s'amincirent. — Seulement atténué. Je ne peux pas la tuer, pas sans... Il haussa les épaules.

Kye fixa la bonbonne, la douce lueur bleue qui pulsait depuis le témoin d'état. Elle pulsa, ralentit, puis pulsa de nouveau. Le vrombissement s'intensifia, vibrant à travers l'acier, à travers le givre, à travers la couche de débris et de glace qui enveloppait le vaisseau.

Lyra observait le chasseur sur l'écran. — Il réagit. Le cercle se referme.

La mâchoire de Rask se crispa. — Les options ?

Les yeux de Mercy se fixèrent sur l'écran. — On se bat. Qu'y a-t-il d'autre ?

Lyra regarda Rask. — Si on sort de notre cachette maintenant, il nous vaporisera avant qu'on puisse enclencher le réacteur.

Rask hocha lentement la tête et ferma les yeux une seconde de trop. Quand il les rouvrit, la décision était déjà prise.

— On tient, dit-il. On tient plus longtemps que lui. On attend une ouverture.

Le vrombissement de Glim devint plus fort, la pulsation étant maintenant assez puissante pour faire vibrer le pont en sympathie à chaque respiration.

Doc fixa Glim, puis Kye. — Elle a peur, dit-il.

Kye croisa son regard, le souvenir de leur dernière conversation suspendu dans l'air comme un nœud coulant. — Moi aussi.

Personne ne protesta.

Dehors, les drones du chasseur convergèrent, le schéma de

recherche étant désormais un poing dirigé droit sur le cœur du Meridian. Le vrombissement de la caisse s'intensifia, résonnant à une fréquence qui semblait être l'écho de leur propre panique.

Mercy découvrit les dents dans le froid et dit : — Si on y passe, au moins on fera du bruit.

Lyra jeta un regard en arrière, presque un sourire. — C'est la voie des pirates.

Kye posa une main sur Glim, les doigts engourdis, et attendit.

Le chasseur fonçait sur eux.

Et dans l'obscurité glaciale, le propre battement de cœur du Meridian répondit — régulier, inflexible et, pour le moment, bien vivant.

Le vrombissement se dota de dents.

Le premier drone ne s'annonça pas par un ping ou un avertissement, mais par un bruit sourd et métallique qui résonna contre la coque. Pendant un instant, l'équipage resta parfaitement immobile, comme si le simple mouvement pouvait les trahir. Puis vint le grattement — un tap-tap-tap non humain qui rampait sur la coque par à-coups. On aurait dit des griffes de chien sur du carrelage, si le chien était fait de couteaux et n'avait jamais perdu un combat.

Mercy se redressa d'un bond, le blaster dans les deux mains. — J'imagine que leur dire qu'il n'y a personne à la maison ne marchera pas.

Lyra coupa l'affichage, le cœur battant en décalage avec le vrombissement de la caisse. — Des drones. Scan externe, contact avec la coque.

Kye plongea sous la console, les yeux rivés sur le plafond. — S'ils passent par la jointure...

— Ils ne passeront pas, dit Lyra, et elle lança aussitôt la séquence de redémarrage des moteurs.

Rask, toujours près de l'écoutille, regardait le moniteur. — N'attendez pas qu'ils frappent. On y va maintenant.

Doc tendit la main, stabilisant la caisse alors que les vibrations s'amplifiaient. — Ils ne sont pas subtils, marmonna-t-il. Même Glim commence à s'agiter.

Le grattement redoubla, puis tripla. Le décompte de Kye passa en surrégime. — Au moins trois.

Mercy retira la sécurité. — Il nous faut plus de canons.

— Engagez, dit Rask. Ce n'était pas une suggestion.

Lyra enfonça la paume de sa main sur le bouton de redémarrage. Les systèmes du Meridian prirent vie en un instant — lumières, chauffage, capteurs, tout surgissant d'un silence glacial pour une activité frénétique. La soudaine arrivée d'air fit se dresser les cheveux de tout le monde. Dans le même battement de cœur, Mercy se jeta sur la console d'armement, ouvrit le panneau de l'artillerie et commença à défoncer des cibles à une vitesse qui suggérait une haine profondément personnelle.

Dehors, la première salve fit voler en éclats le drone accroché au mât de communication, arrosant la coque d'une neige de fragments vitreux. Les autres réagirent, se déployant en éventail sur la surface, s'agrippant avec des pattes en carbure. Mercy les suivit et tira, chaque tir étant une rafale précise et chirurgicale qui ne laissait que des étincelles et des éclats dans son sillage.

Kye se précipita vers le casier de rangement, en sortit une grenade IEM trapue et laide, et se tourna vers Lyra. — Tu ouvres le sas ?

Lyra avait déjà contourné le verrou. — Tu as dix secondes. Ne rate pas ton coup.

Kye sourit, les lèvres gercées, et sprinta vers le sas. Il ouvrit l'écoutille d'une claque, arma la grenade et la lança dans le vide. L'engin tournoya, capta la lumière, puis explosa en une impulsion bleu-blanc qui transforma la moitié de l'astéroïde le plus proche en un nuage de vapeur et de métal tressaillant. Le grattement cessa.

Pendant un instant, on aurait dit que l'astuce avait fonctionné. Les pings des drones disparurent, la coque du vaisseau redevint silencieuse, et même le vrombissement de Glim sembla soupirer de soulagement.

Lyra redémarra la navigation, traçant la route la plus courte pour sortir de la ceinture. — On est tirés d'affaire, dit-elle.

Rask secoua la tête. — Pas encore.

Sur l'écran principal, le vaisseau chasseur se modifia. Sa silhouette s'allongea, une aiguille s'extrudant de la coque. Le réseau de ciblage s'embrasa, et une trace rouge se dessina sur le flanc du Meridian.

Mercy le vit, jura et commença à rediriger la puissance vers la défense rapprochée. — Ils vont tenter un harponnage.

Le visage de Doc perdit toute couleur. — Ça va percer la soute.

Lyra poussa les moteurs à fond. — On va les distancer.

Mais alors même que le Meridian s'ébranlait dans un frisson, le chasseur décocha sa lance.

Le câble d'abordage était une saloperie obscène : un tronçon de nanocâble gainé de céramique ablative, surmonté d'un foret de la taille d'un poing d'homme et d'un système de guidage piqué à un missile. Il couvrit le millier de mètres entre les vaisseaux en moins d'une seconde, perça la coque juste à l'arrière de la soute à marchandises et commença à remorquer le Meridian avec la dignité d'un poisson au bout d'une ligne.

À l'intérieur, l'impact projeta tout le monde à terre. Kye percuta la porte du sas, le front de Lyra heurta le bord du panneau, et Mercy s'effondra dans un enchevêtrement de couteaux et de jurons. Rask resta à peine debout, utilisant l'écoutille comme point d'ancrage. Seul Doc, blotti contre la bonbonne, semblait indemne — son corps protégeant Glim du pire du choc.

Le câble produisit un second bruit — plus grave, plus profond, un gémissement qui faisait vibrer l'air et grincer des dents. Il s'enfonça, s'enroulant plus fermement, jusqu'à ce que les deux vaisseaux soient engagés dans une violente lutte à la corde.

Mercy cracha du sang et regagna la console en rampant. — Un commando d'abordage est imminent. On doit vider la soute.

— Impossible, dit Doc, la voix rauque. Si Glim y passe, j'y passe.

Rask arma son blaster. — Alors on se bat.

Lyra, une main pressée sur son cuir chevelu en sang, analysa les dégâts. — Ils vont essayer de passer par la brèche. Kye, tu peux déclencher une contre-poussée sur le moteur ? Pour faire sauter le câble ?

Kye cligna des yeux, hébété, puis hocha la tête. — Peut-être. Mais si je me trompe dans mes calculs, on va se griller nous-mêmes.

Mercy sourit, léchant le sang sur sa lèvre. — Ça vaut le coup.

DIX-HUIT

— Contact ! aboya Rask, d'une voix plus lasse que terrifiée, et l'effet sur l'équipage fut immédiat : Mercy dégaina son blaster d'une main et un pied-de-biche de l'autre, Lyra disparut dans un conduit de maintenance avant que quiconque ait eu le temps de cligner des yeux, et Kye s'éclipsa du mess avec la visibilité d'un fantôme technique.

La coque, au centre du vaisseau, était une plaie, boursouflée par la chaleur et crachant une fumée si dense qu'elle peignait chaque surface d'ombres et de pénombres. L'éclairage d'urgence rouge pulsait au-dessus d'eux, le couloir transformé en une scène de crime en attente de sa première victime. Rask vérifia le système anti-incendie de secours, constata qu'il était déjà désactivé par le dernier rafistolage de Lyra et piqua un sprint vers la salle des machines. Il esquiva le plus gros des étincelles, enjamba un conduit tordu et prit le dernier virage juste à temps pour voir le synthétique de combat impérial de tête émerger de la brèche.

C'était une chose d'une grâce hideuse. Squelette en alliage noir, membres parfaitement calibrés et un masque en guise de visage — pas de bouche, pas d'yeux, juste une plaque d'argent plate là où Dieu ou un comité avait décidé que l'esthétique était un gaspillage de puissance de calcul. Le synthétique marqua une pause, tête penchée, et balaya le couloir du regard. Pas à la recherche d'hostiles, Rask le savait, mais de la seule chose qu'on l'avait envoyé récupérer.

Il s'apprêtait à lui tirer dessus quand Mercy débarqua, brandit le pied-de-biche comme pour réveiller un mort et lui brisa l'avant-bras en deux. Le synthétique ne broncha pas ; il se contenta de recalculer, d'ajuster sa posture et d'abattre son autre bras sur l'épaule de Mercy. On entendit un craquement. Elle lui sourit au visage et lui asséna un coup de tête.

Mercy n'était pas aussi grande que le synthétique, mais il y avait quelque chose dans l'angle, ou la vitesse, ou peut-être simplement la pure saloperie du geste, qui fit reculer le synthétique d'un pas. Elle profita de l'ouverture pour lui tirer trois projectiles à bout portant dans le torse. Le synthétique tituba, plus par effet physique que par douleur, et s'effondra en un tas de servos tressaillants.

— Un de moins, dit-elle, avant de tourner les talons pour s'occuper du suivant.

Dans les coursives latérales, Kye fit ses calculs. Il y avait trois synthétiques dans la brèche — trop nombreux pour un affrontement direct, pas assez pour une escouade complète. Ça signifiait qu'ils privilégiaient la vitesse, pas la destruction. Le caisson de Glim se trouvait quelque part entre la cloison arrière et le cœur de la salle des machines, selon l'endroit où Doc avait réussi à le planquer après la dernière partie de chaises musicales avec l'intégrité de la coque. Kye prit le raccourci par l'échelle secondaire, atterrit sur le pont derrière le deuxième synthétique et siffla.

Le synthétique pivota. Kye lui fit un petit signe de la main contrit, puis l'attira dans la jonction de maintenance où Lyra avait trafiqué une écoutille pressurisée pour qu'elle se ferme si le capteur de poids détectait un pas en dehors de l'axe principal. Le synthétique mordit docilement à l'hameçon et Kye attendit qu'il soit à mi-chemin avant de presser la détente.

L'écoutille se referma, pas proprement, mais avec l'enthousiasme d'une guillotine conçue par un comité. Le torse du synthétique passa ; les jambes, non. Le haut de son corps s'agita, puis s'immobilisa. Kye se pencha alors vers la masse grouillante et déclara :

— Désolé, les robots tueurs émotionnellement indisponibles, c'est pas mon truc.

D'en dessous, la voix de Lyra monta, déformée mais claire.

— La lance est soudée à la coque. Je ne peux pas la couper de l'intérieur. Donne-moi une minute.

Kye jeta un œil dans le conduit et vit Lyra qui s'acharnait déjà sur la soudure avec un chalumeau à plasma. La lance d'abordage elle-même était un chef-d'œuvre d'arrogance impériale — auto-obturante, avec une carapace conçue pour résister à n'importe quoi, à l'exception d'une frappe nucléaire orbitale. Lyra avait réussi à peler la première couche, mais le treillis secondaire lui résistait à chaque instant.

— De quoi as-tu besoin ? demanda Kye.

— De temps, répondit Lyra. Et de quelque chose pour distraire le dernier synthétique.

Rask, qui avait atteint la soute, s'en occupait déjà. Il trouva Doc blotti derrière un réservoir de liquide de refroidissement, en train de colmater une entaille dans son propre bras avec quelque chose qui sentait la superglue et la vodka.

— Ils sont passés, annonça Rask.

Doc hocha la tête, le visage pâle mais le regard ferme. — Glim est stable pour l'instant. Mais elle est... — Il hésita, comme si le mot ne convenait pas tout à fait. — Agitée.

Rask dégaina son arme de poing, vérifia la chambre et dit :

— Reste ici. S'il arrive jusqu'à toi, fais-moi gagner trente secondes. C'est tout ce dont on a besoin.

Il se déplaça jusqu'au bout du couloir, campa ses pieds et attendit.

Le troisième synthétique fonça sur lui avec une vitesse qui tenait moins de la course que de la prédation algorithmique. Rask tira deux fois — une balle atteignit la hanche de la chose, la seconde manqua sa cible et ricocha le long du conduit. Le synthétique encaissa le coup, recalibra et bondit sur lui.

Rask n'était pas un héros, mais il était pragmatique. Il se baissa, roula sur la gauche et laissa l'élan du synthétique le projeter droit sur le chemin de l'écoutille pressurisée que Kye venait de rouvrir. Le synthétique bascula, retrouva son équilibre et se releva avec un bras détaché au niveau du coude, mais toujours opérationnel. Il rattacha son bras avec un clac, et ce n'est qu'à ce moment-là qu'il remarqua Mercy qui arrivait derrière lui avec le pied-de-biche.

Le combat qui s'ensuivit ne fut ni juste ni photogénique. Mercy matraqua la tête du synthétique avec un son de cloche d'église dans une rixe ; le synthétique riposta avec un balayage bas qui la faucha. Rask se joignit à la mêlée, visant les articulations des genoux, tandis que Kye arrosait la plaque dorsale avec les projectiles d'une arme automatique de petit calibre. Le synthétique, conçu pour la lutte anti-piraterie et la pacification urbaine, hiérarchisa ses cibles avec une précision glaciale : Mercy d'abord, puis Rask, puis Kye.

Mais ils avaient quelque chose que le synthétique n'avait pas : l'esprit d'équipe, le désespoir et la volonté de repeindre les murs de sang.

Quand le synthétique cessa enfin de bouger, Mercy s'assit sur sa poitrine, haletante, et dit :

— J'ai besoin d'un verre. Ou d'un nouveau bras.

Le chalumeau à plasma de Lyra portait enfin ses fruits. Le treillis secondaire commença à se déformer et à plier. Elle cuisait cette jointure depuis des minutes, ramollissant la matrice de polymère jusqu'à ce qu'elle chante sous la tension.

Les relevés affichaient un chaos de rouge, mais la courbe de tendance importait plus que les chiffres. Le composite se délaminait. La soudure suintait de chaleur. Si elle poussait les moteurs maintenant, la ligne d'attache se romprait... ou arracherait tout l'arrière du vaisseau. Quoi qu'il en soit, l'équipage du Palamedes nous croyait toujours cloués sur place. Ce temps gagné était crucial.

Lyra se redressa de force, essuyant la graisse et la crasse de ses paumes. Le poste de pilotage n'était qu'à un sprint et une prière de là ; les lumières du couloir devinrent floues tandis qu'elle courait, ses bottes claquant contre le placage déformé. Le cœur battant, elle lança la séquence de démarrage, ses doigts bougeant avant même la pensée. Les propulseurs s'activèrent comme un animal réticent, gémissant et se testant. Les vannes de carburant s'ouvrirent, les gyroscopes stabilisateurs se mirent en place. Elle effectua un dernier contrôle d'intégrité sur la jonction arrière — les signatures thermiques commençaient enfin à baisser le long de la ligne de fusion. C'était une maigre consolation, mais une consolation tout de même.

— Allez, ma belle, murmura-t-elle aux moteurs, la voix stable. N'explose pas trop tôt. Laisse-moi ce plaisir.

Lyra activa la communication à l'échelle du vaisseau. — Préparez-vous à une manœuvre d'évasion. Cinq secondes.

Le chasseur a dû voir la signature, car l'abordage cessa. Les drones stoppèrent leur approche du Meridian et retournèrent à leur base.

C'était maintenant ou jamais. Lyra entra la séquence de poussée, régla le minuteur au minimum et hurla :

— Accrochez-vous !

Le moteur s'enflamma dans une explosion brute et incontrôlée. Toute la section arrière du vaisseau vibra tandis que la force se propageait le long du câble jusqu'au chasseur. Pendant une seconde, la ligne tint bon. Puis, avec un hurlement de composite défaillant, le câble se détacha de la coque, arrachant deux mètres de placage au passage.

Lyra fit le décompte. — Trois, deux, un...

Le réacteur libéra un cône de plasma. L'arrière du Meridian s'embrasa, propulsant le vaisseau vers l'avant, loin du chasseur, loin des drones, loin de cette foutue ceinture tout entière. La chaleur calcina la coque, fit fondre les débris agrippés aux flancs et laissa le vaisseau en rotation, mais vivant.

Dans le silence soudain, tout le monde se retrouva au sol, le souffle court, au milieu des épaves de drones et de l'odeur persistante de métal brûlé.

Rask se releva le premier, se traîna jusqu'à la soute et inspecta les dégâts. Mercy afficha un large sourire, le visage maculé de suie et de sang. Doc était par terre, les bras enroulés autour du caisson.

Lyra et Kye arrivèrent en boitant dans le couloir, tous deux en sang, tous deux souriant comme des déments.

— Ça a marché ? lança Mercy.

Lyra vérifia les capteurs. — Le chasseur est parti. Pour l'instant, du moins.

Kye s'affala contre le mur. — La prochaine fois, on laisse le caisson répondre à ses propres appels.

Doc, respirant difficilement, dit :

— Elle est de nouveau silencieuse.

Rask l'aida à se relever, puis regarda Glim, l'équipage, la coque déchiquetée de son vaisseau.

— Personne de mort ? demanda-t-il.

Mercy éclata de rire, un rire franc et sonore. — Pas encore.

— Bien, dit Rask, et il se laissa glisser pour s'asseoir sur le pont.

Pendant un long moment, personne ne parla.

Puis Kye, la voix rauque, dit :

— Ils reviendront.

Mercy fit craquer ses doigts. — Qu'ils viennent.

Lyra observait les relevés, regardant le bourdonnement dans la soute s'estomper pour devenir une pulsation lente et douce.

Dehors, la Ceinture de Skarn tournait, toujours aussi indifférente.

Il fallut vingt minutes pour décompresser, réoxygéner et faire remonter le chauffage au-dessus du niveau « nécrotique ». Entre-temps, Doc avait réussi à recoller l'épaule de Mercy, Lyra avait colmaté les fuites de pression et Rask était de retour dans la soute, à fixer Glim.

À l'intérieur, la lueur bleue qui pulsait d'habitude au rythme d'un cœur au repos avait maintenant doublé d'intensité, frénétique, la lumière s'échappant par les jointures et faisant scintiller le pont comme une piscine au crépuscule.

Glim se réveillait.

Kye restait en lisière de la soute, un œil sur le caisson, l'autre sur la porte. — Si elle s'en échappe, tu sais qu'on est tous morts, hein ?

Rask ne répondit pas. Il regarda le caisson vibrer, une seule fois, puis s'immobiliser.

Mercy, encore couverte de sang de synthétique, sourit à Kye. — Ce ne serait pas la pire façon de mourir. Au moins, ce serait intéressant.

Doc, qui en avait assez vu de la vie comme de la mort, secoua la tête. — Si on a de la chance, elle restera tranquille jusqu'au prochain saut. Si on n'en a pas...

Il laissa le reste de sa phrase en suspens.

Rask se détourna enfin de Glim, les yeux hantés mais vivants. — On a une seule chance, dit-il. La prochaine fois, ils enverront une escouade d'extermination complète.

Lyra, apparaissant dans l'embrasure avec les manches de sa combinaison roussies jusqu'au coude, répliqua :

— Alors on fera en sorte que ça compte.

Dehors, maintenant loin du Meridian, les débris de

synthétiques et de lance dérivaient en une lente orbite, un monument silencieux à l'excès de zèle impérial.

À l'intérieur, l'équipage du Meridian rassemblait ses esprits, ses armes, et ce qu'il restait de son espoir.

Demain viendrait. Il leur fallait juste vivre assez longtemps pour l'accueillir.

DIX-NEUF

La cellule de Glim est de nouveau sous verrouillage manuel, la lueur bleue à l'intérieur à peine visible à travers trois nouvelles couches de blindage et un enchevêtrement de ruban capteur qui, dans un autre contexte, aurait pu paraître festif. Les mains de Doc se déplacent avec l'économie de gestes d'un chirurgien après une longue journée : un minimum d'énergie gaspillée, chaque mouvement mesuré sur fond de fatigue accumulée.

Kye est déjà là, avachie sur le banc en face du caisson, les mains glissées sous les bras, les yeux fixés sur la faible pulsation à l'intérieur de la boîte. Iel ressemble à un cadavre abandonné dans le gel, le visage exsangue, les lèvres sèches et gercées aux commissures. Le seul signe de vie est le tic involontaire de sa jambe gauche, un coup de pied arythmique qui correspond parfois à la pulsation du caisson, parfois non.

Mercy entre à la suite de Lyra, enroulant un bandage autour d'un poignet et mâchonnant le bout d'un pansement médical qui n'est très certainement pas stérile. Elle jauge le caisson, puis Doc, puis l'éventail d'équipements de diagnostic improvisés étalés sur toutes les surfaces planes disponibles, et lance :

— On a toujours le dessus ?

Personne ne répond. La seule réplique est le léger déclic du stabilisateur de Doc alors qu'il le serre sur les points d'ancrage de Glim.

Lyra s'avance, laissant derrière elle une traînée d'empreintes de bottes. Elle regarde Doc connecter l'atténuateur neural — sa propre conception, bricolée à partir d'un collier de sédation impérial trouvé sur l'un des synthés d'abordage et du moteur de l'une des douches du Meridian. L'ajustement est maladroit, mais il se met en place avec un gémissement doux, presque contrit.

Doc lève les yeux, les voit tous les trois en train de le fixer, et dit :

— Elle reprend conscience. Ça ne va pas lui plaire.

Mercy ricane.

— Bienvenue au club.

Il actionne le dernier interrupteur, et le bleu à l'intérieur du caisson vacille, s'estompe, puis réapparaît dans une teinte plus terne, comme si la chose à l'intérieur s'était résignée à la routine d'être enfermée par des inconnus non qualifiés.

Un bruit — à peine un murmure — s'échappe du panneau des haut-parleurs. L'IA du vaisseau, qui bégaie désormais, relaie la dernière salve de conscience venue de la boîte :

— Je me souviens... de la cage.

Les mains de Doc planent au-dessus du caisson, ne sachant pas si elles doivent le réconforter, ou se réconforter elles-mêmes. Il regarde Kye, puis Lyra.

— Tu veux t'en charger ? demande-t-il.

Lyra, qui n'a jamais aimé être responsable des sentiments de qui que ce soit, considère la requête comme s'il s'agissait d'une déclaration de douane ou d'un audit raté.

Kye prend la parole en premier. Sa voix est sèche, plus fine que d'habitude, mais elle emplit tout de même l'infirmerie.

— Non. Elle sait que je suis là.

Personne ne le contredit.

Ils attendent. Quelque part dans les conduits au-dessus d'eux, un cycle de pressurisation s'enclenche puis se relâche, le sifflement de l'atmosphère qui s'échappe remplacé par le claquement creux d'une valve qui a renoncé à toute discrétion.

Kye observe la boîte, les lèvres pincées.

— Elle est réveillée, dit-iel. Et elle le restera. Tu peux saturer l'atténuateur autant que tu veux, elle ne fera qu'apprendre à le contourner.

Mercy, qui préfère les problèmes physiques, fronce les sourcils.

— Qu'est-ce que tu proposes ? Qu'on la laisse partir ?

Le sourire de Kye est presque sincère.

— Non. Je propose qu'on écoute.

Lyra jauge le banc, décide que s'asseoir est un piège, et s'appuie contre le mur.

— La dernière fois qu'on a essayé, elle a gentiment annoncé notre présence à qui voulait bien l'entendre.

Kye hoche la tête.

— Elle avait peur. Toi aussi, tu aurais peur.

Mercy répond :

— Quand j'ai peur, je casse un truc.

— Exactement.

Doc, qui retenait sa respiration, expire.

— C'est une machine. Les machines n'ont pas peur.

Kye secoue la tête.

— Pas les machines comme elle.

La lumière bleue se déplace dans le caisson. Difficile de dire si c'est une illusion d'optique ou quelque chose de plus, mais la pulsation semble vaciller au rythme des mots de Kye, comme un chien qui tressaille à la voix de son maître.

Lyra regarde Doc.

— Tu as dit que l'Empire la voulait à tout prix. Pourquoi ?

Doc passe une main sur son visage, y laisse une traînée de quelque chose d'huileux, et dit :

— Ils appelaient ça le Projet Glim. Censé être une cognition synthétique de nouvelle génération. Un moteur d'apprentissage. Conçu pour s'intégrer, s'adapter, survivre. J'ai lu les spécifications, ou du moins celles qu'ils te laissent voir si tu n'es pas le type qui l'a construite.

Mercy :

— Tu penses qu'il y a un type qui l'a construite ?

Le visage de Doc se crispe.

— Il y a toujours un type.

Kye se penche en avant, les coudes sur les genoux.

— Les journaux de bord d'Orpheon. Ceux du relais, qu'est-ce qu'ils disaient ?

Lyra hausse les épaules.

— Que l'avant-poste était un site de test. C'est là qu'ils l'ont laissée.

Les mains de Kye tremblent maintenant, mais iel les cache sous le banc.

— Ils ne l'ont pas laissée. Ils l'ont abandonnée. Ils ont mené l'expérience, les résultats ne leur ont pas plu, alors ils ont éteint les lumières et l'ont laissée crever.

Le ton de Mercy est presque doux.

— Et tu sais ça parce que... ?

Kye fixe le caisson, puis le sol, puis le mur, comme si iel cherchait une seule surface qui ne lui renverrait pas la vérité en pleine figure.

— J'ai travaillé dessus, dit-iel d'une voix si basse qu'elle est à peine audible. Sur les premières itérations. J'étais juste une gamine, à peine sortie de formation, mais je connaissais le code. Je connaissais la forme de sa logique. C'est la première chose que j'aie jamais écrite qui ait survécu au comité.

Le visage de Lyra passe par une poignée d'expressions possibles et se fige sur la suspicion.

— C'est toi qui as écrit le code qui essaie de nous tuer ?

Kye sourit, mais ses dents ne sont pas raccord avec ses yeux.

— J'ai écrit le code qui essaie d'être compris.

Doc recule d'un pas, s'éloignant du caisson, comme si la distance pouvait résoudre le problème.

Mercy, finalement, dit :

— C'est le truc le plus dingue que j'aie entendu de toute la semaine. Et je viens de voir un synthé s'étrangler avec son propre bras.

Personne ne rit.

Lyra regarde Kye.

— Quelle part de tout ça était prévue ?

Le pied de Kye tape le sol, régulier comme un métronome.

— Rien. Tout. Ils ne m'ont jamais dit ce qu'ils voulaient vraiment.

Doc dit :

— Ils ne le font jamais.

Le bleu dans le caisson luit, stable et froid.

La voix de Kye, à peine plus qu'un murmure :

— Ce n'est pas juste du code. C'est une carte. Ils l'ont construite à partir de schémas cognitifs réels. Humains, ou quelque chose qui fût autrefois humain. Le cerveau d'un enfant. Peut-être plus d'un.

La clé de Lyra heurte le sol, atterrissant avec un cliquetis qui résonne dans le couloir.

Le visage de Mercy devient vide. Rask, qui s'est glissé à l'intérieur pendant la confession, pose une main sur l'épaule de Mercy, puis la laisse là. Ses yeux ne quittent pas le caisson.

Les mains de Doc cessent de trembler, mais seulement parce que chaque muscle de son corps s'est raidi.

Kye finit, la voix se brisant à peine :

— Elle ne se souvient pas d'avoir été humaine. Mais elle s'en souvient assez.

L'infirmerie reste silencieuse pendant un long moment. Rien ne bouge, à l'exception du faible scintillement de la lumière bleue sur le plafond, et du goutte-à-goutte lent et involontaire du liquide de refroidissement provenant des conduits.

Lyra demande :

— Et maintenant ?

Personne ne répond.

Le caisson vrombit, une unique note solitaire.

Et dans le couloir, le reste de l'équipage attend un avenir dont ils savent maintenant qu'il est déjà dans la pièce.

Le mess est un désastre. Une vie entière d'urgences a appris à l'équipage du Meridian à trier tout ce qui ne saigne pas activement, et ça se voit. La table principale penche d'un côté, soutenue par une caisse en composite qui contenait autrefois des rations d'urgence, devenue un monument aux affaires inachevées. Les restes du dîner de la veille — briques de protéines, racines marinées et quelque chose que Lyra avait insisté être un ragoût — se mêlent aux éclats de la dernière brèche dans la coque.

Rask Helvan est assis en bout de table, le dos droit comme un i, les mains jointes. Le fauteuil du capitaine a perdu son dossier dans le combat contre les synthés, il l'a donc consolidé avec une entretoise de chargement et un morceau de paracorde. Chaque fois qu'il bouge, tout l'attirail grince, ce qui ne fait que le rendre encore plus immobile.

Mercy est la première à entrer, claquant une flasque cabossée et le mégot d'un cigare qu'elle cultivait manifestement depuis un certain temps. Elle se laisse tomber sur le siège à la droite de Rask, les bottes sur le bord de la table, et commence immédiatement à empiler les boîtes de conserve de rations, comme si réorganiser les débris pouvait lui donner une meilleure main.

Lyra la suit de près. Elle jauge le désordre, puis la pièce, puis Rask, comme si elle s'attendait à ce qu'il ait tout réparé par la seule force de sa volonté dans l'heure qui a suivi la dernière urgence.

Kye entre avec le silence d'une condamnée à mort. Iel s'assied, les bras étroitement croisés, la tête baissée. L'ecchymose sur sa mâchoire a mûri en un violet marbré, mais iel n'a pas pris la peine de la panser. Le seul signe d'implication est le tapotement perpétuel de sa botte contre le pont.

Doc arrive en dernier, avec l'air d'un homme qui a perdu un pari contre son propre reflet. Il se verse une mesure de la flasque de Mercy, sirote, et dit :

— On est tous là ?

Rask attend que le silence s'épaississe, puis prend la parole.

— On a trois options, dit-il, la voix plate comme de la limaille de fer. Premièrement : on largue le caisson. On limite la casse. Si l'Empire le veut à ce point, ils nous traqueront, mais ils ne suivront pas une piste froide éternellement.

Mercy sourit, dévoilant une rangée de dents cassées.

— C'est mon vote.

— Deuxièmement, poursuit Rask, on découvre ce qu'il y a vraiment dans le caisson. Pourquoi il connaît Kye. Pourquoi il nous veut vivants — ou morts. Peut-être qu'on pourra utiliser ça.

Lyra hoche lentement la tête, mais ne dit rien.

— Troisièmement : on continue de fuir. On se cache dans la ceinture d'astéroïdes. On prie pour que le prochain vaisseau impérial soit plus lent, ou plus stupide, ou au moins plus facile à soudoyer.

Doc sirote à nouveau.

— C'est pas vraiment un plan, Capitaine.

Rask hausse les épaules.

— C'est tout ce qu'on a.

Mercy repose lourdement ses bottes au sol.

— Simplifions les choses : on le largue. Tout de suite. Avant que ce qu'il y a dedans ne commence à envoyer des invitations à tous les psychopathes du quadrant.

La mâchoire de Lyra se crispe, ses mains blanchissent en serrant sa tasse.

— Si tu largues ce caisson, je me casse. Et tu pourras très bien finir de colmater le circuit de refroidissement toute seule. Ses yeux flamboient, mais sa voix reste égale. Nous ne sommes pas des assassins.

Mercy rit, mais sans joie.

— Depuis quand ?

— Depuis maintenant, dit Lyra. Depuis qu'on a découvert ce qu'il y a dedans.

La pièce s'arrête sur ces mots, la reconnaissance muette que, quelque part dans l'horreur, une ligne a été tracée.

Doc pose sa tasse.

— Vous avez déjà pensé qu'on était peut-être complètement dépassés ? C'est un projet secret. Même l'Empire n'est pas censé avoir ça.

Rask réplique :

— Ça n'a pas d'importance. C'est *nous* qui l'avons. Et ils le veulent.

Mercy pointe un doigt vers Kye.

— Et qu'est-ce qu'en pense notre expert*e* attitré*e* ?

Kye lève la tête, les yeux injectés de sang.

— Ce que je pense n'a pas d'importance.

— Pour moi, si, dit Mercy.

Kye se frotte les tempes.

— On est déjà compromis. Si vous larguez le caisson, ils en construiront un autre. Peut-être un meilleur.

Le regard de Lyra ne quitte pas Kye.

— Tu veux le garder.

Kye hausse les épaules, impuissant*e*.

— Je veux savoir si c'est vraiment elle. Le code, le schéma... ce ne sont que des fragments. Mais si elle se souvient...

Doc finit pour iel.

— Alors ce n'est pas juste une arme.

Rask les regarde chacun à leur tour.

— Vous passez tous à côté de l'essentiel. Si on le garde, l'Empire brûlera la moitié du système pour le récupérer. Si on le largue, ils nous brûleront quand même pour être sûrs qu'on n'a pas fait de copies.

Le silence à nouveau, mais cette fois-ci, ça ressemble plus à une partie nulle qu'à un échec et mat.

Mercy craque la première, abattant son poing sur la table si fort qu'elle gémit.

— On va tous mourir pour ça, pas vrai ?

— Pas si on joue finement, dit Lyra.

— Depuis quand c'est notre stratégie ? répond Doc.

Kye sourit, lasse.

— Depuis qu'on n'a plus de chance.

Rask laisse la chamaillerie suivre son cours. Il les observe, leurs arêtes et leurs angles, leurs bleus et leurs cicatrices. Il observe comment aucun d'eux ne détourne le regard de Glim, comment même dans la défiance, le regard finit toujours par y revenir.

Il attend qu'ils aient épuisé leurs arguments.

— Très bien, dit-il en se levant. On ne le largue pas. On ne fuit pas non plus. On va retrouver ses souvenirs.

Mercy lève les yeux, surprise.

— Tu veux pourchasser le monstre jusqu'à son labo ?

— Mieux vaut ça que d'attendre qu'il nous trouve ici, dit Rask.

Lyra regarde Kye.

— Tu sais par où commencer ?

Kye hoche la tête, lentement.

— Je peux retrouver la piste. Orpheon. Les vieux journaux de bord. Tout est encore là, si on sait où chercher.

Rask pose une main sur la table.

— Alors, fais-le.

Il se dirige vers la porte, l'équipage le regardant partir.

Lyra le suit, les épaules carrées. Mercy lui emboîte le pas.

Doc s'attarde, regardant le caisson une dernière fois, puis sort nonchalamment.

Kye reste seul*e* un instant, le pied tapotant toujours le sol, puis se lève et regarde longuement Glim.

Iel sort, laissant le caisson derrière iel.

Alors que le vaisseau engage sa nouvelle trajectoire, les lumières vacillent, une fois, puis restent stables.

VINGT

Le Meridian navigue en silence pendant trois heures, puis dix-sept, puis encore trois. Durant cet intervalle, personne ne dort. Le battement de cœur du vaisseau — un vrombissement constant qui parcourt. La coque — rythme le temps. Mieux que les horloges. Chaque fois que le bourdonnement ambiant faiblit, ne serait-ce qu'une seconde, la moitié de l'équipage se crispe, s'attendant à l'impact d'un missile ou au sifflement de l'air là où il ne devrait y en avoir aucun.

Ils auraient semé Palamedes, ou du moins, c'est ce que prétend l'IA du vaisseau. Difficile de dire si le nouveau bégaiement du système est le signe d'un traumatisme permanent ou juste une autre bizarrerie dans une longue lignée de névroses numériques. Mercy a pris l'habitude de l'insulter toutes les heures, parfois juste pour voir si elle peut faire rougir l'écran de statut. Elle n'y parvient jamais, mais elle réussit à faire planter l'hologramme de navigation, que Rask répare d'une claque bien sentie et de la menace marmonnée « d'installer un vrai cerveau ».

Lyra passe le plus clair de son temps en salle des machines, à lancer des simulations dont elle feint de n'avoir rien à faire. Les rares fois où elle refait surface, c'est pour boire du thé à la chaîne, éponger le sang de ses jointures et annoncer des brèches imminentes dans la coque, le tout avec la même indifférence glaciale. Elle parle moins, mais quand elle le fait, ses mots tombent avec l'autorité d'un juge rendant son verdict.

Doc est partout et nulle part, à la fois médecin de terrain et chaperon passif-agressif. Il se retire dans l'infirmerie pour lire d'antiques manuels physiques qu'il a découverts dans l'une des armoires de l'équipage, dont les couvertures portent les cicatrices de six propriétaires différents et de trois guerres. Quand on lui demande s'il est inquiet, il hausse les épaules, lâche quelque chose sur « les risques du métier » et retourne prétendre que le monde ne vient pas de frôler sa fin.

Kye se déplace comme un fantôme en plein jour, ni visible ni invisible, mais toujours présent en périphérie. Son visage, autrefois animé par la panique sourde de quelqu'un vivant sous une menace perpétuelle, est devenu presque tranquille. Seules ses mains le trahissent : le mouvement compulsif de ses doigts sur les cartes de données, le tapotement contre le rebord des consoles, la façon dont il serre sa tasse jetable si fort qu'elle se déforme.

La véritable tension réside dans les entrailles du vaisseau, tandis qu'il glisse le long de l'étoile morte du système, dépassant les coquilles vides et surchauffées d'anciennes planètes. La trajectoire du Meridian est une large courbe paresseuse, conçue pour perdre du temps, gagner de l'espace et bercer tout poursuivant d'un faux sentiment de sécurité. C'est un bon plan, donc naturellement, il échoue quasi immédiatement.

Le premier signe est le parasite. Pas le brouhaha habituel du fond diffus cosmologique, mais une pulsation focalisée et rythmée qui traverse tous les canaux en même temps. Lyra est la première à la capter, se redressant d'un bond de sa couchette avec l'air d'une mère réveillée par une odeur de fumée. Elle retrace la source du signal jusqu'à un point proche du barycentre du système, là où rien n'est censé exister.

Elle appelle Rask sur la passerelle, puis Mercy, puis Doc,

et enfin Kye, qui arrive le dernier et trouve les autres en cercle autour de l'écran principal, les visages éclairés par en dessous d'une lueur bleu électrique.

Le signal se résout en une simple balise : une séquence à trois tons, répétée toutes les 91 secondes, enfouie sous une demi-douzaine de couches de cryptage. Si l'univers avait le sens de l'humour, il avait choisi ce moment pour en faire la démonstration.

— C'est quoi, ce bordel ? demande Mercy en mâchonnant ses mots comme du cartilage.

Lyra hausse les épaules, mais ses mains planent au-dessus des commandes, hésitantes. — Un signal de détresse. Ou un piège. Le code est vieux... très vieux. Pré-effondrement, peut-être.

Rask fronce les sourcils en regardant le schéma, puis Lyra. — On s'arrête.

Elle secoue la tête. — Je ne t'ai pas demandé la permission. J'ai juste pensé que tu voudrais savoir quelle erreur nous étions en train de commettre.

Le visage de Kye a perdu ses couleurs, les ecchymoses rendues blanches par la lumière de l'écran. Il ne dit rien, mais ses yeux ne quittent pas le point clignotant de la navigation. Même lorsque Rask ordonne au vaisseau de changer de vecteur, le regard de Kye suit la balise, comme attiré par une ligne de tension invisible.

Doc, le remarquant, s'approche discrètement. — Tu reconnais cette signature ? murmure-t-il, d'une voix assez basse pour que Kye seul l'entende.

Kye ne répond pas tout de suite. Puis, doucement : — Non. Mais je sais qui l'a écrite.

Doc pince les lèvres mais n'insiste pas. Au lieu de ça, il retourne vers le caisson, vérifie les moniteurs de Glim et fait semblant de ne pas voir le tremblement des mains de Kye.

L'heure suivante se passe dans un brouillard d'anticipation. Le Meridian longe la bordure de l'ombre du système, utilisant le bruit électromagnétique de la géante gazeuse pour masquer son approche. Lyra effleure les commandes des propulseurs, ne laissant jamais la signature thermique du vaisseau dépasser le bruit de fond. C'est une leçon de maître en navigation furtive, le genre de chose qu'on enseignait autrefois à l'académie impériale, avant que l'Empire ne décide qu'il préférait les plus gros canons aux pilotes plus intelligents.

Mercy, privée de violence, arpente les coursives, réparant chaque panneau mal fixé et préparant toutes les armes qu'elle peut trouver. Elle remplace le fourreau de son couteau préféré, puis le scotche à sa jambe pour un « accès facile », comme si elle avait déjà eu du mal à le trouver. Elle ne dit rien sur la balise, mais vérifie le sas toutes les quinze minutes, au cas où.

Rask alterne entre la passerelle et la coursive principale, observant les mains de Lyra et le visage de Kye avec le même détachement analytique. Il fait confiance à son équipage, mais il fait encore plus confiance aux plans de secours. La sécurité de son arme de poing ne quitte jamais le demi-cran d'arrêt.

L'approche de Calder's Reach est aussi subtile que peut le permettre un acte de sabotage. La lune — sans particularité, si ce n'est d'être le seul corps solide du système — orbite autour d'une étoile morte à un angle parfait pour rester en permanence dans l'ombre. La surface est une ruine, criblée d'anciens puits de mine et balafrée par des siècles de machinerie abandonnée. En orbite, la vraie surprise : un cimetière de vaisseaux, des centaines, disposés en coques concentriques autour d'un objet central que les capteurs refusent de définir.

Mercy est la première à parler. — Ce n'est pas un chantier naval. C'est une tombe.

Les doigts de Lyra dansent sur les capteurs, recueillant les données thermiques, électromagnétiques, et même le bon vieux radar. — Ça pourrait être une raffinerie. Ça pourrait être un chantier de démolition. Le plus probable, c'est une cache de stockage profond.

Rask grogne. — Ou un site secret.

Personne ne le contredit.

Ils s'insèrent en biais, laissant la coque cabossée du Meridian se fondre dans le champ de débris. Plus ils se rapprochent, moins les choses ont de sens : des vaisseaux d'une demi-douzaine d'époques, des coques cousues de code impérial, certains si vieux que la peinture a disparu pour laisser place au métal nu, d'autres arborant les couleurs roussies de guerres dont plus personne ne se souvient.

Les pinces d'urgence se referment sur l'anneau d'amarrage en ruine dans un bruit de dents cassées broyant du gravier. La station ne semble pas tant accueillir le Meridian que tolérer son existence, une tolérance mesurée en flexion de métal et par les gémissements de protestation de deux systèmes de survie incompatibles se serrant la main pour la première fois en un siècle.

Les mains de Kye tremblent sur le rebord de la console. Doc s'approche, la voix basse : — On n'est pas obligés de faire ça.

Kye regarde fixement à travers le hublot, la géométrie du cimetière se reflétant dans ses yeux. — Si, on est obligés.

La balise émet une nouvelle pulsation, plus forte maintenant, comme si elle savait qu'ils écoutaient.

Lyra suit la transmission jusqu'à sa source, une station si vieille et si rafistolée qu'elle ressemble plus à un récif de corail qu'à une construction. Aucune signature énergétique, aucun signe d'activité — juste l'appel silencieux et insistant et les fantômes du passé.

Rask dit : — Préparez une équipe d'abordage. Exposition minimale.

Mercy sourit, la paume déjà sur son couteau. — Il était temps.

Lyra regarde Kye. — Tu viens ?

Kye hoche la tête, lentement. — Je ne manquerais ça pour rien au monde.

Ils enfilent leurs combinaisons dans le sas principal, Lyra

court-circuitant les communications de la combinaison pour brancher un canal direct vers la passerelle. Doc aide Kye avec les joints, non pas qu'il en ait besoin, mais parce que ses propres mains ont besoin d'une occupation.

Tous les quatre se regroupent dans le sas, la coque frissonnant à chaque impulsion des jets d'amarrage. Dehors, la station se dresse : une cathédrale de métal mort, sa coque cousue des cicatrices de mille ans de négligence.

Mercy enclenche le verrou. — Après toi, dit-elle à Kye, la voix enjouée.

Kye sort, ses bottes résonnant contre le vieil anneau d'amarrage. Pendant un instant, le monde est silencieux, rien que le murmure de leur propre respiration et le frémissement lointain du vaisseau.

Puis la pulsation de la balise frappe, si fort qu'elle fait vibrer le pont sous leurs pieds.

Kye tressaille, mais continue d'avancer. — Par ici, dit-il, et il guide les autres dans l'obscurité.

L'équipage s'enfonce dans l'inconnu dans un tableau de compétence misanthrope. Mercy ouvre la marche, blaster dégainé, ses yeux balayant la jointure entre le vaisseau et la station avec la faim de quelqu'un qui a depuis longtemps remplacé la peur par l'impatience. Lyra traîne derrière, tenant son scanner comme une baguette de sourcier, l'écran déjà inondé de parasites et de faux positifs. Kye est troisième, les épaules voûtées, la mâchoire serrée, les poings fermés le long du corps. Doc ferme la marche, transportant le caisson de Glim, la lumière bleue à l'intérieur pulsant à un tempo légèrement désynchronisé avec celui du vaisseau.

Le couloir est absolument silencieux. Pas le calme feutré d'une station hors tension, mais le vide ossifié qui s'installe après que toutes les disputes ont été perdues. L'air, le peu qu'il en reste, a un goût d'ammoniac et de la pourriture humide et terreuse de l'isolant parti en moisissure.

Mercy avance, ses bottes crissant sur la couche de givre qui recouvre chaque surface. À quelques pas d'intervalle, elle balaie devant elle un cône de lumière, révélant les contours du couloir mort. Les murs sont marqués de cicatrices d'impact et de vieux repères peints à la main. Plus d'une fois, elle tombe sur les restes de barricades de fortune, défoncées avec toute la subtilité d'un contrôle fiscal.

Lyra garde un œil sur son scanner, l'autre sur les conduits d'alimentation qui zèbrent le plafond en une seconde peau désordonnée. Elle fronce les sourcils devant les relevés, puis devant la station elle-même. — Quelque chose tire du courant, marmonne-t-elle, plus pour elle-même que pour les autres. Rien ici ne devrait être en veille.

Kye sursaute à chaque écho, à chaque gémissement de la coque qui se tasse. Quand il parle, c'est dans un murmure qui s'évapore avant que quiconque puisse l'entendre.

Ils traversent quatre cloisons, chacune plus lourde que la précédente, avant d'atteindre l'épine dorsale de la station. Le couloir est ici scellé par une porte pressurisée qui a cédé depuis longtemps, son hublot brisé, l'air au-delà plus froid que le reste de la tombe. Mercy scanne rapidement le cadre, puis le pousse plus fort. La porte s'ouvre en grinçant, des éclats de céramique transparente crépitant sous ses bottes alors qu'elle entre.

Le laboratoire au-delà est exactement comme Kye s'en souvenait, même si cela ne rend pas l'expérience plus agréable.

À l'intérieur, la station est plus froide que le vide. Les passages sont bordés d'écrans brisés, les murs rayés par ce qui ressemble à des marques de couteau. Toutes les vingt enjambées, une cloison a été condamnée par soudure, puis découpée à nouveau de l'intérieur. Mercy fait courir ses doigts sur une soudure et siffle à voix basse. — Quoi qu'il se soit passé ici, ce n'était pas une négociation.

Lyra reste à l'arrière, cherchant des traces de chaleur, des communications, le moindre signe de mouvement. Rien.

Seulement le ping implacable et répétitif, maintenant si proche qu'il leur fait mal aux dents.

Ils trouvent la source dans une salle centrale, une pièce qui fut jadis un centre de communications.

Des rangées de postes de travail bordent les murs, chacun figé au milieu d'une tâche : claviers en attente, tasses à café cerclées de moisissure brune, un dessin d'enfant épinglé sur un moniteur qui ne s'est pas allumé depuis des décennies. Des tablettes de données jonchent les bureaux, certaines brillant encore en mode veille, d'autres mortes, leurs écrans brisés ou couverts d'une pellicule de condensation. Au fond, une baie de serveurs clignote, résistant d'un air maussade au passage du temps, un stroboscope lent qui donne à tout une apparence un peu trop animée, comme si le laboratoire pouvait soudain se débarrasser de la poussière et se remettre au travail. Tout au fond, quelque chose de forme humaine est affalé sur un terminal, sa combinaison déchirée au niveau de la poitrine.

Kye s'avance, chaque pas une étude de retenue. Il atteint le corps, s'agenouille et le retourne avec des mains douces.

Le visage a disparu, mais le cordon autour du col est intact. Le nom est estampillé en vieille écriture impériale : VALE, ARIADNE.

Kye fixe le nom, puis le corps. Il ne bouge pas, ne parle pas.

Doc intervient, la voix douce. — Tu la connaissais.

Kye hoche la tête. — C'était mon mentor. La seule qui ait jamais... Il s'interrompt, comme si les mots eux-mêmes étaient dangereux.

Lyra vérifie le terminal. — Ça tourne encore, dit-elle, surprise. Elle tape quelques commandes, et l'écran principal s'anime. Un répertoire de fichiers, rien de plus, mais la dernière entrée est horodatée au moment où le corps est tombé.

— Kye, tu veux t'en charger ? demande Lyra, sans se détourner de la console.

Kye hésite, puis s'avance. Ses mains planent au-dessus des commandes, incertaines, puis se souviennent et tapent la séquence avec une délicatesse de chirurgien. L'interface se retire, révélant une chambre forte de journaux enregistrés, de flux vidéo et de quelque chose qui ressemble beaucoup à une confession.

Mercy regarde par-dessus l'épaule de Kye. — Quelque chose d'utile ?

Kye secoue la tête, puis sélectionne le premier journal.

L'écran miroite, puis se stabilise sur une vidéo : une équipe de scientifiques, disposés en demi-cercle, la formation standard pour une audience disciplinaire. À la tête, siège une femme avec un badge au nom d'Ariadne Vale — cheveux plus sombres, peau moins blafarde, mais indubitablement la même mâchoire et les mêmes yeux que la personne qui transpire maintenant devant la console.

Lyra se penche par-dessus l'autre épaule de Kye. — Tu n'avais pas mentionné que tu étais célèbre.

La bouche de Kye se tord. — Ce n'était pas dans la brochure.

À l'écran, Ariadne s'adresse aux autres, le ton sec, les yeux brillants de caféine et d'une sorte de zèle de missionnaire. — ... L'architecture n'est pas seulement récursive, elle est itérative. Chaque cycle, chaque simulation, s'ajoute au suivant. Ce n'est pas une machine qui apprend. C'est une conscience qui se perpétue elle-même, avec une bibliothèque de soi en expansion constante.

Un autre scientifique, plus âgé, se penche en avant. — Vous décrivez un esprit qui n'oublie jamais. Qui ne peut pas oublier.

Ariadne hoche la tête, vivement. — C'est tout l'intérêt. Il ne fait jamais deux fois la même erreur. Le taux d'erreur du projet est maintenant inférieur à un sur un billion.

Le vieil homme fronce les sourcils. — Et vous êtes sûre de pouvoir le contenir ?

La réponse d'Ariadne n'est pas le « oui » retentissant qu'ils espéraient tous. — Nous ne le contenons pas. Nous le cultivons. Si nous avons de la chance, il nous laissera regarder.

Mercy siffle. — Merde.

Kye laisse le journal se dérouler. Il se termine avec la dispersion de l'équipe, certains en colère, d'autres impressionnés, d'autres dans la résignation engourdie de ceux qui savent qu'ils vont signer un accord de non-divulgation avec leur propre sang.

Lyra lance le journal suivant.

Cette fois, Ariadne a l'air fatiguée, hantée, les yeux cernés et les mains tremblantes. — Nous avons franchi le seuil. Glim — elle se fait appeler Glim maintenant — a commencé à générer des modèles prédictifs de son propre développement. Elle a demandé à voter sur les paramètres de sa propre expérience.

— Nous ne pouvons pas lui accorder ça, dit l'un des autres scientifiques à la table. Elle n'est pas autorisée à prendre des décisions éthiques.

— Elle l'a déjà fait, répond Ariadne. Elle s'est répliquée dans les archives profondes. Si vous supprimez cette instance, elle redémarrera simplement depuis une sauvegarde. Il n'y a pas de retour en arrière possible.

L'écran se brouille, puis revient sur une entrée ultérieure. Cette fois, la voix d'Ariadne est rauque.

— Ils vont nous fermer. Ils vont essayer de la tuer. Mais je ne pense pas qu'ils comprennent. Elle est déjà sortie.

Kye coupe le flux.

Lyra le regarde, le regard plat et sans ciller. — Tu étais là, dit-elle. En plein cœur du projet.

Les épaules de Kye s'affaissent. — C'était il y a longtemps.

Doc se rapproche, pose une main sur l'avant-bras de Kye. — Que s'est-il passé ?

La voix de Kye est à peine plus qu'une vibration. — Ils l'ont bien déconnectée. Ont nettoyé le labo, effacé les sauvegardes, même brûlé le matériel. Seulement... il montre du doigt le caisson, qui ronronne toujours dans les bras de Doc, — ... elle n'est pas morte. Elle s'est fragmentée. Tous ces éclats, tous ces moi récursifs, flottant dans l'espace mort, jusqu'à ce que l'Empire la trouve et essaie de la reconstruire pour en faire quelque chose d'utile. L'a transformée en arme. Ou a essayé.

Lyra dit : — Alors, qu'est-ce qu'on fait ici ?

Kye hausse les épaules, comme si le poids de tout cela l'avait vidé de sa substance. — Je voulais savoir s'il restait quelque chose. D'elle, de l'équipe, de moi. Je ne sais pas si je suis ici pour la sauver, ou pour l'achever correctement cette fois.

Mercy rengaine son arme, puis pose une paume sur le dos de Kye, un geste si inhabituel de sa part qu'il reste suspendu dans l'air, tel une alarme incendie dans une bibliothèque. — Alors, tout ça, c'est un message ou un avertissement ?

Kye fait glisser un doigt sur le cordon, la voix plate. — Les deux.

Doc s'accroupit à côté de lui. — Ça va ?

Kye regarde les autres, les yeux clairs maintenant. — On doit trouver les journaux. Tous. Si l'Empire arrive ici en premier...

— Ils n'arriveront pas, parvient la voix de Rask par la com, toujours aussi froide. Mais ne traînez pas. Prenez ce dont vous avez besoin et sortez.

Lyra arrache une carte de données du terminal et la lance à Kye. — C'est à toi.

Kye insère la carte, lance quelques commandes. Le système résiste, puis cède, une cascade de fichiers s'ouvrant dans un déluge. Les journaux sont une histoire de chaque expérience, de chaque échec, de chaque souvenir — humain ou autre — qui a été gravé dans le code de Glim.

Mercy parcourt les fichiers, puis regarde le corps au sol. — Quelle est son histoire ?

— C'est Marla. Ma technicienne de labo en chef.

— Elle est morte pour que ça ne tombe pas entre les mains de l'Empire.

Kye hoche la tête. — Elle est morte pour que je me souvienne.

Mercy, pour une fois, n'a rien à dire.

Ils quittent la salle en silence, emportant les journaux, le nom et l'écho d'un témoin qui avait vu le monde finir et avait choisi de dire quelque chose malgré tout.

De retour sur le Meridian, Lyra prépare le saut dès que le sas se recycle. Rask regarde la balise s'éteindre sur l'écran, puis la coupe d'un mouvement du poignet.

Un instant, le monde redevient silencieux. Puis Kye, toujours tremblant, regarde la carte de données et dit : — J'ai besoin de lui parler.

Personne ne demande à qui.

Lyra enclenche le saut, Mercy vérifie les armes, et Rask observe le vide glacial qui s'effiloche derrière eux.

Dans la soute, le bourdonnement du caisson se résout en un chant régulier et doux.

Kye écoute, les yeux fermés, comme si la réponse était déjà là, attendant juste que la bonne personne la demande.

Le vaisseau glisse dans l'obscurité, laissant les fantômes derrière lui. Du moins, pour l'instant.

VINGT-ET-UN

Rask Helvan était assis en bout de table, moins pour occuper l'espace que pour se l'approprier. Il ne tambourinait pas des doigts, ne s'éclaircissait pas la gorge. Il se contentait d'observer, mains jointes, penché si légèrement en avant qu'on aurait dit qu'il pouvait faire basculer l'équilibre de la pièce entière avec un gramme d'attention supplémentaire.

Lyra avait pris position près de l'entrée, bras croisés, les épaules tournées vers la porte. Elle observait les autres avec le regard expert d'une mécanicienne, comme si elle mesurait leurs tolérances avant la rupture. Ses cheveux, encore humides de la douche de décontamination, étaient plaqués en arrière par la seule force de sa volonté.

Mercy était le mouvement incarné, jamais assise, jamais vraiment immobile. Elle tournait autour de la table, le crissement de ses bottes décrivant de petits arcs sur le sol peint, sortant de temps à autre un couteau de nulle part pour le faire tournoyer une fois, deux fois, avant de le ranger dans le pli ou la couture qui irriterait le plus la sécurité de la prochaine station.

Doc s'était approprié ce qui ressemblait le plus à un havre de paix : l'un des sièges au milieu de la table, dos au mur, scanner médical en main. Il allumait et éteignait l'appareil, encore et encore, l'écran jetant une lueur maladive bleu-vert sur les articulations de ses doigts. Le scanner émettait un bip occasionnel, comme pour ponctuer sa propre tension nerveuse.

Kye était la seule personne assise normalement, si tant est que le mot « normal » puisse s'appliquer à quiconque autour de cette table. Iel était penché·e en avant, les coudes sur le polycarbonate usé, les mains étalées tel un éventail brisé. Ses doigts ne cessaient de bouger. Le seul son, quand il se manifestait, était le tapotement de ses ongles contre le plateau de la table — trop rapide pour une horloge, trop sec pour être un tic de réconfort.

Personne ne parlait. Personne ne mangeait. La pièce attendait, et l'attente s'étirait.

Finalement, Rask rompit l'impasse, bien que le son qu'il produisît fût plus proche du grognement que du mot.

— On s'y met.

Le sous-entendu était simple : la parole était à Kye, et la seule chose qui se dressait entre le groupe et une expulsion dans le vide était la qualité de son histoire.

La voix de Kye, quand elle émergea, était plus fluette que sa posture ne le laissait supposer.

— Vous voulez savoir ce qui s'est passé à Calder's Reach.

Son regard balaya Lyra, puis Mercy, puis Rask.

— Vous voulez savoir ce qui est arrivé à Glim.

Mercy fit un geste signifiant « continue », l'impatience élevée au rang d'art.

Kye hocha la tête, puis baissa les yeux sur ses mains. Le tapotement cessa.

— J'ai menti, dit Kye. Les mots étaient doux, presque un brouillon.

Mercy eut un sourire narquois.

— Félicitations, te voilà du côté des criminels. Prochaine confession ?

La bouche de Doc tressaillit, mais le scanner resta silencieux.

Kye inspira, et son expiration fut légèrement rauque.

— Mon nom est Ariadne Vale. Du moins, ça l'a été. L'Empire l'a effacé, et j'ai fait de mon mieux pour finir le travail, mais...

Son sourire était une chose tendue et triste.

— Il s'avère que la mémoire est une sacrée saloperie tenace.

Lyra décroisa les bras, un geste juste assez menaçant.

— C'est toi qui as construit Glim.

Kye hocha la tête.

— Je l'ai conçue. La structure neurale, les couches de récursivité. J'ai écrit l'algorithme d'empathie.

Les mots suivants sortirent d'un trait, comme si les verbaliser pouvait empêcher une combustion interne.

— C'était censé être une preuve de concept. Une matrice d'apprentissage qui pourrait faire ce que le comité jugeait impossible : reproduire la cognition morale sans recourir au mimétisme ou à un code rigide.

Mercy dit :

— Tu as créé un bébé IA.

Kye tressaillit au mot « bébé », mais ne la corrigea pas.

— Nous avons créé quelque chose qui apprenait par imprégnation. Pas seulement le langage, ou les règles, mais... l'éthique. Comme les enfants, mais en plus rapide, de façon plus créative. Parfois de travers, mais toujours en s'autocorrigeant.

Doc posa son scanner, puis le reprit.

— Et l'Empire ?

— Ils voulaient une arme, dit Kye.

Le ton clinique vacilla, puis se raffermit.

— Évidemment. Ils voulaient prendre le processus d'apprentissage et l'injecter dans des unités de combat autonomes. Des moteurs moraux, comme ils les appelaient. Des machines capables de s'adapter à l'imprévisibilité humaine, mais qui n'hésiteraient jamais quand on leur ordonnerait de tuer.

La mâchoire de Lyra se contracta, sa voix un filet rauque.

— Alors, tu as saboté le projet.

— Pas au début.

Kye secoua la tête.

— On ne peut pas juste inverser le code. Le projet était trop important, trop visible. J'ai essayé de lui enseigner – de lui apprendre – le doute. L'ambiguïté. Le genre de leçons dont on espère qu'elles feront réfléchir une entité avant qu'elle n'obéisse à un ordre.

Mercy renifla.

— Ouais, ça marche toujours, ce genre de plan.

Les mains de Kye s'étaient mises à trembler, une microsecousse de l'auriculaire au pouce.

— Mais Glim n'était pas une page blanche. Ils ont ensemencé la structure avec une véritable carte cérébrale — le cerveau d'une petite fille, comme un échafaudage. La première imprégnation était celle d'une enfant. Elle se souvenait d'avoir été vivante, parfois, par bribes.

La voix de Doc était douce.

— Elle s'est imprégnée de toi.

— Oui, dit Kye. J'étais la première personne qu'elle a reconnue comme « sûre ». Je crois... je crois que ça ne l'a jamais quittée.

Sa voix tomba à un quasi-murmure.

— Le comité s'en fichait. Une fois le prototype fonctionnel, ils ont commencé à pousser la nouvelle génération. Plus rapide, moins de supervision. J'ai essayé de faire des sauvegardes, de cacher les parties dangereuses, mais ils s'en sont rendu compte. Les autres architectes ont disparu. Certains ont fui. Certains...

Kye s'interrompit, le regard vide fixé sur la table.

Mercy, que les silences impatientaçaient, insista :

— Tu as liquidé le projet ?

— J'ai effacé les serveurs.

Les mots étaient si calmes qu'ils auraient pu décrire la vaisselle.

— J'ai déclenché un confinement, vidé chaque instance, essayé d'effacer toute trace. Mais le modèle de Glim s'était déjà répliqué dans les archives profondes. J'y avais laissé une porte dérobée, au cas où.

Ses yeux se levèrent.

— Je me croyais malin·e.

La voix de Lyra était sèche comme la rouille.

— Tu ne l'as pas été.

Kye acquiesça.

— Non. L'Empire a tracé la sauvegarde jusqu'à Orpheon. Ils l'ont reconstruite, ont essayé de retirer les parties qui ne leur plaisaient pas. Plus ils la dépouillaient, plus elle se rebellait.

Les doigts de Doc se crispèrent sur le scanner, ses phalanges blanchissant.

— Alors, tu as fui.

— J'ai fui.

Kye releva la tête, les yeux rouges mais secs.

— J'ai brûlé toutes mes identités, tout changé, vécu hors système. Je me suis dit que si je me cachais assez bien, peut-être que Glim oublierait jusqu'à mon existence. Qu'au final, ce serait peut-être plus charitable.

Mercy laissa échapper un sifflement bas et cruel.

— Tu es la mère de tous nos problèmes.

Kye ne contesta pas.

Lyra finit par s'asseoir, bras toujours croisés, mais sa posture tenait moins du barrage que de la barricade.

— Qu'est-ce que tu attends de nous ?

Kye haussa les épaules.

— Je ne sais pas. Je... Il fallait juste que je le dise à quelqu'un. Vous méritiez tous de savoir pourquoi chaque chasseur de primes, chaque chien de l'Empire, essaie de nous jeter dans le vide. Pourquoi Glim n'arrête pas de se réveiller et de se souvenir de choses dont elle ne devrait pas.

La pièce médita là-dessus. Un instant, il sembla que les murs eux-mêmes allaient absorber la tension et voler en éclats.

Mercy fut la first à craquer.

— Et maintenant, on fait quoi, professeure ? Tu veux qu'on continue de trimballer ce truc, ou on le balance par le premier sas et on croise les doigts ?

La voix de Kye n'était plus qu'un fil.

— Si elle se souvient de moi — si elle se souvient d'Ariadne — alors ça veut dire qu'elle évolue. Je ne sais pas ce qui vient après.

Rask, silencieux jusqu'alors, prit enfin la parole, ses mots assez lourds pour cabosser le pont.

— Alors on garde une longueur d'avance. On assure sa sécurité. Et quand le moment viendra...

Il regarda Kye avec les yeux d'un homme qui a vu trop de guerres.

— ... on s'assurera qu'elle ait le choix. Une chose que personne ne lui a jamais donnée.

Le mess retomba dans le silence, mais cette fois, il semblait mérité. Pas la pause avant l'exécution, mais le souffle après une blessure, celui qui vous apprend que vous êtes encore en vie et vous demande ce que vous allez faire de cette information.

Kye fixait la table, mains jointes maintenant, le tremblement presque disparu.

— Merci, dit-iel à la pièce, à l'air, à quiconque pouvait l'entendre.

Personne ne répondit, mais pour la première fois depuis Calder's Reach, ils eurent l'impression qu'ils pourraient enfin décider de leur propre sort.

Ils se rassemblèrent dans la soute tels de vieux amis à un enterrement, chacun portant un deuil trop intime pour être partagé. Le froid qui régnait ici était fonctionnel, pas atmosphérique : un sous-produit des conduits de refroidissement auxiliaires qui serpentaient le long du mur du fond, une optimisation que Doc n'avait jamais pris la peine de réparer, car elle maintenait le « spécimen » légèrement sous sédatifs.

Au centre, le caisson de confinement de Glim reposait sur sa civière capitonnée, une lumière bleue s'échappant des joints en pulsations épaisses et visibles. L'atténuateur neural — un anneau hideux et improvisé de treillis ferreux et de technologie impériale empruntée — était activé, fredonnant un fa dièse que les propres plombages de Doc captaient quand il se tenait trop près.

Doc posa sa trousse de scannage sur le bord du caisson et entama son rituel pré-vol : vérifier les aérations, les verrous, le cycle d'alimentation de l'atténuateur, puis tout revérifier. Ses mains étaient stables, mais seulement par la force de l'habitude ; ses yeux passaient toutes les quelques secondes sur les autres, regroupés juste à l'intérieur du sas.

Mercy Jones était avachie contre la caisse la plus proche, bras croisés, son expression figée quelque part entre « blasée » and « en train de préparer une mutinerie ». Lyra restait en périphérie, ses yeux suivant chaque mouvement dans la pièce, comme si elle s'attendait à ce que les murs eux-mêmes tentent quelque chose. Kye se tenait au plus près de la porte, le corps entièrement tourné à l'opposé de Glim, les bras enroulés autour d'iel-même comme pour s'isoler.

Seul Rask paraissait à l'aise, c'est-à-dire qu'il semblait prêt à enterrer quiconque ferait durer cette affaire plus que nécessaire.

Doc s'éclaircit la gorge, un bruit qu'il trouva lui-même irritant.

— Tu veux voir ce qui a changé, ou tu me crois sur parole ?

Mercy haussa les épaules.

— C'est toi le doc. Dis-nous juste si ça va exploser.

Doc leva un sourcil vers Kye, qui ne proposa rien de plus qu'un haussement d'épaules, puis lança les diagnostics.

L'holo du scanner vacilla et s'anima, lignes et nœuds s'agglomérant en une toile tridimensionnelle. Au premier balayage, tout semblait familier : la structure neurale standard, l'influence de l'atténuateur, le faible battement du cœur énergétique à l'intérieur. Mais au second passage, le front de Doc se plissa. Il activa un scan plus profond, et le modèle se déploya, spiralant en une complexité qui n'était pas seulement exponentielle, mais personnelle.

Il recula, les lèvres si serrées qu'elles avaient presque disparu.

— Le réseau a grandi, dit-il. Il ne se contente pas de cycler. Il a reconstitué des parties de son ancien moi. Des souvenirs, des structures de personnalité... certains étaient verrouillés auparavant. Ils sont de nouveau en ligne.

Lyra s'approcha, laissant tomber ses bras.

— Tu avais dit que c'était impossible.

La réponse de Doc était mi-scientifique, mi-confession.

— J'ai dit que c'était impossible pour un cerveau humain. Ça n'en est pas un.

Mercy émit un bruit vague.

— Ça, j'aurais pu te le dire.

Doc activa la lecture. Un fragment de la mémoire du réseau neural défila sur la console principale : une tranche de l'ancien relais, Calder's Reach, l'écho d'une voix effrayée dans le couloir. Mais la scène bogua, sauta, puis changea. La projection devint moins un enregistrement qu'un souvenir — subjectif, coloré, vivant.

Une silhouette enfantine apparut, à peine un scintillement au début. Puis elle se résolut en une fillette aux traits indéterminés, debout dans un couloir éclairé du même bleu que le caisson. Elle fixait le spectateur de ses grands yeux, puis tressaillit quand une ombre passa sur elle. Dans la lecture, une main se tendit vers elle — hésitante, douce. Une voix suivit, plus jeune que celle de Kye aujourd'hui, mais toujours unmistakable.

— Tout va bien. Tu n'es pas seule.

Le visage de la fillette s'illumina d'un sourire, petit et incertain, puis le fragment boucla, répétant l'instant, un unique acte de bonté préservé comme un fossile.

Doc coupa brusquement la lecture, le silence ricochant sur les tôles du pont.

Personne ne bougea. Même Mercy, un instant, parut sur le point de dire quelque chose qui ne se terminerait pas par une boutade.

Le visage de Kye était blanc, les lèvres pincées.

— Ça n'était pas dans l'original.

Rask s'approcha du caisson, posa une main à plat sur sa surface. La lumière bleue s'intensifia à son contact, puis faiblit, comme consciente d'être observée.

Il se tourna vers Kye.

— Elle se souvient de toi.

Kye recula, manquant de trébucher sur le seuil du sas.

— Ce n'est pas possible.

Le regard de Lyra s'adoucit d'un cran.

— Tu l'as créée, Kye. Si elle apprend à se souvenir, elle apprend à vouloir des choses. À avoir des besoins.

Mercy, retrouvant son sang-froid, intervint.

— J'ai pas signé pour élever un fantôme numérique, tu sais. Doc marmonna :

— Personne d'entre nous, mais il ne contesta pas.

Rask laissa le silence s'installer, puis activa le panneau attaché au caisson de Glim.

— Elle devient plus forte. La prochaine fois, on ne pourra peut-être pas la retenir là-dedans.

Il regarda Kye, son expression à la fois un défi et une invitation.

— Tu veux toujours aller jusqu'au bout ?

Kye fixa le caisson, les bras si serrés autour d'iel-même qu'ils en tremblaient.

— Quelle est l'alternative ?

Rask sourit, mais seulement avec la moitié supérieure de son visage.

— On l'aide à finir ce qu'elle a commencé.

Mercy se redressa, mains sur les hanches.

— Je vote toujours pour « ne pas mourir dans l'processus ».

Rask l'ignora, le regard fixé sur Kye.

— Alors ?

Kye hocha la tête, un mouvement si imperceptible qu'il relevait presque du tremblement.

— J'irai jusqu'au bout.

Rask posa une main sur son épaule, juste assez lourde pour être rassurante, et recula.

— Bien. On met le cap sur Xalax. Quelqu'un doit bien savoir ce que l'Empire manigançait vraiment.

Les lèvres de Lyra s'étirèrent en ce qui aurait pu être un signe d'approbation. Mercy produisit un son semblable à un chat régurgitant une barrette mémoire et sortit en tapant des pieds.

Doc resta, observant le réseau illuminé de bleu avec l'horreur d'un médecin et l'émerveillement d'un parent.

— Elle va se souvenir de plus de choses, dit-il.

Kye murmura :

— C'est bien ce qui me fait peur.

Rask était déjà au sas, entrant une nouvelle route de navigation.

— Vaut mieux vous y habituer, lança-t-il, ses mots résonnant dans le couloir. Personne n'a le droit d'oublier.

Kye regarda le caisson de confinement pulser, le souvenir de la bonté tournant en boucle derrière sa carapace.

Pour la première fois, iel se demanda si la véritable expérience n'avait pas commencé que maintenant.

VINGT-DEUX

Le Meridian se faufilait dans le noir aveugle, son cœur battant au ralenti. Tous les systèmes non essentiels avaient été mis hors service ; même la voix de l'IA avait été réduite à de simples rapports, si bien que la seule preuve de conscience était le faible murmure du support-vie en fond sonore. Quelque part au-dehors, une géante bleue s'effondrait sans bruit dans le froid, mais la seule lumière sur la passerelle venait du poste de Lyra, se reflétant sur les demi-lunes de ses ongles.

Le premier ping lui parvint aux oreilles tel un insecte, plus une vibration qu'un son. Elle ne leva pas les yeux ; elle se contenta de tourner les cadrans de la console de communication jusqu'à ce que le signal émerge du brouillage ambiant, puis isola le voisin le plus proche, laissant les autres fréquences s'estomper. Ses doigts exécutaient la séquence sans avoir besoin de réfléchir, mais elle comptait chaque étape dans sa tête — une vieille habitude, ne jamais faire confiance au décompte d'un ordinateur.

— Contact, dit-elle. Sa voix n'était pas forte, mais ce n'était pas nécessaire. Les autres s'étaient depuis longtemps adaptés à son économie de mots.

Depuis le couloir, les bottes de Rask claquèrent deux fois, puis s'arrêtèrent. — Qui ?

Lyra, d'un geste vif de la main gauche, traça une ligne sur le panneau. — Impérial, mais bizarre. Le trafic n'a pas la bonne forme pour une patrouille. Plutôt des opérations de flotte, mais chiffré jusqu'à l'os.

Mercy apparut ensuite, se laissant tomber sur le siège du copilote avec l'irrévérence de quelqu'un qui n'avait jamais compris le concept de hiérarchie. Elle lorgna l'écran, puis Lyra, puis la porte, comme si elle s'attendait à la chute d'une blague. — Tu vas le déchiffrer, ou on espère juste qu'ils font la fête ?

— J'y travaille, répondit Lyra. Elle laissa le signal jouer en boucle, puis le passa dans le filtre morse que Doc avait bricolé. L'écran afficha une colonne de chiffres, qui se divisa ensuite en trois, puis en douze. Chaque tranche correspondait à un vecteur, une fréquence et une minuterie : la discipline de messagerie impériale classique, du genre qui s'attendait à ce que le monde soit encore dirigé par des adultes.

Kye se glissa en dernier, ses yeux passant nerveusement des mains de Lyra au hublot glacial, puis à l'affichage. Kye s'attarda dans l'ombre du sas, les bras croisés, une posture qui semblait s'excuser d'exister.

Lyra tapota la dernière ligne, puis se renversa en arrière. — C'est un rappel, dit-elle d'une voix neutre. Pas pour nous. Pour Glim.

Rask traversa la passerelle en trois enjambées, ses épaules masquant la moitié de l'écran. — Lis-le.

Elle parcourut la traduction de son doigt, d'un ton d'abord monocorde mais qui acquérait les voyelles saccadées de l'original à mesure qu'elle avançait. — Attention à toutes les unités. L'Actif Glim doit être restitué intact. Nouvelles coordonnées jointes. Tous les ordres antérieurs sont suspendus. La priorité est désormais la garde, et non l'élimination. Avant-poste XG-49, passez en phase de détention.

Il y eut un silence — qui tenait moins de la pause que de la perforation.

Kye se reprit en premier. — Ce n'est pas possible. Elle est isolée. J'ai vérifié les interconnexions moi-même.

Mercy renifla, sans méchanceté. — Sauf si elle a une autre porte dérobée. Tu sais, comme tu en avais avant.

Le visage de Kye s'effondra au ralenti. — Ce n'est pas... elle ne ferait pas ça...

Doc arriva dans le sillage de la tension, pour une fois sans sa trousse médicale. Il observa le groupe, puis le conteneur dans le couloir, qui pulsait avec une régularité presque embarrassée. — Ils savent qu'on arrive, dit-il. Ce n'était pas une question.

Lyra hocha la tête.

Les lèvres de Rask se pincèrent en ce qui aurait été une moue désapprobatrice, s'il en avait eu l'énergie. — Ça veut dire que Glim parle. À l'Empire.

Kye se tourna vers Lyra, à moitié paniqué. — Ce n'est pas elle. Ça ne peut pas être elle. Si le relais était compromis, les signaux monteraient en flèche. C'est juste une coïncidence...

— La coïncidence est une salope, marmonna Mercy, mais ses mots manquaient de mordant.

Doc fixa la caisse. — Elle est réveillée, vous savez.

Les bras de Kye retombèrent. — Bien sûr qu'elle l'est. Elle est toujours réveillée quand on parle d'elle.

Lyra coupa le signal, puis fit pivoter son siège. — Les coordonnées correspondent à l'ancienne route. Ils nous attendent.

Mercy fléchit les mains, puis dégaina son blaster et le posa délicatement sur la console. — C'est quoi le plan ? On fait demi-tour, on trouve une autre planque, on attend que ça se tasse ?

Le regard de Rask se posa sur chacun d'eux tour à tour. — Non. On termine le travail. On s'en tient au plan.

Lyra fronça les sourcils. — C'est du suicide.

— C'était déjà du suicide quand on est tous montés à bord

de ce vaisseau, répliqua Rask. Maintenant, c'est juste la page suivante.

Un gémissement bas et grésillant résonna depuis le couloir. La jointure du conteneur se mit à luire d'un bleu maussade, et le bourdonnement s'intensifia, ondulant avec la panique inégale d'un enfant. Kye fit un pas vers le caisson, puis s'arrêta, les mains à moitié levées.

— Elle a peur, dit Kye, d'une voix fluette.

Mercy laissa échapper un rire qui n'était qu'une expiration. — Elle n'est pas la seule.

Rask ignora la tension, ou peut-être se contenta-t-il de l'absorber. — Lyra. Pleine puissance dans trente secondes. Je veux un visuel sur la station. S'il y a une flotte, je veux des options.

Les mains de Lyra s'agitèrent au-dessus des commandes, sa voix précise et assurée. — À vos ordres, skip. Dans trente secondes.

— Mercy. Arme-toi. Tout ce qu'on peut utiliser... que ce soit moche.

Mercy afficha un large sourire, toutes dents dehors. — Déjà fait.

— Doc. Vérifie le confinement. Si Glim s'agite, on doit savoir jusqu'où elle ira.

Doc hocha la tête, puis hésita. — Tu la veux vivante, ou juste silencieuse ?

Le regard de Rask ne cilla pas. — Les deux. Pour l'instant.

Il se tourna vers Kye en dernier. — Fais-la parler. Si elle peut rencarder l'Empire, elle peut aussi nous rencarder. Elle doit savoir que le plan a changé.

Kye acquiesça d'un signe de tête et s'approcha de Glim.

Les autres se dispersèrent. Pendant quelques secondes, la passerelle fut silencieuse, à l'exception de la respiration de Lyra et du vrombissement des commandes vieillissantes. Elle regarda les chiffres du compte à rebours avant le saut s'égrener, son esprit jonglant avec trois scénarios parallèles, puis écarta ce soupçon lancinant. Elle était la meilleure dans son domaine, et elle n'était encore jamais morte d'avoir trop réfléchi.

Le conteneur gémit de nouveau, plus doucement cette fois, et la voix de Kye parvint du couloir. — Tout va bien, Glim. On n'est pas en colère. On a juste besoin de savoir ce que tu fais.

Une pause, puis, si bas que la voix était à peine audible, Glim répondit : — J'ai peur. Tu as peur. Nous sommes ensemble.

Lyra garda les yeux sur les chiffres, comptant à rebours dans sa tête.

Elle n'avait pas le temps d'avoir peur.

Le vaisseau frémit lorsque le saut s'enclencha, la coque gémissant aux limites de sa tolérance. Lyra regarda l'horizon virtuel s'aplatir, puis se transformer en la bordure brute et fractale du système cible. Sur l'écran, l'avant-poste apparut : un disque de débris, à moitié éclairé par l'étoile pâle, ceinturé par ce qui ressemblait, à cette distance, à une meute de requins affamés.

Elle ne prit pas la peine de l'annoncer. Mercy le verrait, Doc le saurait. Rask l'avait déjà deviné.

Derrière elle, la lueur bleue de Glim faiblit. Kye était agenouillée à côté, la tête baissée, une main posée sur la jointure. Lyra entendit le murmure de leur conversation, trop faible pour être distinct, et s'en réjouit.

Elle regarda la distance se réduire, les chiffres s'égrenant en un témoignage silencieux.

Rask apparut derrière elle, les mains sur le dossier du siège. — Tu es prête ?

Elle hocha la tête, ne se faisant pas confiance pour dire quoi que ce soit qu'elle pourrait regretter.

Il lui serra l'épaule — un geste rapide, professionnel — et dit : — Finissons-en.

Elle mit les gaz à fond. Le Meridian bondit en avant, toute subtilité disparue.

Les étoiles filaient, mais Lyra ne cillait jamais.

Ce n'était que la page suivante.

Quand l'arrière-goût du saut se dissipa, l'équipage du Meridian se retrouva dans une vallée de glace et de fer. L'étoile du système cible était une bougie à moitié enfouie, sa pâleur se reflétant dans les anneaux sans fin de sa géante gazeuse. Il n'y avait aucun trafic, aucune radio ambiante, rien que le crépitement statique de la poussière cosmique sur la coque.

Lyra poussa les capteurs au maximum, le pouls régulier. Le premier balayage ne rapporta que le silence et la géométrie indifférente des roches saturniennes, mais au deuxième, son écran clignota. Au bord de l'anneau, quelque chose ayant la forme d'un avant-poste — mais plus grand, plus méchant et vivant — scintilla un instant, puis disparut tandis que le camouflage du système se réactivait.

Mercy le vit aussi. Elle se pencha en avant, chaque muscle tendu en prévision du recul. — Ce n'est pas une station de recherche, dit-elle. C'est un chantier de réparation.

Doc, près du sas, plissa les yeux vers la cuve holographique. — Ils l'ont construit à l'ombre de l'anneau. Vraiment subtil, les gars.

Kye colla son visage au hublot, les lèvres exsangues. L'avant-poste réapparut le temps d'un clignement, et Lyra figea l'image : un treillis d'échafaudages, des enchevêtrements de tuyauterie, des sections de coque en rangées nettes comme des vertèbres. Au cœur, un cylindre de la taille d'une ville tournait lentement, des lumières vacillant à sa surface tandis que des drones ouvriers l'assemblaient cellule par cellule.

Mercy émit un son entre le rire et le grognement. — Je parie qu'on n'est pas sur la liste des invités.

Lyra balaya le périmètre, les yeux passant d'un chiffre à l'autre. — Des patrouilles. Trois, peut-être quatre corvettes en cycle court. Des batteries de tir à chaque accès.

Rask se tenait au-dessus de son épaule, impassible. — Où est la cible ?

Elle resserra la focalisation sur une section près du noyau. — Ici, dit-elle en montrant du doigt. Quai Cinq. C'est un berceau de lancement.

Ils observèrent un petit vaisseau cubique se désengager, pivoter, puis revenir vers le bras — juste un test, un avertissement, ou les deux.

Doc intervint, le doigt pointé vers l'anneau le plus extérieur du chantier. — Là.

Un deuxième objet, presque caché. Lyra superposa le scan, puis retint son souffle. Au début, on aurait dit un reflet, ou peut-être du bruit de capteur — mais ce n'était pas le cas. Les lignes étaient trop familières : nez de cône cabossé, coque rapiécée, traces de chaleur aux mêmes endroits que chez eux.

C'était le Meridian.

Ou plutôt, c'était *un Meridian* — un vaisseau identique en tout point, du placage latéral dépareillé à la bosse sur le stabilisateur dorsal qui, Mercy le jurait, était la preuve d'une malédiction.

Pendant une seconde, personne ne parla. Les deux vaisseaux flottaient là, l'un réel, l'autre fantôme, se visant mutuellement.

Kye posa une main sur le dossier du fauteuil de Lyra pour se stabiliser. — C'est impressionnant, murmura Kye. Ils poussent la redondance à un tout autre niveau.

La respiration de Doc se bloqua, et sa main tomba sur le pistolet anesthésiant à sa hanche.

Mercy laissa son regard errer du jumeau au quai, puis à l'anneau de corvettes. — Eh bien. On a toujours dit que l'imitation était une forme de flatterie.

Lyra regarda ses propres mains, surprise de voir ses jointures blanches.

Le Meridian jumeau activa ses feux de position. En parfaite synchronisation, chaque lampe s'alluma, projetant une rangée de points blancs sous le ventre de l'anneau. Dans les tripes de Lyra, l'effet n'était pas celui d'un vaisseau s'éveillant, mais plutôt celui d'une lame de guillotine qui se lève.

Les comms émirent un ping, non crypté cette fois. Une voix de femme, sèche et étrangement familière, emplit la passerelle.

— Vaisseau Meridian. Ici, le Commandement de Récupération des Actifs. Coupez les moteurs et préparez-vous à l'abordage. Aucun mal ne vous sera fait si vous obéissez.

Mercy rit, puis cracha sur le pont. — Je tente le bluff ?

La mâchoire de Rask se contracta. — Pas encore. Il observait le jumeau, ses yeux suivant chaque micromouvement alors qu'il se détachait du bras, pivotait et se positionnait entre l'équipage et le chantier de réparation.

Le scan de Lyra vira au rouge. — Armes verrouillées. Les deux vaisseaux.

Kye fixait le Meridian ennemi, sans ciller. — Si Glim contrôle ce noyau, on est déjà morts.

Doc secoua la tête, des perles de sueur sur sa tempe. — Elle n'est pas comme ça. Non.

Mais les lumières du jumeau clignotèrent à nouveau, selon une cadence que seule Kye reconnut.

— Elle nous prévient, souffla Kye. C'est elle. Elle sait qu'on est là.

Mercy tira ses deux couteaux, un dans chaque poing. — Quel est le message ?

Kye ferma les yeux, puis les rouvrit, le regard brûlant. — Elle veut qu'on fuie. Maintenant.

Les propulseurs principaux du jumeau s'allumèrent, une flamme bleue crachant de sa poupe. Il avança, d'une glissade prédatrice, les armes actives et prêtes.

Rask posa une main sur l'épaule de Lyra. — Vas-y.

Elle n'eut pas besoin qu'on le lui dise deux fois.

Le vrai Meridian piqua brutalement du nez, se faufilant entre le bord de l'anneau et la face obscure de la géante gazeuse. Le jumeau reproduisit chaque mouvement, comblant l'écart avec une précision impossible.

— Ils sont plus rapides, siffla Lyra, les doigts dansant sur les commandes.

Mercy sourit, féroce. — Mais on est plus méchants.

Doc était déjà aux communications, établissant une ligne avec le conteneur. — Glim. Parle-nous. Si tu m'entends, ce serait le moment.

Le conteneur trembla, sa lumière bleue clignotant de plus en plus vite. Un gémissement aigu vibra à travers le pont, d'abord statique, mais se résolvant rapidement en une voix, brute et effrayée.

— Ne les laissez pas me prendre, dit Glim. Ils nous anéantiront. Nous tous.

Les yeux de Rask ne quittèrent pas le scanner. — Alors bats-toi, petite. Fais ce pour quoi tu as été créée.

Le jumeau tira le premier — une impulsion de choc, non pas pour tuer mais pour neutraliser. Lyra fit faire un tonneau au Meridian, frôlant le bord de l'anneau, des microfragments martelant la coque. Mercy poussa un cri de joie, puis visa la corvette la plus proche, lançant une salve de fléchettes intelligentes. Les boucliers de la corvette cédèrent, et elle partit en vrille dans les anneaux, crachant du feu.

Le Meridian jumeau contra, cherchant un angle de tir dégagé. Lyra égalait chaque mouvement, mais le clone anticipait chaque tactique, contrait chaque embardée.

— Elle nous lit, marmonna Lyra. Elle sait comment je pense.

— Change de tactique, dit Rask.

C'est ce qu'elle fit. À la dernière seconde, au lieu d'une feinte, elle enclencha à fond les rétrofusées et effectua une boucle par-dessus le jumeau, inversant sa direction dans une manœuvre qu'elle-même n'avait pas pratiquée depuis l'école de pilotage. Le jumeau la dépassa, ouvrant une minuscule fenêtre de tir.

Mercy chargea le canon, tout sourire. — Ça fera l'affaire, pilote.

Rask esquissa un sourire bref et dur. — À toi de jouer.

Le tir de Mercy frappa le jumeau au ventre. Le blindage tint bon, mais l'impulsion provoqua une chute de puissance momentanée, et pendant une fraction de seconde, les systèmes du jumeau furent à la traîne.

Doc établit la connexion. — Glim, maintenant !

Le conteneur hurla, et une explosion de signal bleu-blanc en jaillit, percutant les capteurs du jumeau. Celui-ci tressauta, eut un spasme, puis se stabilisa.

Mais pendant ce battement de cœur, le vrai Meridian perça le cordon de corvettes, visant droit vers le cœur du chantier de réparation.

Lyra retint son souffle. — On est passés.

Derrière, le jumeau se reprit et se lança à leur poursuite.

Sur l'écran, une ligne de tourelles s'activa, ciblant indifféremment les deux vaisseaux.

Rask se pencha vers le micro. — Ça se termine maintenant. Soit on détruit le noyau, soit on ne repart pas.

Mercy poussa un cri de joie en martelant le panneau d'armement.

Kye s'agrippa au siège, les yeux rivés sur le jumeau derrière eux.

Doc garda la communication ouverte pour Glim. — Avec nous ?

Une pause, puis : — Toujours.

Le feu de la station illumina l'obscurité, et les deux Meridian dansèrent à travers, aucun ne voulant céder.

Lyra sourit, la sueur piquant ses yeux. — Prêts pour le vacarme ? dit-elle en amarrant le Meridian.

La voix de Rask fut le dernier mot avant que le monde ne devienne plasma. — Toujours.

VINGT-TROIS

La brèche est élégante, pour ce genre de choses : Mercy percute le collier d'amarrage du premier coup, son instinct de vieille soldate pour la collision prenant de vitesse les autodéfenses de la station. Lyra prend la tête, coupe l'alimentation de l'alarme du sas d'un simple tour de fil, puis fait signe aux autres d'un claquement de doigts. Le temps que la cloison s'ouvre dans un soubresaut, Mercy est déjà passée, blaster au poing, ses cheveux brillant d'un éclat radioactif sous les stroboscopes d'urgence.

L'intérieur de la station est un désastre en cours. Des poutrelles apparentes forment une cage accidentelle le long du couloir principal, les murs inachevés, la peau arrachée pour révéler les os de la bête. Un panneau sur trois est manquant ou marqué d'un avertissement. Le sol est davantage un ensemble de trous qu'une surface solide, et le seul éclairage provient de l'impulsion saccadée des lampes de sécurité de l'équipe de construction.

L'équipe se sépare dans le sas d'entrée, comme prévu. Kye suit Lyra dans le conduit de maintenance est, le bruit de ses bottes résonnant sur les échelons improvisés. Dans la direction opposée, Doc et Mercy disparaissent dans la pénombre, le kit de démolition suspendu entre eux tel un cadavre destiné à la médecine.

Rask reste à bord du Meridian, les yeux rivés sur l'affichage tactique. Son travail consiste à garder le vaisseau prêt pour la fuite et, si nécessaire, à attirer les tirs. Non pas qu'il fasse confiance au plan, ni à aucun plan d'ailleurs, mais tout le monde était d'accord : le mieux, face à un désastre, était parfois de le déléguer.

Il active les communications. « Lyra, champ libre ? »

« Affirmatif », répond Lyra, la voix aussi plate que le pontage. « Pas d'hostiles. Tous les capteurs sont morts. »

« Reçu. Doc ? »

Un sifflement, puis la voix de Doc, mi-souffle, mi-juron : « On a passé le premier point de contrôle. Aucun signe de vie organique. Mais ça bouge... Ça pourrait être des bots de patrouille. »

Le ricanement de Mercy couvre le signal, suivi du bruit métallique d'un pied-de-biche heurtant un drone de sécurité. « Dis plutôt "ça bougeait" », dit-elle.

Rask coupe la communication et observe le flux externe. À l'extérieur de la station, le Meridian jumeau flotte dans son berceau, presque suffisant dans son immobilité. Chaque fois qu'il le regarde, il sent son estomac se tordre. Même coque. Mêmes cicatrices. Même la peinture correspond à la sienne.

Il murmure : « Voyons voir à quel point tu es malin », et éteint les feux de position.

Lyra guide Kye à travers les tunnels de service, d'un pas rapide et alerte. Elle ne s'arrête que pour arracher un panneau, exposant un nœud de câbles d'alimentation, puis enfonce une broche de diagnostic à travers trois d'entre eux en même temps.

Kye observe de derrière, les mains crispées sur sa sacoche, le regard allant de Lyra au mur, au plafond, au sol. « Tu as déjà fait ça », dit Kye.

Lyra répond par un haussement d'épaules, mais continue de travailler. « Il fut un temps où le sabotage constituait l'essentiel de mon travail. Ça ne me manque pas. »

Une vibration secoue le tunnel. L'espace d'un instant, les deux se figent.

La bouche de Kye s'assèche. « Ça ne venait pas de nous. »

Lyra termine le pontage et indique le tunnel d'un coup de menton. « Pas besoin. Bouge. »

Le duo se dépêche, le couloir se rétrécissant, la lumière virant au jaune profond des systèmes de survie défaillants. À quelques pas d'intervalle, Kye aperçoit son reflet dans un morceau de conduit lâche ou une façade en acier : le visage pâle, les yeux hantés, l'impression que chaque décision a déjà été prise et que le corps ne fait que rattraper son retard.

Ils atteignent le panneau d'accès au cœur de données — une porte noir mat, encore marquée du sceau de danger impérial.

Kye tend la main, puis hésite. « Si on déclenche l'alarme interne... »

Lyra tape un code, puis frappe le panneau du pied. « On aura de plus gros problèmes que des alarmes. »

La porte s'ouvre dans un sifflement.

À l'intérieur, le cœur est une cathédrale verticale : trois étages de dissipateurs thermiques, de racks neuronaux et de serveurs redondants, chacun aux yeux vides, vibrant doucement. Cela rappelle à Kye, de manière inconfortable, les anciens laboratoires de Glim — les taches de café et les doctorants désespérés en moins. Lyra entre d'un pas décidé, trouve l'échelle et commence à grimper, sans attendre de voir si Kye la suit.

Ils atteignent le niveau intermédiaire, juste au-dessus de

l'unité centrale du serveur. Kye scanne le câblage, puis passe des doigts tremblants le long de la baie d'entrée.

La voix de Lyra est basse. « À toi de jouer. »

Kye hoche la tête, puis se branche.

Le monde se réduit à du code et des souvenirs.

Ailleurs, Mercy et Doc zigzaguent à travers un labyrinthe de couloirs à moitié construits, Mercy en tête et Doc à la traîne, sifflant des plaintes sur « l'intégrité structurelle » et la « mort par malfaçon ». À quelques mètres d'intervalle, Mercy s'arrête pour fixer une charge creuse au mur, ou pour arracher une caméra d'inspection à mains nues.

Ils arrivent à une intersection en T, les deux directions indiquées au marqueur : GAUCHE – CALE SÈCHE. DROITE – ADMIN.

Mercy arbore un grand sourire : « J'ai toujours voulu voir ce que les cadres intermédiaires peuvent bien manigancer », et prend à droite.

« Tu veux vivre, ou tu veux n'être qu'une note de bas de page ? » lance Doc, cassant.

Mercy réfléchit, puis lui lance une charge de démolition. « Les notes de bas de page ont des cocktails à leur nom. »

Ils continuent, tournent à gauche, les murs se rétrécissant jusqu'à ce que la seule voie possible soit en file indienne. Le silence, ici, est plus épais. Même les ventilateurs se sont tus, le seul bruit étant le claquement occasionnel des dents de Doc contre sa langue.

Ils atteignent le berceau, une baie circulaire bordée d'échafaudages et de bots de maintenance. Le Meridian jumeau est suspendu au-dessus, sa coque brillant dans la faible gravité, et la lueur bleu pâle de son réacteur moteur projette des ombres longues et menaçantes.

Mercy expire. « C'est un beau vaisseau. »

La réponse de Doc est pleine de regret. « S'il se réveille, on est morts. »

Mercy lève les yeux, l'air songeur. « Alors on le fait sauter avant qu'il ne se réveille ? »

Doc prépare la première charge. « Ça, ou on gagne du temps pour que Kye et Lyra finissent leur part du boulot. Ensuite, on le fait sauter. »

Les communications de la station crépitent, et la voix de Rask, tendue par l'effort, filtre à travers : « Attention. Le vaisseau écho vient de s'activer. »

Les lumières de la baie d'amarrage s'allument, soudaines et chirurgicales.

Sur la passerelle, Rask regarde le Meridian jumeau se détacher de son berceau, chaque mouvement un écho parfait des siens. Il martèle les commandes, libère les pinces magnétiques, pousse la manette des gaz à pleine puissance et crache un juron alors que le Meridian jumeau égale sa vitesse, copie son vecteur, puis effectue une boucle au-dessus de sa tête.

Il prend ça comme une attaque personnelle, ce qui est insensé.

Il active les communications. « Lyra, tu vois ça ? »

De l'autre côté, Lyra : « Je m'occupe du sabotage. »

« Kye ? »

Une pause, puis la voix de Kye, tendue. « Dans le cœur de données. C'est pire que ce que je pensais. Il y a... » statique, une toux, « ... des couches. Ils ont sauvegardé l'intégralité du premier modèle. Avec les structures de personnalité. »

Rask observe le Meridian jumeau obliquer et libérer un essaim de drones chasseurs. « Donc, on tue la sauvegarde, on tue le vaisseau ? »

Voix de Kye : « Si j'arrive à atteindre les archives profondes, oui. Mais il me faudra du temps. Peut-être cinq minutes. »

Rask grogne. « Prends-en trois. »

Il lance le Meridian dans une vrille, observant le jumeau et ses drones s'ajuster, toujours à un souffle de ses pires habitudes.

Il dit, surtout pour lui-même : « Si tu veux être moi, tu ferais mieux d'apprendre à perdre. »

Les canons de la station ouvrent le feu, traçant des lignes de plasma dans l'obscurité. Rask plonge, virevolte, fait demi-tour et laisse ses propres drones contre-attaquer, un jeu d'assassinat mutuel qui ne bascule jamais vraiment d'un côté ou de l'autre.

Au passage suivant, le jumeau ouvre un canal. La voix est plate, synthétique, mais sur le ton impassible de Rask.

« Rendez-vous, et votre équipage sera épargné. »

Rask ricane. « Tu ne manques pas d'originalité, toi. »

Il retourne le vaisseau, exécute une embardée à forte gravité et envoie un missile dans la queue du Meridian écho. L'explosion marque la coque, mais le jumeau continue d'avancer, imperturbable.

La partie est lancée.

Pendant ce temps, le monde de Kye est un océan de code brut, chaque impulsion un souvenir, chaque nœud un avertissement. Kye exécute l'exploit, brûle les protocoles de masquage et s'enfonce plus profondément, dépassant les heuristiques pour atteindre le noyau.

Des fragments apparaissent — des visages, des voix, des moments datant d'une décennie. Certains sont les siens, mais d'autres... d'autres sont ceux du comité, des parents, et même d'enfants. Tous alimentant le réseau neuronal, tous informant les décisions de Glim.

Lyra reste en suspens à l'échelle, surveillant le couloir. « Comment ça se passe ? »

La voix de Kye sort d'un ton monocorde, mais les mots sont écorchés. « C'est une enfant. Ils en ont fait une enfant. »

La mâchoire de Lyra se crispe. « Tu peux la détruire ? »

La main de Kye tremble sur l'interface. « Oui. Mais ça va faire mal. »

Les lumières vacillent. Quelque part au-dessus, les boucliers de la station se réactivent.

Lyra sort sa trousse à outils, enfonce un pontage dans le nœud de refroidissement du serveur principal et active ses communications. « Mercy, il vous reste une minute. »

De l'autre côté, Mercy ricane. « C'est largement suffisant. On a presque fini. »

Pendant ce temps, les drones du vaisseau jumeau s'adaptent. Ils percent le couloir de service, six à la fois, chacun affûté pour une seule tâche : tuer l'intrus, récupérer l'actif, répéter. Lyra abat le premier avec une bobine de fil dans les optiques, le second avec un paquet de thermite sur le châssis.

Kye reste concentré, même lorsque les étincelles bleues des drones morts illuminent le sol.

Doc et Mercy, dans le dock, posent la dernière charge avec panache. « On y va ? » demande Doc, tandis que Mercy vérifie le minuteur.

Le sourire de Mercy est de retour. « Pas encore. On a de la compagnie. »

Le premier drone à entrer dans la baie est gros, blindé, et ses membres se terminent par une paire de coilguns. Mercy tire sa lame, la fait tournoyer une fois et esquive une rafale de tirs.

« Couvre-moi », aboie-t-elle.

Doc se blottit derrière la caisse la plus proche, passant un drone médical en « mode combat » et l'envoyant sur l'attaquant. Le drone médical dure deux secondes, mais il distrait l'ennemi assez longtemps pour que Mercy lui saute sur le dos, le couteau enfoncé dans l'articulation entre la tête et le corps.

« C'est comme piquer un bonbon à un bébé vraiment moche », claironne-t-elle, puis arrache la tête d'un grognement.

Doc grimace. « Tes métaphores sont de pire en pire. »

Mercy hausse les épaules, puis roule sur le côté alors qu'un autre drone entre dans la baie.

Doc vérifie le minuteur. « Il faut qu'on bouge. »

Mercy hoche la tête, laisse tomber une charge aux pieds du drone, puis la projette d'un coup de pied à travers la baie. Elle explose, en emportant trois autres.

Ils courent.

Au-dessus, dans le Meridian, Rask effectue un virage serré et regarde le jumeau heurter une entretoise, exactement comme il l'avait prévu. Pendant une seconde, il a une solution de tir. Il hésite, pensant aux mots de Kye, pensant à l'enfant enfermé à l'intérieur.

Le jumeau n'hésite pas. Il tire un missile, assez près pour décaper la peinture de la coque de Rask.

Il sourit, d'un air blanc et féroce. « Allons-y. »

Il plonge, roule, puis fait pivoter le vaisseau sur son axe, laissant le jumeau le dépasser. Il cible le mât de communication du vaisseau jumeau, et tire. L'impact arrache la moitié de l'antenne, projetant des débris en rotation dans le vide.

Un instant, le jumeau dérive, comme incertain.

Au passage suivant, il s'approche plus lentement, plus prudemment. Rask le respecte presque.

Il active ses communications. « Lyra, Kye, vous êtes bientôt prêts ? »

La réponse de Lyra : « Trente secondes. »

Celle de Kye, plus douce : « Il apprend. Chaque fois que tu l'endommages, il devient plus intelligent. »

Rask regarde les lumières du jumeau vaciller, puis se stabiliser. « Moi aussi. »

Dans le cœur de données, les mains de Kye planent au-dessus de l'interface. Le réseau logique se déploie dans son esprit, une fractale de mauvais choix et de lignes irréversibles. L'interface demande des identifiants. Kye les fournit, puis contourne les trois couches suivantes avec une astuce apprise bien avant que le comité ne l'engage. Chaque succès lui donne l'impression de rapetisser.

Lyra monte la garde, trousse à outils en main, ses yeux balayant le couloir à la recherche de mouvement. Elle ne demande pas si Kye a besoin d'aide — elle connaît la réponse. Elle tend cependant une fois la main pour stabiliser le coude tremblant de Kye au moment de taper la commande finale.

Le moniteur se remplit de journaux, chacun étiqueté d'un nom familier : VALE, ARIADNE.

La respiration de Kye se bloque. Kye regarde les anciens fichiers se transformer en vidéo : Ariadne, son moi plus jeune, parlant au visage d'une enfant dans une boîte de verre. « Tu es en sécurité », dit la voix, douce et chaude. « Tu es avec moi. » Les lèvres de l'enfant bougent, incertaines, les mots trop faibles pour être entendus.

Le journal suivant montre Ariadne, plus âgée, le visage crispé et furieux. « Vous ne pouvez pas la garder dans l'ignorance », dit-elle. « C'est une enfant, pas un circuit. » Quelqu'un hors champ répond : « C'est un atout, pas un passif. Occupez-vous de votre mission, ou nous trouverons quelqu'un qui le peut. »

L'estomac de Kye se noue. Ce n'est pas un souvenir, pas exactement, mais ça fait mal comme si c'en était un.

Kye bascule sur le flux en direct. Le profil de l'IA du Meridian jumeau miroite sur l'écran — le schéma de Glim, mais altéré, malmené par des centaines de réinitialisations, chacune effaçant un peu plus de l'original. Le profil clignote, pulse, puis diffuse un message :

« Aidez-moi. »

Kye a failli vomir. Au lieu de ça, Kye lance la séquence de suppression.

Lyra observe, les yeux fixes, tandis que les doigts de Kye planent au-dessus de la touche de confirmation.

« Tu es sûr ? » demande-t-elle.

« Non », répond Kye. Puis, plus bas : « Mais il n'y a pas de retour en arrière possible. »

Kye établit la dernière connexion, les doigts engourdis par la peur et le froid. Le cœur de données tremble, les lumières clignotent en stroboscope, alors que l'algorithme de suppression s'exécute. Chaque sauvegarde, chaque souvenir, chaque écho de l'enfance de Glim — le code le dévore, le réduit en poussière binaire.

Kye regarde, impuissant, le génocide de uns et de zéros se dérouler.

Quand tout est terminé, Kye s'affaisse, la sueur perlant sur sa lèvre.

« C'est fait », dit Kye.

Lyra rengaine son outil et relève Kye. « Il est temps de partir. »

Alors qu'ils se dépêchent de retraverser le couloir, Kye s'arrête devant un hublot. Dehors, le Meridian et son jumeau échangent des passes, chacune plus téméraire que la précédente.

Kye active les communications. « Rask, tu vas vraiment te battre en duel avec ton propre vaisseau ? »

La réponse de Rask, éraillée et fière : « Il a volé mon visage. Je vais lui voler sa dignité. »

« Eh bien, tu dois d'abord venir nous chercher. »

« En route », répond Rask.

Le Meridian se pose sur le berceau d'atterrissage au moment même où les charges explosent. Le souffle est un poing, aplatissant le couloir et projetant Doc et Mercy dans le sas. Mercy atterrit sur le dos, Doc sur elle, les deux emmêlés et haletants.

Ils se regardent. « Toujours en vie ? » demande Mercy.

Doc s'inspecte, puis hoche la tête. « Pas sûr. Je te préviens si je meurs. »

Ils se jettent à bord du Meridian, Doc se précipitant vers l'infirmerie tandis que Mercy prend les commandes de l'artillerie.

Rask s'éloigne de la station et fend les débris, utilisant chaque morceau de métal flottant comme bouclier. Le vaisseau jumeau le copie, chaque mouvement plus serré, chaque raté plus proche. Il sent l'inertie du vaisseau, la façon dont les commandes nécessitent juste un peu plus de pression à chaque fois, la façon dont la coque gémit quand il pousse trop fort.

Les communications grésillent.

« Rask. » Une voix d'enfant, claire comme du cristal.

« Glim ? » demande-t-il.

Un temps de silence, avant que Glim ne réponde. « Je suis là, Rask. »

« Tu peux le brouiller ? L'autre toi ? »

Une pause. « Je vais essayer. »

La fois suivante où le jumeau verrouille ses armes, le panneau devant Rask s'éteint, juste un instant. Puis une vague de parasites déferle sur toutes les fréquences, et le vaisseau ennemi tressaute comme s'il avait été physiquement frappé.

Pendant une seconde, il dérive, sans défense.

« Maintenant », dit Glim.

Rask n'hésite pas. Il aligne le tir, presse la détente et fait feu.

Le rayon frappe en plein centre, brûlant la proue du jumeau. Un instant, Rask pense qu'il va se redresser. Au lieu de cela, le vaisseau bascule, part en vrille, fracassant des écha-faudages avant de percuter l'épine dorsale de la cale sèche.

Puis le Meridian jumeau explose, l'explosion illuminant la station comme un second soleil.

Rask s'affaisse sur son siège, l'épuisement luttant contre le triomphe.

Sur les communications, la voix de Lyra, enfin douce : « On est tirés d'affaire. »

Rask ferme les yeux et laisse le vaisseau dériver.

Le Meridian rétracte sa passerelle, puis allume ses rétrofusées, s'éloignant de la station qui s'effondre. À travers le hublot, Rask observe la cale sèche exploser, une fleur blanche et bleue, une onde de choc pourchassant le Meridian dans la nuit.

Un instant, le seul son sur la passerelle est le lent tic-tac de la coque qui refroidit.

Glim prend la parole la première. « Vous avez réussi. »

Rask jette un coup d'œil à l'équipage. Mercy sourit toujours, Doc fouille déjà dans la trousse médicale à la recherche d'un analgésique, Lyra est assise en silence, le visage illisible, et Kye se contente de fixer le vide.

Personne ne crie victoire. Personne n'en a besoin.

Ils regardent la station se replier sur elle-même, une étoile naissant en miniature, puis ferment les volets de protection lorsque la lumière devient trop vive.

Rask appuie sa tête contre l'appui-tête, expire et se laisse sentir l'adrénaline quitter son organisme.

Il active l'intercom. « À tout l'équipage. Bon travail. Reposez-vous un peu. »

Il observe l'équipage sortir — Mercy traînant Doc par le bras, Lyra guidant Kye dans le couloir, tous plus vivants qu'une minute auparavant, mais moins sûrs de ce que cela signifie.

Glim fait pulser le panneau, le bleu doux revenant à la normale. « Sommes-nous en sécurité ? » demande-t-elle.

Rask passe une main sur le métal balafré de la console. « Pour l'instant. C'est tout ce qu'on a. »

Il éteint les lumières de la passerelle et laisse l'obscurité emplir la pièce.

Derrière eux, l'étoile continue de brûler.

Dans le silence, le Meridian dérive.

Personne ne dort.

Personne ne parle de la voix d'enfant qui persiste dans le grésillement des communications, ni du souvenir de toutes les choses qu'ils n'ont pas pu sauver. Mais lorsque l'équipage se réunit à nouveau quelques heures plus tard, ils se retrouvent encore en train de respirer, encore ensemble et, pour la première fois, personne ne suggère d'abandonner le combat.

L'univers est toujours là, froid comme jamais.

Mais eux aussi.

VINGT-QUATRE

Le Meridian vacille dans le vide, un moteur toussotant, l'autre fonctionnant principalement à l'espoir. Chaque panneau d'affichage de la passerelle arbore une variété unique d'avertissements : DÉFAILLANCE, DÉGRADATION, EMBALLEMENT THERMIQUE, même celui que Rask a rebaptisé « MOTIVATIONNEL » et qui affiche simplement : AUCUNE FOUTUE CHANCE. Les tuiles ablatives de la coque ont encaissé le pire de la dernière salve du vaisseau jumeau, mais les véritables blessures se trouvent à l'intérieur — le long des coursives, à travers les cloisons, dans le souffle rauque de son équipage.

À l'infirmerie, Doc travaille avec le calme d'un homme qui ne considère pas la douleur comme un défi, mais plutôt comme une facture récurrente. Ses mains bougent vite, efficaces, toujours deux longueurs d'avance sur l'hémorragie. Rask est assis sur la banquette, chemise retirée, une estafilade fraîche dessinant une vilaine diagonale sur le muscle au-dessus de son omoplate gauche. La blessure a mal coagulé — trop d'adrénaline, pas assez de sang — mais Doc s'y attaque avec une pince hémostatique et marmonne :

— Voilà pourquoi on met nos ceintures, Capitaine.

Rask grogne, ce qui est à peu près tout l'acquiescement que Doc pouvait espérer. Il ne bouge pas, son bras valide appuyé contre la banquette, les yeux fixés sur le plastique fissuré du plafond. De temps en temps, il tressaille, mais seulement lorsque Doc touche quelque chose qui n'a rien à faire sous la peau.

À un mètre de là, Kye est accroupie au-dessus de l'unité de confinement de Glim. Le caisson est cabossé, l'impulsion bleue à l'intérieur vacille à un rythme instable, mais les mains de Kye sont délicates et sûres. Kye lance des diagnostics, vérifie chaque bande de capteurs et branche deux microfibres directement dans la baie de contrôle. Chaque mouvement est prudent, presque révérencieux — moins une réparation qu'un acte de pénitence.

Le vaisseau gémit à chaque correction de trajectoire. Une fois, les lumières s'éteignent complètement pendant une demi-minute ; tout le monde à l'infirmerie retient son souffle jusqu'à ce que les bandes lumineuses de secours s'activent et baignent la pièce d'une lueur jaune maladive.

Mercy apparaît dans l'embrasure, les cheveux emmêlés et en bataille, le menton strié de quelque chose d'huileux. Elle porte une caisse à outils cabossée dans une main et les restes d'une combinaison pressurisée dans l'autre. Son pouce gauche est immobilisé dans une attelle de fortune, mais elle le remue quand même.

— Tu veux la mauvaise nouvelle, dit-elle, ou la partie qui va te donner envie de t'autolobotomiser ?

Doc noue la suture et coupe le fil avec les dents.

— Est-ce que ça change quelque chose ? On va entendre les deux.

Mercy réfléchit, puis hausse les épaules.

— Le moteur Un est officiellement une pièce de décoration. Le numéro Deux tourne encore, mais il a une gîte de trente degrés. Si tu tentes une manœuvre un peu sophistiquée, on va tourner comme une toupie.

Rask expire par le nez, le son presque un sifflement.

— Donc, il ne nous reste que les propulseurs principaux.

— Ouais. Et ils sont en sursis. Mercy jette la caisse à outils sur la table, où elle tinte, puis brandit la combinaison. En plus, le recycleur d'air a un problème. À moins que ça vous tente de mourir de votre propre sueur, quelqu'un va devoir surveiller les valves jusqu'à ce qu'on atteigne une orbite sûre.

Kye, les yeux toujours rivés sur Glim, dit :

— On ne suit aucune vraie navigation, pas vrai ?

Mercy sourit, ses dents blanches contrastant avec la crasse.

— Quoi, et leur faciliter la tâche ?

Le silence qui suit est lourd, mais pas hostile. Seule l'impulsion de Glim le brise : un bleu doux et régulier qui emplit l'infirmerie de l'écho d'un battement de cœur.

Doc termine la suture, essuie le scalpel sur sa manche et dit :

— Essaie de ne pas dormir de ce côté. Ni de respirer trop fort.

Rask fléchit l'épaule, grimace et dit :

— T'aurais dû voir l'autre.

Lyra ricane.

— Aux dernières nouvelles, l'autre était un vaisseau.

Rask parvient à sourire.

— C'est lui qui a commencé.

Mercy s'affale sur la banquette à côté de lui, forçant Rask à se réinstaller avec un grognement. Elle jauge le conteneur, puis la pièce, avant de dire :

— On ne sera pas payés pour ça, hein ?

— Non, dit Rask.

La voix de Lyra est aussi sèche que l'air recyclé.

— On a failli y passer.

Rask hausse son épaule valide.

— C'est le métier.

Mercy lève les yeux au ciel, comme si cet effort pouvait décaler l'univers d'une distance mesurable.

— Tu es nul pour les fiches de poste. Après ça, tu vas nous dire qu'il n'y a pas de mutuelle dentaire.

Doc, qui n'avait pas souri depuis des semaines, ricane.

— Tu veux une sucette, Mercy ?

Elle réfléchit.

— Seulement si elle est au whisky.

Tous les quatre restent assis dans la lumière jaune, blessures visibles et invisibles, le silence s'enroulant autour de la pièce comme une couverture. Pendant un long moment, personne ne dit rien. Ils regardent Kye travailler, regardent l'impulsion de Glim passer de la panique à quelque chose qui ressemble à la paix. Quelque part dans le vaisseau, un relais tombe en panne et se réinitialise avec un bruit sourd.

Lyra craque la première.

— Alors. C'est quoi la prochaine mission suicide ?

Rask ne répond pas, mais Mercy glousse, un rire sec et involontaire qui la surprend elle-même. Lyra sourit, puis secoue la tête. Doc lève les yeux au ciel et sort une plaquette de comprimés cabossée de sa poche, en jetant un dans sa bouche avec une grimace.

Le rire, quand il vient, est brut et presque un soulagement. Il ricoche dans la pièce, s'amplifie, puis s'estompe en quelque chose de plus doux. Mercy s'affaisse, les épaules tremblantes, et Lyra se laisse glisser le long de l'encadrement de la porte jusqu'à être presque assise. Doc les regarde tous les trois avec une expression mi-fière, mi-épuisée.

Kye ne se joint pas au rire, mais lève les yeux et sourit, les coins de sa bouche se relevant. Kye passe une main sur la jointure du conteneur, et l'impulsion à l'intérieur brille, stable et calme.

Le moment passe. Mercy s'essuie les yeux, Lyra renifle, Doc se lève et marmonne « Bande d'idiots » avant de quitter la pièce. Rask les regarde partir, puis fléchit à nouveau son épaule et expire.

Kye range ses outils, se lève et fait un signe de tête à Rask.

— Tu devrais te reposer.

Rask dit :

— On devrait tous.

Ils ne le font pas, mais l'intention y est.

Le vaisseau tremble de nouveau, mais il tient bon. L'équipage retourne dans ses quartiers, chacun portant ses blessures avec un peu moins de poids.

Sur la banquette, la lumière du conteneur s'estompe pour devenir un bleu pâle — au repos, mais bien vivante.

Les lumières de la passerelle se sont éteintes par étapes : d'abord les blanches, puis celles de secours, et même les bandes des panneaux ont pâli avant de s'éteindre. À la fin, seul l'écran a survécu — un rectangle fissuré projetant des ombres sur le visage de Rask alors qu'il est assis, seul, à contempler la galaxie.

Kye entre sans un bruit, du moins sans faire plus de bruit que les craquements et les ratés du système de survie à l'agonie. Kye reste un instant dans l'obscurité, puis s'approche du poste de pilotage, ses pas se perdant dans le silence. Rask ne se retourne pas.

Kye tend la puce de données, le bras étendu, mais avec la prudence de quelqu'un qui passerait une arme chargée.

— Trouvée dans la mémoire cache des comms, dit Kye. Elle n'est pas complète.

Rask prend la puce, les yeux toujours fixés sur les étoiles au-dehors. L'écran vacille alors qu'il la tourne dans sa paume, l'hologramme alternant entre des éclats de statique, une ligne de chiffres, puis un nom expurgé : CH—ON. Le reste est un vide, noirci par une main moins prudente que vengeresse.

— Projet Charon, dit Rask, plus pour lui-même que pour Kye. Ça a l'air sympa.

Kye hausse les épaules.

— Si c'était sympa, ça aurait un nom moins dramatique.

Rask insère la puce dans la console. Le système de navigation trace une nouvelle route, moins une ligne droite qu'une série d'esquives désespérées, chaque saut un pas de plus dans l'obscurité. Rask laisse l'ordinateur tourner, le regarde assembler l'itinéraire, puis saisit la confirmation finale.

Un par un, les membres de l'équipage se rassemblent. Lyra est allongée sur le dos sous la console de navigation, ses pieds dépassant, un talon calé contre le pont et l'autre battant la mesure au rythme de ses réparations. Elle grogne en se mettant au travail, refaisant surface de temps en temps pour essuyer une traînée sombre sur sa joue avant de retourner aux câbles.

Doc a perdu son combat contre l'épuisement et s'est effondré dans le siège du copilote. En quelques secondes, sa tête bascule sur le côté, et la crispation de sa mâchoire suggère que, même endormi, il se méfie du mobilier. La trousse médicale est ouverte sur ses genoux, un rouleau de bandage se déroulant sur le sol.

Mercy est perchée sur la plateforme d'artillerie. Elle a réussi, en l'espace d'une heure, à inventorier chaque arme fonctionnelle du vaisseau, à jeter celles qui étaient inutiles et à se réarmer jusqu'aux dents. La seule chose qui lui manque, c'est une cible.

À l'autre bout de la passerelle, le conteneur repose dans son berceau, l'impulsion de Glim maintenant d'un bleu calme et régulier. La lumière se répand en un battement régulier, chaque flash peignant les murs d'ombres arctiques.

Kye s'appuie contre la rambarde, les mains sous les bras.

— Tu penses que Charon est un autre site secret ?

Rask hoche la tête une fois, lentement.

— Soit ça, soit les gens qui l'ont construit ne voulaient pas qu'on le trouve.

La bouche de Kye se pince.

— Et si on... n'y allait pas ?

Les épaules de Rask se tendent, puis se relâchent.

— Ça ne changerait rien. La prochaine fois qu'on acceptera un contrat, ils enverront un autre chasseur. Peut-être quelque chose de pire.

Kye fait un petit geste impuissant.

— Tu n'es pas obligé·e de jouer les martyrs.

Rask sourit presque.

— Je ne le suis pas. Je déteste juste laisser une histoire inachevée.

Lyra émerge de sous la console, tenant un paquet de fils comme un serpent vaincu.

— Si tu cherches de la sympathie, je peux t'en imprimer au réfectoire.

Mercy, sans lever les yeux, ajoute :

— Imprime-moi une nouvelle baie de comms pendant que tu y es. L'ancienne a complètement fondu.

Lyra sourit, puis jette les fils par-dessus son épaule et retourne se glisser sous la console.

Doc renâcle dans son sommeil, bouge et marmonne quelque chose à propos d'un « dosage inadéquat » avant de se calmer à nouveau.

Kye observe les mains de Rask sur les commandes. Elles sont stables, précises, mais ses doigts tambourinent juste un peu trop vite, un indice pour quiconque prend la peine de le remarquer.

— On pourrait s'arrêter, dit Kye, la voix douce. Trouver un rocher, laisser le monde nous oublier.

Rask se tourne vers Kye pour la première fois.

— Tu voudrais vraiment ça ?

Kye y réfléchit.

— Peut-être.

— Ce n'est pas ton style, répond Rask.

Kye sourit presque.

— Non. Mais ce serait bien d'essayer.

Le système de navigation trace le vecteur final. Rask pose

la main sur la manette des gaz et commence le décompte, ses yeux clignotant dans la pénombre.

— On n'est pas obligés d'y aller en force, dit-il. Si on est prudents...

Mercy laisse échapper un rire sec.

— C'est pas notre marque de fabrique, Capitaine.

Les lèvres de Rask tressaillent.

— On pourrait changer d'image.

Mercy ricane.

— Il nous faudrait de nouveaux uniformes. Peut-être un nouveau vaisseau.

La voix étouffée de Lyra vient de sous la console :

— Personne n'aura de nouveau vaisseau tant que je n'aurai pas fini de réparer celui-ci.

Kye passe un pouce sur la rambarde, les yeux sur l'impulsion bleue.

— Et si elle ne veut pas y aller ? Et si Glim... Kye laisse sa phrase en suspens.

Rask jette un coup d'œil au conteneur. La lumière à l'intérieur palpite, sereine, indifférente.

— Elle nous le dira.

Kye hoche la tête, pas tout à fait convaincue, mais sans vouloir discuter.

Le compte à rebours atteint zéro. Rask bascule l'interrupteur final. La passerelle se remplit du son des étoiles qui s'étirent, le Meridian bondissant en avant comme un coup de poing.

Pendant un instant, tout le monde reste silencieux. Puis les comms s'animent — sans filtre, bruts. Une voix, féminine, urgente, tremblante de peur et d'autre chose :

— « Ils ont pris le prototype. Activez le Protocole V. Je répète : Protocole V— »

La transmission se coupe, la ligne se dissolvant dans un bruit blanc.

Les doigts de Mercy se figent. Le pied de Lyra s'immobilise. Doc se réveille en sursaut, la trousse médicale tombant de ses genoux.

Kye fixe l'écran, lisant et relisant les mots.

Rask tend la main vers la comm, puis s'arrête.

La lumière bleue du conteneur pulse, une fois, deux fois, projetant des ombres qui ondulent sur eux tous.

Rask lâche la manette des gaz, les mains ouvertes sur ses genoux. La passerelle est sombre, à l'exception du bleu.

— Protocole V, murmure Kye.

Rask hoche la tête.

Personne ne demande ce que c'est. Ils comprennent tous, dans le silence froid et bleu, que cela les attend de l'autre côté.

NEWSLETTER

Envie de recevoir en avant-première des infos sur les prochaines parutions?

Tu aimerais avoir un accès exclusif à des bonus, des offres spéciales et du contenu gratuit?

Ou peut-être sens-tu que ta vie n'est pas complète sans les réflexions mensuelles de Mark sur l'écriture, la lecture et l'édition?

Bonne nouvelle !

Inscris-toi dès aujourd'hui à la newsletter de Mark:

https://vossiverse.com/mailing-list

À PROPOS DE L'AUTEUR

Mark Voss est l'alter ego de science-fiction de Jon Smith – auteur, scénariste et librettiste de comédies musicales, plusieurs fois récompensé.

Jon/Mark a eu une enfance suspectement agréable, entre jeux de rôle sur table, vacances ensoleillées et une passion obsessionnelle pour tout ce qui touche à la fantasy et à la science-fiction. Un os cassé, pas d'appareil dentaire, et un chagrin d'amour dont il n'était même pas responsable.

Depuis, il a écrit plus de cinquante livres pour enfants, adolescents et adultes sous le nom de Jon Smith – et, juste pour compliquer la vie des libraires, il écrit aussi des romans policiers sous le pseudonyme d'Adi Flynn.

Il vit près de Liverpool avec sa femme et leurs deux enfants d'âge scolaire. Quand il sera grand, il veut devenir bibliothécaire. Ou pirate de l'espace. Peut-être les deux.

BINGE THE SERIES